HÉRCULES: O CUPIDO DE QUATRO PATAS

CIP-BRASIL. CATALOGAÇÃO NA PUBLICAÇÃO
SINDICATO NACIONAL DOS EDITORES DE LIVROS, RJ

S329h

Scheunemann, Frauke
    Hércules : o cupido de quatro patas / Frauke Scheunemann ;
tradução Cristiano Zwiesele do Amaral , Karina Jannini. — 1. ed. —
São Paulo : Jangada, 2013. 288 p. ; 21 cm

    Tradução de: Dackelblick
    ISBN 978-85-64850-46-0
    1. Ficção alemã. I. Amaral, Cristiano Zwiesele do. II. Dacket,
Karina Jannini. III. Título.

13-02120
                          CDD: 833
                          CDU: 821.112.2-3

Índice: Literatura Estrangeira

FRAUKE SCHEUNEMANN

HÉRCULES: O CUPIDO DE QUATRO PATAS

Tradução:
Cristiano Zwiesele do Amaral
Karina Jannini

Título original: *Dackelblick.*
Copyright © 2010 Frauke Scheunemann.
Copyright da edição brasileira © 2013 Editora Pensamento-Cultrix Ltda.
Texto de acordo com as novas regras ortográficas da língua portuguesa.
1ª edição 2013.
Todos os direitos reservados. Nenhuma parte desta obra pode ser reproduzida ou usada de qualquer forma ou por qualquer meio, eletrônico ou mecânico, inclusive fotocópias, gravações ou sistema de armazenamento em banco de dados, sem permissão por escrito, exceto nos casos de trechos curtos citados em resenhas críticas ou artigos de revistas.

A Editora Jangada não se responsabiliza por eventuais mudanças ocorridas nos endereços convencionais ou eletrônicos citados neste livro.

Esta é uma obra de ficção. Todos os personagens, organizações e acontecimentos retratados neste romance são produtos da imaginação do autor e usados de modo fictício.

Editor: Adilson Silva Ramachandra
Editora de texto: Denise de C. Rocha Delela
Coordenação editorial: Roseli de S. Ferraz
Produção editorial: Indiara Faria Kayo
Assistente de produção editorial: Estela A. Minas
Editoração eletrônica: Fama Editora
Revisão: Maria Aparecida A. Salmeron e Vivian Miwa Matshushita

Jangada é um selo editorial da Pensamento-Cultrix Ltda.
Direitos de tradução para o Brasil adquiridos com exclusividade pela EDITORA PENSAMENTO-CULTRIX LTDA., que se reserva a propriedade literária desta tradução.
Rua Dr. Mário Vicente, 368 — 04270-000 — São Paulo, SP
Fone: (11) 2066-9000 — Fax: (11) 2066-9008
http://www.editorajangada.com.br
E-mail: atendimento@editorajangada.com.br
Foi feito o depósito legal.

*Quem nunca teve um cão não sabe
o que significa amar e ser amado.*
Arthur Schopenhauer

*Não há dúvida: ninguém melhor que Deus e o dachshund para
conhecer a fundo o quadro da impotência humana.*
George Mikes

*Eu preferiria abdicar de um homem
a abdicar do Felix, meu dachshund.*
Ingrid Steeger

UM

Que decadência! Confesso, eu sabia que não seria um hotel cinco estrelas. Mas este alojamento aqui é o fim da picada. Um desaforo. Escuro e cheirando a bolor. Além de imundo. Eu me esforço para não reparar muito nos detalhes ao meu redor, mas não tem como, tamanha é a sujeira deixada pelo ocupante anterior. Está na cara que há muito tempo não se faz uma faxina aqui. Estou à beira das lágrimas — como é que eu vim parar nesta situação? Hoje de manhã, no salão do castelo Eschersbach, e agora isto aqui. É quando as lágrimas me saltam de verdade dos olhos.

— Bico fechado que eu já estou até aqui! — ouço gritarem à minha esquerda nem dois segundos depois.

Ah, é verdade, eu ainda não mencionei o pior: os meus vizinhos! Cinco ao todo, a maior parte deles tão maltratada que é de dar dó. E não só no sentido visual. Ralé da mais ignorante, que, como não podia deixar de ser, logo reconheceu em mim, nobre como sou, a vítima que chega em boa hora. A minha árvore genealógica remonta a 1723, mas suponho que esses ignorantes aí do lado não conheçam nem mesmo a diferença entre um *dachshund* e um *dobermann*.

Mentalmente, evoco a figura do meu avô. "O lugar de um Von Eschersbach é no topo. Nunca se esqueça disso!", ele costumava dizer.

Ai, vovozinho, se você me visse agora: fui definitivamente parar no último subsolo! Esse pensamento me faz chorar ainda mais alto. Alguém simplesmente tem que me tirar daqui!

— Vem cá, meu amor! Bom rapaz! — Uma mão enfiada entre as grades vem me coçar por detrás das orelhas. — Daqui a pouquinho você vai ganhar a sua comidinha gostosa e o mundo vai ficar com outra cara. O primeiro dia é ruim para todos.

Hum, a voz é simpática. Olho, curioso, ao redor para descobrir a quem ela pertence: ao lado do canil, vejo uma jovem de macacão, que sorri para me encorajar. Apesar de a mão cheirar a ração em lata comum, o toque tem algo de consolador. Lambo os seus dedos, e ela começa a rir de mansinho.

— Isso mesmo! Gostoso, não é? — sussurra para mim.

Meu Deus, se ela soubesse! Até hoje só permiti ao meu paladar mal-acostumado de *dachshund* saborear miúdos e coração fresco. Ração pronta era a exceção por excelência: só me serviam mesmo quando acontecia de a Emilia, a nossa cozinheira, ficar doente ou tirar férias. Só de pensar na Emilia, o meu coraçãozinho se aperta; não consigo me segurar e começo a ganir baixinho. Quando me despedi dela pela manhã, ela chorou. Só Deus sabe como os humanos sempre conseguem chorar. Pela primeira vez na vida, eu teria dado tudo para também poder verter algumas lágrimas.

— Coitadinho! Continua tristinho? — quer saber a tratadora, compassiva. — Não se preocupe. Você é tão gracinha que não vai demorar nada para a gente encontrar um papai ou uma mamãe para você. Prometo! — Ela passa então mais uma vez a mão na minha cabeça e retira por entre as grades.

Dou meia-volta e compassadamente me dirijo para o outro lado do canil. Ali, um raio de sol ainda recorta uma clareira de luz convidativa sobre o chão, e decido me pôr um pouco mais à vontade.

Pelo visto, não sou o único a ter essa ideia: antes de eu me acomodar, vem avançando uma coisa negra, enorme, que pisa nas minhas patas.

— Meu jovem, acho melhor você se mudar para o outro lado, porque este lugar aqui tem dono. — Para dar mais ênfase ao seu desejo, diz as últimas palavras em meio a rosnados roucos.

Que vira-lata mais ridículo! Será que ele realmente está pensando que vai me obrigar a bater em retirada? A mim, cujos antepassados ainda iam à caça com o último imperador? Balanço a cabeça, recusando.

— Pois eu não acho — revido com tanta dignidade quanto possível, dadas as circunstâncias adversas — que este estabelecimento funcione à base de reservas. Eu me encontrava neste lugar antes do senhor, de modo que é aqui mesmo que vou me instalar. Pode ir dando licença. — Com tais palavras, empurro a coisa para o lado e me deito. Ele me contempla com estupefação total. Aposto que nunca teve tanta mostra de resistência civil. Satisfeito, me espreguiço. O vovô tinha mesmo razão: um Von Eschersbach continua no topo mesmo estando embaixo.

Ainda matutando sobre quando poderei contar com uma refeição sem sombra de dúvida mais para o frugal, sou surpreendido pelo eclipse do meu lugarzinho ensolarado. Essa agora! Uma nuvem? Ergo o olhar para descobrir o que está lançando essa sombra tão desagradável justamente aqui, e dou de cara com um bóxer de aspecto bastante antipático. Aproxima o focinho para bem perto do meu, espalhando um cheiro que literalmente me sufoca.

— Preste atenção aqui, seu anão metido a importante: se você não fosse novo, poderia se considerar um cão morto. Aqui as leis vigentes são as nossas, e é melhor você as seguir direitinho. Assim sendo, se o meu amigo aqui, o Bozo, está mandando você desinfetar, é porque... —, ele se aproxima ainda mais e me dá uma patada-relâmpago. Ai! Socorro! Sinto uma pontada de dor na orelha direita. Esse aí é um perigo para a sociedade! Começo a latir, agitado. Pelo visto, vim parar no meio de um bando de vira-latas militantes e belicosos. Mas, por mais que eu ladre, não aparece ninguém. Nem mesmo a mulher de macacão. A duplinha bóxer e Bozo ri, satisfeita da vida.

— Não gaste as suas forças à toa. Por enquanto, a tratadora não vai aparecer. Foi ver os gatos. Nós poderíamos acabar com a sua raça agora e ninguém viria em seu socorro. Seria um cachorro morto a mais para as estatísticas desta espelunca aqui. Quem é que vai se importar?

Sinto os pelos do pescoço se eriçarem, e um calafrio me percorre a espinha de cima a baixo. Bozo, o vira-lata preto, vem se postar outra vez na minha frente.

— Qual é agora, mano? Se eu digo que é para *desinfetar*...

—... então é para eu desinfetar — completo.

— Acertou em cheio. Cem pontos. Bom menino!

O Bozo ainda desfere em meu focinho sensível um murro bem dado com sua pata malcuidada. Assustado, pulo para o lado e vou com as pernas trêmulas até o outro extremo do canil. Encontro ali dois cachorros, testemunhas entediadas do ocorrido. Pelo visto, pancadaria é uma coisa que deve estar sempre na pauta do dia por aqui; pelo menos, ninguém atenta para o fato de eu acabar de ser vítima de um delito. Um *münsterlander* mais velho se afasta um pouco quando me sento ao seu lado. Pelo menos não é como seu colega, que me ameaçou. Ficamos por um momento sentados em silêncio, lado a lado. Até que ele se aproxima um pouco de mim e sussurra ao meu ouvido:

— É melhor não se meter com aqueles dois ali. Eles realmente são perigosos. Mas é só sair da frente quando eles passarem que os dois deixam você em paz.

Como assim, sair da frente? Só pode ser piada! Este canil é bem pequeno, e já somos seis. Pela reação do *münsterlander*, vejo que só agora caiu a ficha dele de que isso é impossível. Seja como for, ri com malícia e diz por entre os dentes:

— Bem, na medida do possível, haha. Aliás, eu me chamo Fritz.

Em um primeiro momento, não digo nada. Nas atuais circunstâncias, a última coisa que eu quero é papo. Prefiro apoiar a cabeça nas patas. E me ponho a observar o bóxer e o Bozo, refestelados no *meu* lugar ao sol. O mais provável é que estejam tirando sarro da minha cara. Para ser sincero, gosto muito da minha condição de *dachshund*, mas, no presente momento, preferia ser um cão de briga. Um *staffordshire*, um *pitbull* ou algo do tipo "Licença para matar".

— Ei! — Fritz me dá um cutucão de lado. — Não fique triste, não. Não ouviu o que disse a tratadora? Você é do tipo que atrai os humanos. Não vai demorar nada para alguém levar você embora daqui. Aí, sim, você vai poder mandar aqueles dois idiotas às favas, porque eles, ninguém quer.

Pensativo, observo Fritz. Espero que ele esteja certo.

Na manhã seguinte, acordo todo moído. Mal consegui pregar os olhos. Nos únicos cinco minutos em que cabeceei, tive pesadelos horríveis. Com bóxeres e *pitbulls* à minha caça dentro do canil e com uma torre enorme de ração em lata, de um sabor asqueroso. Cansado, dirijo-me como quem não quer nada para o lado do Fritz, que está postado diante da porta, balançando o rabo.

— Bom dia! Quanta disposição e bom humor para uma hora desta! — digo.

— Pois é, hoje é dia de visita. Se aparecer alguém em busca de algum cachorro, quero estar pronto para causar boa impressão. Já não sou dos mais novos, e é por isso que tenho de compensar exibindo uma postura dinâmica e bem-humorada. Você vai ver como isso é importante; os humanos gostam dessa disposição.

Será que ele está certo? Para ser sincero, não estou com a menor vontade de bancar o *dachshund* adestrado. Mas a perspectiva de que a minha estada por aqui se alongue muito é, definitivamente, terrível demais, de modo que me posto ao lado do Fritz e me ponho a balançar a cauda para lá e para cá sem muita convicção. Não posso acreditar que essa farsa engane os humanos. Será possível?

— Desculpe, mas qual é o seu nome? — quer saber Fritz.

— Carl-Leopold — respondo em tom seco.

— Carl-Leopold? E isso é nome de cachorro?

— Por que não seria? O que faz a diferença é o criadouro de onde cada um vem. — Que tacanho! O que ele sabe de nomes bonitos? — Sou um autêntico Von Eschersbach — acrescento, orgulhoso.

— Von Eschersbach? O nome não me diz nada — resmunga Fritz, e continua balançando a cauda.

Suspiro. Um tacanho, sem sombra de dúvida. Apesar de simpático, tacanho. Quando me disponho a iniciar uma exposição sobre a minha árvore genealógica, ouço uma porta bater na casa ao lado do canil. Primeiro, fico como que eletrizado. Não por causa do ruído;

afinal de contas, o nível de poluição acústica neste estabelecimento é tão elevado que seria de esperar que minhas sensíveis orelhas de *dachshund* logo se descolassem da cabeça. Mas o espantoso é mesmo o cheiro, indescritível, que penetra diretamente nas narinas. O faro do Fritz também parece detectar o odor, pois ele para de abanar a cauda como um bobo e enfia o focinho por entre as grades.

— Você está sentindo o mesmo cheiro que eu? — pergunto.

Ele faz que sim.

— Não é o máximo?

— Sim, é incrível! — diz, dando-me a razão.

— É o odor de humano mais delicioso que já senti na vida — constato.

Pois não há dúvida de que o cheiro vem de um humano. É daquelas coisas que qualquer cachorro fareja na hora. A questão agora é saber quem é a pessoa da qual ele emana. Não é tão profano como cheiro de salsicha ou de biscoito de chocolate. Não, lembra mais o cheiro de... — ponho a cachola para funcionar — ... é isso mesmo, de um belo dia de verão. Um dia de verão, com a alegria pairando no ar. Um cheiro penetrante de flores, com um quê de morangos silvestres e um eflúvio de hortelã. Uma maravilha.

— O mais provável é que a gente se decepcione assim que vir a pessoa. Os que cheiram melhor são sempre os mais imbecis — expõe Fritz, de cátedra.

— É mesmo? — quero saber. — Para ser sincero, nunca vi uma conexão entre uma coisa e outra. Por isso, não posso julgar.

— É, sim, pode apostar.

Na expectativa, cravamos o olhar na porta. Então ela aparece, já vindo na direção do canil e acompanhada pela mulher do macacão. Ledo engano, o do Fritz! Ela é linda, até demais da conta para ser da raça humana! Mais se parece com um anjo. Conversa com a outra mulher, rindo a cada palavra. Seus olhos também são risonhos, uma beleza de ver e um fenômeno bastante raro nos humanos. Na maior parte das vezes, eles só contraem os lábios quando riem, o que é uma pena. Se eu próprio tivesse essa capacidade deles de rir, meus olhos não ficariam de fora. Dá uma aparência nitidamente melhor.

— Hum, quer dizer então que você está procurando um cachorro pequeno? E novinho também?

O anjo faz que sim.

Fritz desanima na mesma hora. Ele sabe o que isso significa: outra oportunidade perdida! Os *münsterlanders* são tudo, menos pequenos; além disso, Fritz também já não é dos mais novos. Cabisbaixo, ainda me sussurra "boa sorte" e, passando por mim, volta para seu canto. É claro que sinto pena, mas vá lá saber se não é a oportunidade da minha vida? Dou continuidade à tática do pobre Fritz, ou seja, abano a cauda, todo agitado, tentando latir da maneira mais simpática possível. Dito e feito: lá vêm as duas diretamente para o meu lado.

— Este aqui, por exemplo, é o nosso caçulinha; acabamos de acolhê-lo. Tem por volta de seis meses.

Ela estica a mão por entre as grades, que vou logo lambendo. Se isso não causar uma boa impressão, então não sei o que mais posso fazer. O anjo se inclina na minha direção.

— E você aí, fofurinha! Que meninão lindo, hein? — todo feliz, ponho-me a dar saltos.

— Pois é, ele é mesmo uma graça. Um *dachshund* mestiço.

Opa! Que história é essa de mestiço? Droga. Magoou. Cesso momentaneamente de bancar o cachorro embevecido. Não que não seja verdade. Muito pelo contrário: a mulher do macacão está com a razão. E, assim, deixa patente minha mácula: sou mestiço, resultado de uma amizade colorida entre mamãe e um macho *terrier* dos mais temerários. Por isso mesmo é que agora me encontro aqui. Posso ser Carl--Leopold von Eschersbach, mas um *dachshund* puro-sangue, com certificados e tudo mais, eu não sou. Inteiramente inadequado no que diz respeito à caça e, de todo modo, também para a criação. Foi o que disse o velho Eschersbach, proprietário do castelo, antes de me enfiar dentro de uma caixa de papelão e me trazer para cá. Emilia chorou, ainda que tenha ficado com a minha irmãzinha: de dois cachorros ela não daria conta, claro.

Ao que parece, ponho-me a choramingar, pois agora o anjo enfia a mão por entre as grades e me faz cafuné.

— Ah, coitadinho! O que você tem? Está tristinho?

Que papelão! Desde quando um Eschersbach chora? Ainda mais diante de uma beldade como a que tenho à minha frente. Meu Deus, aonde vamos parar? Pelo que tudo indica, porém, fiz exatamente o que tinha de fazer, porque o anjo se levanta, aponta para mim e diz:

— Quero aquele ali. De qualquer jeito. Será que já posso levá-lo agora?

A do macacão faz que sim.

— Venha comigo; assim preenchemos os papéis. Ele já recebeu todas as vacinas e vem de um criador muito escrupuloso. O que aconteceu é que foi parar um grão de areia na maquinaria...

Ela ri baixinho depois de pronunciar essas palavras. Só por isso eu lhe daria uma mordida, mas não o faço, porque significaria continuar neste local.

* * *

Vinte minutos depois, lá estou eu abrigado dentro de outra caixa de papelão, no banco traseiro do carro de Carolin. Porque é assim que o meu anjo se chama: Carolin. Pesquei o nome quando ela se despediu. Carolin. Belo nome. Soa nobre. Ela deve ser, ou melhor — besteira minha —, ela só pode ser de berço nobre. É dessas coisas que um cachorro intui de cara. Seja como for, Carolin é bastante bem-humorada. Assobia e, de vez em quando, lança um olhar pelo retrovisor para ver se estou bem.

— Meu amor, logo, logo você vai conhecer o seu novo lar. Não vejo a hora de ver se você vai gostar.

Eu que o diga! Seria tão bonito como o castelo Eschersbach, com um parque enorme daqueles? E um monte de tocas de coelho? O carro vai diminuindo de velocidade até parar. Carolin abre a porta e tira do carro a caixa comigo dentro. Agora estou com o cheiro de morangos silvestres e hortelã bem diante do nariz e fico com uma vontade tremenda de lamber Carolin dos pés à cabeça. Mas ainda preciso ter um pouquinho de paciência, até poder sair da caixa, que não para de balançar.

O mundo à minha volta escurece, e agora a caixa balança ainda mais: é Carolin subindo as escadas. Através das aberturas da caixa, farejando, tento absorver as primeiras impressões da minha nova casa. Está claro que se trata de um local onde vive mais de uma pessoa. E mais de um animal. Pelo menos um gato eu já detectei.

Agora Carolin põe a caixa no chão. Ouço-a fechar uma porta. Volta e, com o pé, empurra um pouco a caixa mais para a frente. Em seguida, manuseia a tampa, abre-a e me tira da caixa com cuidado.

— *Et voilà!* É aqui que você vai morar a partir de agora. Você já pode ir explorando o território, mocinho.

Em um primeiro momento, não vejo nada, tanta é a claridade. Pisco algumas vezes com cuidado para acostumar os olhos à luz. Vagamente, vou me dando conta de que estamos em uma sala de estar de seres humanos. À janela, um sofá enorme, com tudo para ser daqueles em que um *dachshund* pequeno como eu curte tirar sonecas das mais gostosas. A questão é saber se Carolin vai deixar ou não. Porque no castelo era estritamente proibido, o que tinha como consequência direta o fato de que não havia nada de que eu e a minha irmã gostássemos mais de fazer que ficar dando pulos no sofá do salão. Ainda que fosse só por ser tão hilariante ver o velho dono do castelo lançar na nossa direção seu olhar fulminante e, levantando a bengala, vir brandindo a dita cuja no ar para nos afugentar.

Vou trotando até o sofá e me ponho a farejar seu revestimento. Hum... Morangos silvestres e hortelã, outra vez. Mas também paira no ar outro cheiro. Não de animal. Mais uma pessoa? Mergulho no cheiro, aguçando o olfato. Será possível que eu não tenha ganhado só uma dona, mas um dono também? Em todo caso, o cheiro nada tem de feminino. Ainda estou absorto na questão quando Carolin me ergue e me põe — eba, eba! — no sofá, e se senta ao meu lado. Feliz da vida, lambo suas mãos: está aí uma mulher que sabe dar a um *dachshund* o tratamento que ele merece. Ela ri, retira as mãos e se põe a me observar, pensativa.

— Pois é, fofura. Já deixei tudo arrumado: cestinho de dormir, coleira, tigelinhas de comer e papinha. Só falta uma coisinha... — Abano a cabeça: para o meu gosto, o que eu ouvi já me parece mais que suficiente. — Só falta a gente achar um nome bem bonito para você...

Solto um chiado, surpreso. Mas eu já tenho um nome bonito! Será possível que o Von Eschersbach tenha me largado no abrigo de animais sem mais nem menos, sem deixar nenhuma informação a meu respeito? Que crueldade!

Pelo visto, Carolin percebe a minha indignação. Ela me pega no colo, e os nossos olhares se cruzam.

— Hum, vamos ver. Como é que poderia se chamar um rapagão lindo como você? Cara de que você tem?

Então me arremesso sobre o peito dela da maneira mais efusiva, mas mantendo um ar de solene dignidade. Será que "Carl-Leopold" não lhe ocorreria espontaneamente? Para dar mais destaque à fachada, ainda lato uma ou duas vezes, com todo decoro. Vamos lá, Carolin! É só você se concentrar!

— Seja como for, um cachorro comum é que você não é. Dá para ver que você tem mesmo caráter. Por dentro, você é, de certa maneira, bem maior do que aparenta ser por fora.

Isso mesmo, acertou! Agora não vai demorar para ela chegar ao nome. Jogo a cabeça para trás, com ar majestoso.

— Já sei! Vou chamar você de Hércules.

Como é que é? HÉRCULES? Trocar a minha tradicional nobreza por um grego antigo?

DOIS

Hércules! Tudo bem, Carolin pode não ter bom gosto no que se refere à escolha de nome para um *dachshund* — vou levar um bom tempo para me acostumar ao modo curioso como ela resolveu me chamar —, mas não se pode negar que ela leva jeito para escolher a habitação adequada. De fato, o prédio em que moro agora parece ser quase tão grande quanto o castelo Eschersbach. Assim sendo, confirma-se a minha intuição de que Carolin vem do melhor dos meios sociais. Os vizinhos também não parecem exatamente residir em uma modesta choupana. Logo atrás do prédio se descortina um parque. Tenho lá as minhas dúvidas de que pertença a Carolin, porque é mesmo gigantesco. Quando acontece de a gente sair para dar uma voltinha, eu não consigo nem mesmo enxergar onde o parque termina. Não é o máximo?

E olhe que ele não é só grande: abriga também mil possibilidades de aventura. É só dar uns passos que já farejo os primeiros esquilos e coelhos. Quero sair disparado, mas um puxão rude na nuca me recorda da completa novidade que Carolin preparou para mim: uma espécie de corda que ela prendeu à coleira. Ai! Mas o que é isso? Viro-me, abocanho a coisa e, com os dentes, vou lhe dando umas puxadinhas. Carolin se ajoelha ao meu lado.

— Tudo bem, Hércules? Não gostou da coleira nova? Ou será que nunca saiu para passear assim? Não sei se não é demais para um cachorro tão novinho. Andar com coleira, digo. É que nesta zona é obrigatório o uso de coleira; não posso deixar você solto.

A expressão "obrigatório o uso de coleira" me faz puxar a corda com um pouco mais de força ainda. Não sei ao certo o que significa, mas parece definitivamente como algo contra os cães.

— Tsc, tsc! — exclama Carolin, fazendo em mim um cafuné gostoso. Solto a correia e olho para ela.

— Acho que vou ter de acabar comprando um manual sobre como educar um cachorro. Ou, quem sabe, marcar algumas sessões com um adestrador de cães? Você é o meu primeiro, primeirinho de tudo! É que ontem me veio de repente uma vontade de ter ao meu lado um ser fiel e companheiro!

Convenhamos: isso de educar e tudo mais me parece uma perda de tempo completa, e eu espero que Carolin consiga acabar se virando sozinha comigo, mas, no que se refere ao ser fiel e companheiro, posso dizer que ela acertou em cheio, comigo e com todos os demais *dachshund* da linhagem Eschersbach. Eu chegaria mesmo ao extremo de afirmar que somos afamados justamente por essas qualidades. "Um Von Eschersbach jamais abandona seu dono. Jamais! Lembre-se disso, Carl-Leopold!", ouço ainda dizer o vovô. A pergunta é: e se o dono abandonar seu *dachshund* de um dia para o outro? O vovô seguramente não saberia como resolver essa charada — acrescento mentalmente, com certa suspeita. Por um momento, o mau humor ameaça tomar conta de mim, mas logo ouço um ruído seco que Carolin faz ao apanhar alguma coisa de dentro da bolsa. Hum, alguma coisa, não: esse cheiro eu conheço! Salsicha! Na mosca: lá vem ela com a salsicha para perto do meu nariz.

— Aqui, doçura. Para a gente começar com alguma coisa alegre a primeira parte do treinamento "passeio". Espero que você goste.

Abocanho a salsicha pela ponta e começo a saltar, entusiasmado, de um lado para o outro. Carolin devia saber que essa técnica não falha nunca.

— Ficou contente, não ficou? Talvez seja melhor a gente deixar o treinamento da coleira para outra ocasião e ir visitar Daniel. Já está mais do que na hora de vocês se conhecerem. A essa altura, ele certamente está firme no batente, talvez querendo um pouco de distração. Que pena! Eu gostaria de ficar mais tempo no parque. Ainda que fosse na coleira. Quem sabe não conhecesse algum outro cachorro que pudesse me passar a ficha completa da vizinhança? Afinal de contas, é mais que normal querer saber em que pé se está com os demais. Mas, se esse Daniel for tão importante assim, por mim, vamos nessa!

Para voltar, Carolin faz exatamente o mesmo caminho da ida, enquanto me esforço para ir andando atrás dela na coleira, como um bom menino. Quem sabe não ganho outra salsicha, se eu proporcionar a ela uma experiência pedagógica de sucesso? Batata! Ela vira rapidamente o pescoço na minha direção.

— Muito bem, Hércules! Que rápido você aprende! — elogia, infelizmente sem fazer menção de enfiar a mão na bolsa. Deixo passar essa, já que, no fundo, não estou com fome mesmo.

Nesse meio-tempo, já estamos de novo na frente do prédio. Será que o tal Daniel também mora aqui? Carolin se inclina e me pega no colo.

— Ateliê, lá vamos nós!

Ateliê? Palavra interessante. O que será que se esconde por trás dela? Entramos no prédio, mas dessa vez não subimos as escadas. Ao contrário: descemos quatro degraus. Então, Carolin abre uma porta, e eis que nos encontramos num lugar com um cheiro incrível de madeira. Começo a bufar, espantado. Será que os humanos também têm um bosque *dentro* dos prédios, com direito a raposas e coelhos? Seja como for, não vejo árvore nenhuma. Curioso.

Ouço alguém assobiar, e o som vem de um dos cantos do tal ateliê. Seria Daniel? Carolin me leva na direção do assobio. Passamos para uma sala com duas janelas enormes, pelas quais justamente se filtram os raios quentes do sol da tarde. Logo além das janelas começa um gramado, que parece bem bonito. Perto delas há uma mesa enorme, à qual se encontra o homem do assobio forte. Está segurando uma coisa comprida, que parece um galho cheio de pelos também compridos. Quando nos vê, deixa o objeto de lado e para de assobiar.

— Mas vejam só! Será que alguém se perdeu ou veio mesmo me fazer uma visita?

Carolin balança a cabeça.

— Nem uma coisa nem outra: é que alguém veio morar com a gente. Vamos às apresentações: Hércules, este aqui é Daniel; Daniel este é Hércules. — Com essas palavras, põe-me em cima da mesa, do lado do objeto.

— Como é que é? Você comprou um *dachshund*?

— Um *dachshund* mestiço.

Não consigo me segurar: ao ouvir tais palavras, balanço a cabeça categoricamente e começo a rosnar, indignado. Ambos se voltam para mim com um olhar estupefato.

— Ops! Será que ele não curte homens? — quer saber Daniel.

Carolin dá de ombros e me coça atrás das orelhas, apaziguadora.

— Espero sinceramente que curta. No abrigo de animais, pelo menos, não me disseram nada. Na verdade, eu queria trazer o Hércules durante o dia para ficar comigo aqui no ateliê.

Daniel sorri.

— Pode ser também que ele seja um rapaz orgulhoso e não goste que você ponha em questão a pureza da sua linhagem.

Ambos desatam a rir, e Carolin me pega de novo no colo.

Alguém poderia me explicar, por favor, o que há de tão engraçado? Apesar de eu ainda não conhecer muitos humanos, uma coisa é certa: esses bípedes são claramente mais insensíveis que nós, os cães. É evidente que não têm essa sensibilidade para saber o que nos incomoda em determinado momento. É quando me ocorre o insidioso pensamento de que a convivência diária com tais espécimes pode nem sempre ser só alegria. Seja como for, o tal Daniel já está na pista certa. O resto é questão de prática!

— Posso segurar um pouco?

— Mas é claro! — Carolin me passa para ele. O jeito de segurar do Daniel é firme, mas não desagradável. Ele mede só alguns centímetros a mais que Carolin, e, daqui de cima, vejo que os cabelos claros dele formam caracóis em toda a superfície da cabeça.

— E então, rapaz? Será que você não foi com a minha cara? — Para demonstrar que é justamente o contrário, lambo o seu rosto de cima a baixo.

— Ou seja: encerrado o assunto "não gosta de homens" — alegra-se Carolin. — Dá para ver que não é o caso.

— Que alívio! Senão, seria um martírio a perspectiva de passar a viver em três. Um *dachshund* que ficasse o tempo todo mordendo os meus calcanhares perturbaria a nossa harmonia sensivelmente.

Ah, já entendi. O tal Daniel deve ser o dono da minha dona. É provável que eu tenha farejado a presença dele lá em cima, no apartamento. Já ouvi mais de uma vez dizer que os humanos gostam de formar duplas e que passam um bom tempo juntos. Sempre me pareceu uma ideia curiosa. Mas agora, vendo o comportamento desses dois, acho que entendo, e bem. Eles parecem... ter uma intimidade profunda. Quase como a que tinha o vovô com o velho Eschersbach. Passaram 15 anos indo juntos à caça. Mais dupla que isso, impossível. Será que Carolin e Daniel vão juntos à caça? Ou será que as duplas humanas fazem outras coisas juntos?

— Só uma pergunta de ordem técnica: a senhora Brolin ligou de novo? — quer saber Carolin do Daniel. — É que justamente hoje ela queria dar uma passada com o *cello* para um orçamento. Se for vantajoso, quer que ele seja restaurado.

Cello. Que palavra mais linda! Tão suave e, ao mesmo tempo, tão... ardente. O que será que significa? Teria alguma coisa a ver com o objeto que Daniel estava segurando até agora pouco? Muito bem, agora é só ir atrás da informação; afinal, a partir de hoje, estarei mesmo com frequência nestas paragens.

— Ligou e já deu mesmo uma passada para deixar o instrumento. Deixei com as suas coisas. Ela disse que não tem pressa. Ligando para ela até segunda, está ótimo.

— Que bom! Para ser sincera, gostaria de passar o resto do dia mostrando ao Hércules seu novo lar e as redondezas. A gente já ensaiou uma voltinha pelo parque, mas o Hércules não curtiu muito a nova coleira. Talvez daqui a pouco eu treine de novo com ele.

— Pode ir tranquila, eu também não estou com trabalho urgente. Pelo menos, nada de que eu não consiga dar conta sem você. — Daniel sorri, entregando-me de volta a Carolin.

Tenho de reconhecer que é admirável o repertório de expressões faciais que os humanos conseguem ter. Também, nada mais fácil quando não se tem tanto pelo em volta dos olhos e do nariz. Agorinha mesmo, o tal Daniel olhou para a minha Carolin de um jeito que parecia que também estivesse com vontade de lhe lamber a cara. Mas, pelo visto, os humanos não fazem essas coisas. Pelo menos, nunca vi. Aliás, pular de um lado para o outro, também não. É no mínimo estranho, não? No entanto, faz tão bem quando se está alegre!

— Daniel?

— Diga.

— Você não achou ruim essa história de cachorro, achou?

— Claro que não! Não se preocupe!

— O que eu quero dizer é que foi um impulso assim, do nada, e, na verdade, eu queria ter consultado você antes. Mas aí, sabe como é, entrei no abrigo por pura curiosidade e acabei me apaixonando na hora por este rapazinho.

— Ele é mesmo uma graça. Dá para entender por que você quis levá-lo logo de cara. Só por esses olhões que parecem dois botões. Aliás, acho que quase não se nota que ele é uma mistura. As orelhas caídas e os membros relativamente curtos, sem falar no tronco comprido. Ou seja, se você quiser a minha opinião, ele só pode vir de uma família de *dachshund* de linhagem pura. Se houve mistura, foi muito pouca.

Daniel, você é dos meus! Tanto me honra seu elogio que o que eu queria agora era saltar dos braços de Carolin para os seus e repetir a operação "lambida" dos pés à cabeça. Sinto ter crescido alguns palmos, ou melhor, algumas patas. Lato, orgulhoso.

— Parece que isso alegrou você, hein, rapaz? Carolin, acho que nós estamos diante de um exemplar dos mais orgulhosos. Provavelmente, nós é que temos de nos esforçar para fazer jus às expectativas dele.

Desatam a rir outra vez e Carolin volta a me coçar atrás das orelhas.

— Neste caso, docinho, juro que vou me esforçar para que você se sinta bem aqui em casa.

À noite, já deitado no meu cestinho, sinto-me esgotado, mas feliz. Passeamos por uma hora inteira e treinamos o uso da coleira. Para fazer um favor a Carolin, fui seguindo atrás dela como um bom menino na maior parte do tempo; só muito de vez em quando, se tinha certeza de estar diante de uma toca de coelhos, sentava-me nas patas traseiras e começava a rosnar, arisco. Afinal de contas, tenho de preservar a minha imagem de cão de caça; mas, papo vai, papo vem, algumas rodelas de salsicha depois, acabamos conseguindo dar toda uma volta no parque. Encontramos também um ou outro cachorro, mas eu não estava muito para conversa. Afinal, amanhã é outro dia.

Antes de eu pegar no sono, Carolin ainda passa para me ver e deixar no cesto um cobertor, dos bem macios. Ela me faz festa e, depois, sussurra no meu ouvido:

— Sabe de uma coisa, meu amor? Na verdade, é uma vergonha eu não ter arranjado um cachorrinho antes. Aqui é o lugar ideal para um rapagão como você. Durante o dia, você pode ficar comigo no ateliê ou passear no jardim. E, sempre que eu tiver uma pausa ou estiver com o dia livre, prometo que a gente sai para passear. O que você acha da ideia? — quer saber Carolin e, finalmente — oba! —, tenho a oportunidade de lhe lamber a cara. Ela solta uns risinhos, me acaricia de novo e me deseja boa-noite.

Poxa! Eu tive mesmo sorte com os meus donos: tanto com ela como com ele. Na verdade, uma família bonita de ver, exatamente como no castelo Eschersbach. Está certo que aqui não tem nenhuma Emilia, e Carolin, na hora do jantar, me serviu ração em lata em vez de uma boa tigela de miúdos frescos para comemorar o dia. Mas não tem importância. Se esta for a vida da burguesia, acho que consigo me adaptar. Pelo menos, as coisas aqui parecem ser justas, e, até agora, não conheci ninguém com a frieza do velho Eschersbach. Pois é, a felicidade da classe média tem um quê reconfortante. Já não estou nem aí para a nobreza. Penso outra vez nas salsichas deliciosas e cabeceio de sono.

TRÊS

O que eu queria agora era tapar as orelhas ou me esconder embaixo do sofá. Porque o que eu estou vivendo neste momento me dá um baita medo. Um homem, que nunca vi antes, acabou de entrar no nosso, ou melhor, no apartamento de Carolin, e pôs-se a berrar. Estou de queixo caído. Quem será esse sujeito horroroso? E onde foi parar Daniel, que não vem proteger a companheira? Não seria uma boa ideia eu sair à procura dele para vir socorrê-la? O caso é que, para fazer isso, eu teria de passar pelo homem que grita e, para ser sincero, não me atrevo. Se algum dia me perguntarem qual é o mau hábito dos humanos que mais odeio, digo sem piscar: essa mania horrorosa de falar alto! Meus ouvidos ouvem muito bem, obrigado. Diga-se de passagem, para o meu gosto, os humanos não precisariam falar nem ouvir música tão alto, que, aparentemente, é outra coisa que eles adoram fazer.

Com sua atitude agressiva, esse cara me lembra o Bozo e o bóxer. Ele é imenso, bem mais alto que Carolin. Seus cabelos pretos como carvão são iguaizinhos aos pelos do Bozo. Faz os mesmos gestos autoritários e fala no mesmo tom de voz mal-educado. Está na cara que não passa de um perfeito proletário, exatamente como o Bozo e o bóxer.

O homem começa a agitar as mãos no ar, apontando para quem? Para mim! Socorro!

— Você fez o quê?! Não faz nem três dias que fui fazer uma viagem de negócios e, quando volto, descubro que você comprou um cachorro!

A cara do Bozo-bóxer está mais vermelha que pimentão. Alguma coisa me diz que ele não vai com a minha cara, ao contrário do Daniel. Mas não estou nem aí. O que importa é que meu dono goste de mim. E espero que ele chegue logo. Mesmo com a habitual audição imperfeita dos humanos, é impossível não ouvir toda essa gritaria lá do ateliê. Agora, Carolin parece querer enfrentar o homem. Está na cara que é para me defender. Um gesto lindo, mas utópico, porque, se há alguém aqui que precisa ser defendido, esse alguém é a minha dona, e o defensor, o cão de caça valente que sou. Como não me resta outra saída, vejo-me obrigado a partir para cima dele.

Estou justamente para tomar impulso, preparando-me para uma manobra de salto arriscada, a fim de dar no sujeito a mordida mais certeira no ponto mais sensível, quando acontece o inacreditável: Carolin se aproxima do asqueroso e afaga seu braço.

— Mas, meu amor, a gente não tinha concordado que arranjar um cachorro era uma boa ideia? Foi por isso que tomei a iniciativa de passar no abrigo de animais. Por favor, não fique bravo! O Hércules é tão fofo!

Meu amor? Espero ter ouvido mal. Porque, que eu saiba, quem diz *meu amor* são sobretudo os casais, um ao outro. Como o que acontece com o jardineiro, que sempre chama a Emilia de *meu amor*, o que está dentro dos conformes; afinal, os dois são casados. Será que Carolin tem dois donos, sendo que um deles é justamente esse proletário? Seja como for, Carolin parece ter acalmado o sujeito, porque ele já não está gritando tanto.

— Você e as suas iniciativas. Compra um cachorro sem me consultar! É o fim da picada!

— O que pensei foi que, como você passa tanto tempo fora e como temos esse jardim imenso, seria uma boa ideia. Além disso, durante o dia o Hércules pode ficar comigo no ateliê. Daniel não fez nenhuma objeção.

— Claro que ele não fez nenhuma objeção. É um grandessíssimo pau-mandado. Se você sugerir que ele venha trabalhar a partir de amanhã só de suspensórios, ele topa.

— Meu Deus, Thomas! Você quer parar de ficar batendo nessa tecla? Coitado do Daniel! Ele pode não ser um homem de ação como você, mas eu não poderia imaginar um parceiro melhor.

Sei. O homem se chama Thomas. E, pelo jeito, conhece Daniel. Que família mais interessante! Será que também acontece de os humanos viverem em três? Conta-se no meio dos *dachshund* que, num passado obscuro, os cães costumavam viver em matilhas. Ainda assim, um macho era abordado por várias damas. Talvez seja diferente com os machos humanos, caso se dê algo do tipo. Talvez cada mulher precise de mais de um homem. Ainda há muito que aprender para um cachorro novinho como eu. Isso é evidente.

— É evidente que você não poderia ter encontrado um parceiro melhor — diz Thomas, agora em tom de ironia. — Hoje em dia, praticamente não existem mais *luthiers* *. Mas o fato de o seu ilustríssimo colega no ateliê aceitar de você o que for está longe de se aplicar a mim.

Thomas solta uma gargalhada de desdém. Carolin começa a chorar, e, aos poucos, vai ficando claro para mim que, aparentemente, Daniel e Carolin afinal não formam um casal. Pelo menos não um casal apaixonado. Em vez disso, contra toda lógica, Carolin deve ser a mulher de Thomas e apenas trabalhar com Daniel. É assim que deve ser. Nossa, que horror!

Agora estou completamente confuso e já não presto atenção nas barbaridades que Thomas diz. Em vez disso, tenho de conseguir entender logo como é que Carolin e Thomas são um casal. Carolin não pode ter escolhido, de livre e espontânea vontade, passar a vida ao lado de um sujeito como esse. Como será que aconteceu? Será que também entre os humanos existe algo que una aleatoriamente homens e mulheres? Quase como na criação de animais? Até agora, eu considerava isso fora de questão. Para mim, os humanos eram seres dotados de livre-arbítrio. Mas se estou vendo uma coisa dessas aqui, é porque entre eles deve funcionar de outro modo. E, pelo visto, não funciona muito bem.

— Carolin, você está se iludindo. Sua relação com Thomas simplesmente não funciona. Nunca funcionou. Nunca vai funcionar.

— Como você pode ter tanta certeza? Só porque é psicóloga não quer dizer que consegue enxergar tão longe no futuro.

---

* *Luthier* — profissional especializado na construção e no reparo de instrumentos de corda. (N. da E.)

— Não, não é porque sou psicóloga. É porque sou Nina, sua melhor amiga, que há quatro anos assiste a todo esse sofrimento.

Estamos sentados, ou melhor, Carolin e Nina estão sentadas, eu estou deitado em um café. Depois de brigar com Thomas, Carolin pegou o carro e foi comigo para lá. Pouco tempo depois chegou Nina. E, desde então, a conversa está bastante interessante, pois Carolin e Nina estão falando exatamente sobre aquilo que hoje me deu muito o que pensar: o que, afinal, Carolin quer com Thomas? Pelo visto, Nina também não gosta dele. Porém, diferentemente de mim, não é por seu cheiro desagradável nem por sua voz alta, e sim por muitas outras razões que ela enumerou e cuja maior parte não entendi direito. Mas, pouco importa — no fim das contas, Nina e eu chegamos à mesma conclusão: o cara é intragável. Contudo, Carolin o defende com unhas e dentes, e Nina continua a se opor.

— Para ser bem sincera, Carolin, acho que você acabou comprando um cachorro por puro desespero. O que vem a seguir?

Ei! Alguém aí tem alguma coisa contra mim? Rosno um pouco, por precaução. Carolin inclina-se para mim.

— Está tudo bem, Hércules. Nina não quis dizer isso.

Nina vira os olhos para mim. Do meu lugar ao lado da cadeira de Carolin, posso vê-la muito bem.

— Foi exatamente o que eu quis dizer! O que lhe falta é um homem que a ame exatamente como você o ama. E um *dachshund* bobão não pode substituí-lo.

Dachshund bobão? Por acaso ela sabe com quem está falando? Obviamente, rosnar já não é suficiente, então pulo do meu lugar e lato energicamente para Nina. Espantada, ela levanta as sobrancelhas.

— Nossa, parece até que ele me entendeu. Tudo bem, retiro a última coisa que disse. Você não é um *dachshund* bobão. Mas a primeira, não retiro, não. Você não pode compensar o imbecil do Thomas. Ainda que eu admita que você é mesmo uma gracinha.

Ah, bom, assim está melhor. Volto a me deitar.

— O Hércules não é um substituto do amor. Não tem nada a ver com Thomas. Fazia tempo que eu queria um cachorro.

— Bobagem! Foi uma típica sublimação.

— Está bem, está bem, a psicóloga sabe o que diz.

Não sei exatamente o que *psicóloga* quer dizer, mas parece ser alguma coisa perigosa. Em todo caso, Carolin já mencionou essa palavra algumas vezes a Nina, e soou como se fosse uma doença grave. No mínimo, tosse de canil. Coitada! E ela parece tão saudável — pele rosada, olhos grandes e claros, e aposto que também tem um nariz bem gelado. E seus cabelos castanhos são sedosos. Mas, caso seja mesmo uma doença, espero que Carolin não a pegue e também fique psicológica.

— Bom, vamos colocar de novo os pingos nos is: você não é feliz com Thomas e nunca vai ser. Fique com seu cachorro, mas se separe desse cara!

Isso mesmo, é o que devemos fazer! Levantei-me e abanei a cauda. Infelizmente, Carolin não ficou tão entusiasmada com esse conselho quanto eu, e começou a chorar.

— Você não me entende. Thomas e eu... simplesmente fomos feitos um para o outro. Tenho certeza disso. Só pelo modo como nos conhecemos, foi o destino que nos uniu!

Sei, o destino! Uma palavra misteriosa. Seria o que reúne os humanos? E, se for, como o destino poderia ter se enganado tanto no caso de Carolin? Tento imaginar o destino em pessoa. Talvez se pareça com o velho Von Eschersbach. Rigoroso. Assustador. Um pouco prepotente. Não há dúvida: se o destino for como Von Eschersbach, ele poderia, sim, ter se enganado. Pelo menos, ao avaliar minha humilde pessoa, um grave erro passou despercebido ao velho Von Eschersbach. Do contrário, teria ele me levado para o abrigo de animais?

De repente, a conversa entre Nina e Carolin já não me interessa tanto. Meus pensamentos retornam ao castelo: à minha mãe, à minha irmã Charlotte e a Emilia. Estariam bem? Pela primeira vez desde os três últimos e agitados dias, sinto uma estranha saudade. Será que minha família sente falta de mim? Ou já nem estão falando a meu respeito? Será que a Charlotte está conseguindo dormir bem sem mim, deitado ao lado de seu cestinho? Ah, Charlotte, será que algum dia vou revê-la?

— Ei, Hércules, o que foi? Não está se sentindo bem?

Acho que comecei a uivar. Pelo menos, Carolin e Nina param de conversar, e Carolin me pega no colo. Surpreso, olho diretamente para seu rosto. Seus olhos estão bem vermelhos — embora os humanos chorem com facilidade, pelo visto, chorar não lhes faz bem. Lambo rapidamente suas mãos. *Está tudo bem*, é o que isso significa, mas, mesmo assim, Carolin me olha preocupada.

— Hum, o que será que ele tem?

Nina dá de ombros.

— Talvez ele também não esteja feliz com Thomas? Afinal, ele bem que preferiria livrar-se do cachorro.

OPA! Como é que é? Thomas está querendo se livrar de mim? Quer dizer que amanhã vou desembarcar de novo no abrigo de animais? Junto com o Bozo e o bóxer?

* * *

De volta para casa, continuo bastante inquieto. Será que Carolin vai mesmo me devolver? Isso seria terrível. Talvez eu deva mesmo tentar me entender com Thomas. Decidi mostrar meu melhor lado de *dachshund* da próxima vez que o vir. Embora isso não me agrade nem um pouco, pois, em princípio, um Von Eschersbach nunca se humilha; por outro lado, meu último ato de desobediência civil tampouco foi um grande sucesso e, como se sabe, terminou com uma mordida dolorida na minha orelhinha.

Contudo, por enquanto, Thomas parece não estar em casa. Carolin não o chama, só deixa de lado sua bolsa e depois volta a pegar a chave do apartamento.

— Vamos descer de novo ao ateliê, Hércules. — Em seguida, abre a porta. — Venha, querido!

Não podia ser melhor! Estou ansioso para rever Daniel e, abanando a cauda, desço a escada correndo atrás de Carolin.

Contudo, já no andar de baixo, tenho de constatar que o cheiro de madeira ainda é forte, mas não é exatamente o do Daniel. Estranho. Onde será que ele se meteu? Enquanto Carolin se dirige a uma mesa e a arruma um pouco, saio correndo em busca do Daniel. Constato que as salas aqui no ateliê estão dispostas de um jeito bem parecido com o do apartamento de Carolin: de um lado, duas que são interligadas e uma terceira nos fundos; depois, um longo corredor e, atrás, mais outro cômodo. Nele, o cheiro de floresta é bem forte — e, ao farejá-lo, deparo com uma pilha de madeira. Que estranho. O que será que Carolin pretende fazer com tanta madeira? Von Eschersbach coleciona garrafas em seu porão, e o marido da Emilia coleciona esses pedacinhos de papel coloridos e quadrados, com as bordas denteadas. Mas madeira? Pelo visto, não há nada que os humanos não colecionem.

— Hércules, onde é que você se meteu? — Carolin chama pelo corredor. Saio trotando do quarto cheio de madeira. — O que você está fazendo no depósito de madeira? Tem cheiro bom, não tem? — Deito-me aos pés de Carolin, e ela me faz um rápido cafuné. — Ou será que você está procurando Daniel?

Ao ouvir esse nome, abano a cauda. Carolin deve ficar logo sabendo o que entendo por um dono simpático.

— Ah, já entendi. Daniel é simpático, não é? Mas é fim de semana, e normalmente não trabalhamos nos finais de semana. Só preciso terminar algumas coisas que ficaram pendentes desde que você veio morar comigo. Depois, vamos dar uma volta, prometo. Enquanto isso, você pode dar uma olhadinha no jardim até eu terminar, está bem?

Boa pedida, pois ainda não inspecionei o jardim. Além do mais, tirando o apartamento e o ateliê, não conheço nada do prédio e não vejo a hora de explorá-lo um pouco. Carolin vai até uma janela na segunda sala e a abre. Só agora vejo que, dali, dois degraus sobem para o jardim. Rapidamente, subo-os aos pulos e sento-me logo na grama. Que delícia as cócegas que a grama faz na barriga! O sol brilha na ponta no meu nariz, e sinto vontade de espirrar. Carolin ri.

— Bom, divirta-se! Vou deixar a porta aberta, assim você pode entrar quando se cansar.

Não se preocupe, Carolin, com certeza isso não vai acontecer! Saio trotando e dou uma farejada na árvore enorme, na lateral do prédio. Hum, interessante. Pelo visto, faz tempo que nenhum cachorro passa por aqui, pois não há absolutamente nada marcado nesse tronco. Percebo essa falha e, imediatamente, levanto minha patinha traseira. Poucas vezes fiz isso, muito menos em um tronco tão largo como esse, por isso, certamente tudo ainda parece um pouco amador. Mas pouco importa; afinal, posso praticar quanto quiser e com privacidade. Até eu conseguir fazer direito como os machos adultos, que já observei às escondidas. São totalmente desenvoltos, esses aí: passam por uma árvore e, como se nada fosse, simplesmente levantam a pata.

Tento de novo do outro lado; afinal, é importante conseguir fazer com as duas pernas. Nada fácil, viu! Ainda bem que ninguém está me vendo.

— E aí, pirralho? — ouço nesse momento uma voz logo acima de mim. — Parece que você não está muito bem das pernas. Veja se não demora muito, he he!

Quem é que está falando? Olho para cima e vejo na copa da árvore um gato preto e gordo. Ah, não, que humilhação! Um observador secreto e, ainda por cima, um gato!

— De resto, estes são o *meu* jardim e a *minha* árvore; portanto, gostaria de lhe pedir para esquecer essa mijação por aqui. É nojenta e fede.

Com essas palavras, o gato desce tranquilamente pelo espesso tronco e para na minha frente. Para um gato, ele é bem grande. Sobretudo, também é gordo. Rosno para ele.

— Qual é, pirralho? Isso é jeito de cumprimentar? Vocês, cães, não têm mesmo nenhuma educação. Você chega aqui na minha sala de estar, praticamente sem bater, e nem sequer se apresenta. Mas, tudo bem — suspira o gato —, vamos começar de outro modo: sou o senhor Beck.

Sei, um senhor.

— Meu nome é Carl-Leopold von Eschersbach. Prazer em conhecê-lo, senhor Beck. — Afinal, não quero que esse sujeito saia por aí dizendo que não sei o que são boas maneiras.

O gato dá uma risadinha.

— Carl-Leopold? Que estranho, tive a impressão de ouvir Carolin chamá-lo de Hércules. E "Von Eschersbach" soa muito excêntrico.

Mas que atrevimento! Bem que eu gostaria de dar logo uma boa mordida nos calcanhares desse saco de banha; mas, graças ao convívio com os gatos do castelo, sei que, para um cão pequeno como eu, isso pode ter um resultado bastante doloroso. Essas feras são realmente rápidas e têm garras bem afiadas. Embora eu esteja espumando por dentro, tento manter a cabeça fria.

— Uma mulher tão bacana como Carolin pode me chamar como quiser. Já com um gato comum como o senhor, infelizmente sou obrigado a insistir no *Carl-Leopold*. De resto, esta não é absolutamente a sua sala de estar, e sim meu novo jardim. Portanto, gostaria de lhe pedir o obséquio de, no futuro, não subir nesta árvore que também me pertence. O senhor a está estragando com suas garras.

A cauda do gato começa a estremecer. Mas, infelizmente, não porque Beck esteja com medo, e sim porque ele solta uma gargalhada histérica.

— Formidável! Só faltava você por aqui! Eu estava mesmo ficando um pouco entediado, mas, com um palhaço como você, certamente o verão vai ser muito divertido.

Beck começa a rolar no chão, dando risada. É evidente que está se divertindo para valer. Já eu poderia arrancar os pelos da cauda. Ninguém me leva a sério. Aos poucos, o senhor Beck se acalma, levanta-se e sacode-se rapidamente.

— Agora falando sério, pirralho: quem você pensa que é?

Quando vou responder, a pata de Beck passa zunindo a um milímetro do meu focinho.

— Espere! A pergunta está errada! Não vá começar de novo com esse papo chato de nobreza.

Rosno. Beck não pode pensar que vou permitir que me ofenda assim, sem mais nem menos, com suas garras de um lado para o outro. Infelizmente, ele ignora por completo essa minha intenção e continua, sem se deixar impressionar:

— Já faz um bom tempo que sou o único animal neste prédio, a não ser pelo periquito idiota do segundo andar. E só porque você foi trazido para cá pela Carolin, que de fato é encantadora, não vá achando que vou bater em retirada. Este era o *meu* jardim, é o *meu* jardim e continuará sendo o *meu* jardim! Portanto, fique feliz se de vez em quando você puder vir aqui para deixar o sol brilhar no seu nariz, e mantenha-se longe da árvore. Estamos entendidos?

Com essas palavras, ele se vira e, ao que tudo indica, vai me deixar ali plantado. Dou um passo à frente e tento abocanhar sua cauda. Na verdade, com o objetivo de derrubá-la, tal como Beck fez há pouco com sua patada. Infelizmente, bem nesse momento, Beck abaixa a ponta da cauda na direção da minha boca — e antes que eu me dê conta, dou-lhe uma bela mordida. Ai! Certamente doeu um pouco. Talvez um pouco demais. Mas foi sem querer, juro!

Beck dá um berro e quer se vingar, e eu saio correndo. Levar uma surra de um gato logo no segundo dia certamente não corresponde à minha ideia de bom começo. Antes de ele me pegar, dou um salto arrojado pela janela ainda aberta do ateliê.

Aterrisso praticamente aos pés de Carolin, que me olha surpresa.

— O que você está fazendo, Hércules? Acrobacia aérea? — Olha pela janela e vê Beck, que consegue frear bem em cima. — Por acaso você andou brigando com o gato?

Tento olhá-la da maneira mais inocente possível e abano a cauda.

— Francamente, Hércules! O Beck é um senhor muito simpático. Além do mais, sua dona sempre rega minhas flores quando estou fora. Você precisa se comportar um pouquinho.

Essa não! Ela é íntima do gato. Finjo que estou observando algo interessante no chão. Contudo, não consigo deixar de pensar que o gosto de Carolin em relação ao sexo masculino, tanto no que se refere aos humanos quanto no que se refere aos gatos, é tudo menos refinado. Primeiro, aquele intragável do Thomas, depois o senhor Beck — é realmente quase um milagre ela ter me escolhido, e não o Bozo, no abrigo.

Ao pensar em Thomas, volto a me lembrar de que, ainda hoje, sem falta, tenho de causar uma boa impressão a esse idiota. Não pode nem passar pela cabeça dele me devolver ao abrigo. Além disso, já é suficiente ter *um* inimigo por perto, e, por enquanto, já não preciso oferecer minha amizade ao senhor Beck. Tenho a firme intenção de aproveitar a primeira ocasião para confraternizar com Thomas.

"Um Von Eschersbach não perde tempo — age assim que a oportunidade se oferece, com ousadia e destemor." É isso mesmo que vou fazer, vovô. Com ousadia e destemor.

QUATRO

Na verdade, o momento de confraternizar com Thomas chega antes do esperado. Uma noite depois, estou deitado em meu cestinho e não consigo dormir. Muita coisa está passando pela minha cabeça. Thomas. O pequeno incidente com o senhor Beck. A conversa entre Carolin e Nina. Até mesmo no Fritz, o *münsterlander* do abrigo de animais, tive de pensar. Inquieto, viro-me de um lado para o outro.

De repente, ouço um ruído. É um murmúrio... ou, antes, um... gemido? Fico em pé, pulo do cestinho e saio trotando da sala em direção ao corredor. Ali dá para ouvir ainda mais o barulho. De fato, é um gemido, e vem do quarto! Ai, meu Deus! Será que Carolin não está passando bem? A porta só está encostada, por isso, posso esgueirar-me sem fazer barulho. Infelizmente, está completamente escuro, não consigo enxergar nada.

E, novamente, o ruído. Nesse meio-tempo, o gemido transformou-se em suspiro. Mas, para meu grande alívio, percebo que é Thomas que parece não estar passando bem. Meu primeiro pensamento: com Carolin está tudo em ordem. Meu segundo pensamento: esta é minha oportunidade! O negócio é agir com ousadia e destemor. Pois, ao que tudo indica, Thomas está deitado na cama, contorcendo-se de dor. Carolin deve estar dormindo — em todo caso, parece não ouvi-

-lo, pois, do contrário, certamente o ajudaria. Portanto, vou tratar de acordá-la para que Thomas não sofra mais. Assim, ele vai reconhecer que cachorro legal eu sou e como Carolin fez bem em ter ido me buscar.

Com um salto ousado e destemido, pulo na cama, bem ao lado de Thomas, que ainda suspira. É mesmo espantoso que Carolin não o ouça, pois está mais ou menos embaixo dele. Eu já disse isto uma vez: os humanos realmente ouvem muito mal. Mas não se preocupe, Thomas, agora você tem um novo e fiel amigo. Em sua dor, ele se contorce regularmente, com o rosto virado para baixo. Dou uma rápida lambida em sua nuca para ele saber que a ajuda está por perto. Ele tem um sobressalto. Em seguida, começo a latir o mais alto possível. Afinal, uma hora Carolin vai ter de acordar.

O que aconteceu em seguida e que ainda consigo me lembrar é que atravesso o quarto voando e aterrisso de modo muito brusco ao lado da porta. De repente, tudo fica bem iluminado. Como que espontaneamente curado por um milagre, Thomas está em pé, em cima de mim, e me olha faiscando de raiva.

— Seu cachorro de merda! O que você está pensando, hein? Vou acabar com você!

Ele levanta o braço — será que vai me bater? Tento me enfiar em algum canto. Mas onde? Em pânico, solto um ganido. Socorro! O que está acontecendo?

Nesse momento, Carolin aparece de repente atrás de Thomas. Ela acabou acordando por causa de tanto barulho. Segura Thomas por trás, pelos ombros, e o puxa.

— Não se atreva a tocar no Hércules! Ele não fez por mal, não quis incomodar.

Thomas volta-se bruscamente para ela.

— Como é que é? Esse vira-lata pula na nossa cama bem na hora em que estou gozando e você ainda o defende? Vou mostrar a esse pulguento o que achei do seu showzinho.

— Thomas! — Carolin exclama agora com aspereza. — Tire a mão de cima do Hércules. Agora!

Ela se agacha até mim e me pega no colo. Nesse meio-tempo, começo a tremer como vara verde. Isso tudo é demais para meu pobre sistema nervoso. E, sobretudo, não estou entendendo nada: o que significa *incomodar*? E *gozando*? Thomas deveria estar feliz por eu, pelo menos, ter reconhecido seu estado crítico. Em vez disso, estava pretendendo seriamente me dar uma surra. E meu traseiro ainda está doendo por causa do chute que ele me deu na cama. Começo a choramingar. Nunca fui tratado com tanta injustiça. Perto desse psicopata, o velho Von Eschersbach chega a ser a caridade em pessoa!

— Coitadinho, você está tremendo todo! — Carolin me aperta contra ela e põe a cabeça na minha nuca. — Não tenha medo, estou aqui. Vou cuidar de você.

Thomas bufa com desprezo.

— Francamente, Carolin. Por acaso agora você está tendo um relacionamento erótico com um cachorro? Parece até que essa interrupção não a incomodou nem um pouco. Provavelmente veio bem a calhar para você. Pelo menos você não precisou dizer de novo que estava com dor de cabeça.

Espere aí: Thomas geme e Carolin é que está com dor de cabeça? Interrupção do quê? Por mais que eu me esforce, não estou entendendo patavina do que está acontecendo. Só uma coisa está totalmente clara: minha tentativa de me mostrar um bom menino, ou melhor, um bom *dachshund* ao Thomas foi para o espaço. E nem sequer sei por quê. Será que vou poder levar meu novo osso para o abrigo? Bom, mas tanto faz, pois provavelmente o Bozo e o bóxer vão tomá-lo de mim na primeira oportunidade.

Passo o restante da noite no meu cestinho. Embora eu esteja morto de cansaço, obviamente não consigo dormir depois de todo esse desastre. De vez em quando, levanto uma orelhinha e tento ouvir alguma coisa na escuridão. Silêncio absoluto. Mas mesmo que eu voltasse a ouvir algum ruído, nada neste mundo me faria entrar de novo em um quarto onde estivesse esse Thomas.

O sol brilha através da janela do ateliê, formando várias manchas convidativas no assoalho e chamando: "Venha, Carl-Leopold, deite-se em cima de mim e descanse um pouco!". Esse pedido vem bem a calhar, pois a noite passada ainda está doendo bastante nos meus ossos. Só não sei se devo buscar um retalho de sol na sala de Carolin ou se deito ao lado da mesa em que Daniel está trabalhando.

Por fim, acabo me deitando ao lado do Daniel. Estou me sentindo muito frágil e tenho medo que Carolin também possa estar chateada comigo por causa de toda essa história. Embora ela não tenha dito nada, não estou muito à vontade. Pois devo ter feito alguma coisa totalmente errada. Mesmo que, depois de muito refletir, ainda não saiba ao certo o que foi. Mas o fato de Carolin precisar me defender de novo de Thomas me deixa realmente muito mal.

— E aí, como foi o fim de semana? Como está sendo a convivência com seu novo cachorro? — Daniel quer saber de Carolin.

Retraio as orelhas e afundo o focinho entre as patas dianteiras. Não quero ouvir a história que, inevitavelmente, está por vir.

— Nossa, foi ótimo! Thomas também está muito entusiasmado com esse mocinho. Bom, você sabe como ele gosta de animais.

Quê? Tinha alguma coisa na ração hoje de manhã? Devo estar tendo uma alucinação.

— É mesmo? Não, não sabia que ele gostava tanto de animais. Mas então, tanto melhor, assim os dois vão se entender muito bem. Eles podem sair sozinhos para caminhar, fazer um treino de sobrevivência ou alguma coisa que um cara durão geralmente faz com seu cachorro.

Estou enganado ou percebo uma fina ironia nas palavras do Daniel? Aliás, para um cão, não é nada fácil distinguir esse tipo de coisa — os humanos costumam usar palavras idênticas para dizer coisas completamente diferentes. Ainda me lembro muito bem de como Von Eschersbach disse certa vez "Ah, que maravilha!", quando pulei com as patas molhadas no sofá da sala, mas logo depois levantou sua bengala e bateu nas minhas patas traseiras. Não consegui ter sossego nem por duas horas, até que minha mãe explicou que, muitas vezes, os humanos dizem o contrário do que pensam, e isso para deixar claro que o que dizem não é absolutamente o que querem dizer. Coisa de louco, não? Na cabeça de um humano deve haver umas circunvoluções desnecessárias e nada práticas. Provavelmente porque, como ele anda na vertical, elas o mantêm muito longe do chão. Pelo visto, isso não faz nada bem para o cérebro.

Contudo, o interessante nessa questão também é entender o que deu em Carolin para responder aquilo. Por que não quer admitir que nosso começo no futuro em comum foi um fracasso total? Será que o amor pelos animais é algo que eleva o valor dos humanos machos? Assim como a precisão dos predadores, o instinto de alerta e o fato de não se assustarem com os tiros são características que distinguem o excelente cão de caça. Aliás, de cães de caça excelentes eu entendo muito bem: minha mãe chegou três vezes à final do campeonato nacional; as prateleiras do castelo Eschersbach estão até envergadas com o peso de seus troféus, e ela nunca recebeu uma nota inferior a "10 com louvor", abreviada como "10 CL". Portanto, se o amor pelos animais é uma característica favorável e Carolin deseja demonstrar que Thomas é um candidato digno de um 10 CL, então sua história obviamente faz sentido. Mas, por outro lado, até mesmo um cãozinho como eu enxerga logo de cara que Thomas merece, no máximo, um "razoável", mesmo com amor pelos animais. Caso esse amor de fato existisse.

Voltando ao tema da ironia: honestamente, espero que a intenção do Daniel não tenha sido dizer o que disse. Pois a combinação das palavras *Thomas*, *sozinhos* e *treino de sobrevivência* despertam em mim associações bem diferentes daquela de grande amizade entre humanos e cães. Ao contrário, vejo Thomas me despachando para a beira de um penhasco, rumo a um profundo abismo, ou então me abandonando amarrado a uma árvore em uma floresta isolada. Nesse caso, prefiro o abrigo de animais. Quem sabe eu não possa fundar uma república de cães com Fritz, que na certa infelizmente ainda deve estar por lá, e nós dois ganhamos nosso próprio e pequeno canil? Por mim, pode até ser ao lado do recinto dos gatos — pensando bem, até que foi divertido morder a cauda do Beck.

— Poxa, Daniel, também não precisa tirar sarro. Acho mesmo que o Hércules e o Thomas vão se tornar bons amigos.

Ah — graças a Deus! Então era ironia mesmo. Nada de passeios perigosos a sós com Thomas.

— Não estou tirando sarro. Só duvido que o seu querido Thomas logo vá praticar jogging pelo parque com uma criaturinha tão doce como o Hércules. Afinal, isso vai muito contra sua bem cuidada imagem de cara durão.

— O que tanto você tem contra o Thomas?

— Absolutamente nada. Só que às vezes me pergunto o que ele tem contra mim.

Carolin dá uma risada que soa bastante falsa.

— Ah, por favor, Thomas não tem nada contra você. Ao contrário, ele acha você muito simpático.

A voz de Carolin, que costuma ser tão calorosa, ganha uma tonalidade metálica. Será que Daniel também percebeu? Ele suspira.

— Claro, claro.

— Vocês só são muito diferentes. Mas justamente por isso podiam ser amigos.

A esse respeito, Daniel não diz mais nada, só respira de forma bastante audível. Pelo visto, não está a fim de conversar sobre esse tema com Carolin. Que pena, eu gostaria de saber mais o que ele pensa do Thomas. Quem sabe eu tenha nele um aliado. Seria bom, pois, nesse meio-tempo, posso precisar de mais um amigo nesse prédio.

Ao meio-dia, Carolin volta comigo rapidamente para o apartamento para me dar minha comidinha. Ela até comprou um livro sobre cães — que vi em cima do sofá da sala —, e talvez a primeira coisa que leu tenha sido o capítulo sobre alimentação saudável. Pelo menos parou de me dar ração em lata e, em nosso passeio de hoje, comprou um pouco de coração fresco para mim. Enquanto ela o cozinha, um cheiro maravilhoso espalha-se pelo apartamento. Que delícia! Um excelente progresso.

— Bom, meu querido, ainda tem de esfriar um pouquinho, depois você já pode comer. Vamos esperar uns cinco minutos; tenho mesmo de dar um telefonema, depois lhe dou a comida.

Ela põe minha tigela com os pedaços de coração dentro da geladeira e vai para o quarto ao lado da sala de estar. Ainda fico por ali, meio sem saber o que fazer, depois vou trotando para o corredor. Enquanto penso do que posso me ocupar até o almoço, vejo que a porta do quarto está novamente aberta. Há dois dias que passo longe desse cômodo, mas agora minha curiosidade me vence. Talvez nele eu descubra alguma coisa que me esclareça o que realmente aconteceu naquela noite de terror. Embora eu não saiba o que pudesse ser, queria pelo menos olhar de novo o quarto na claridade. Ouço Carolin na outra ponta do apartamento falando junto daquele pedaço de plástico preto. De tudo que já aprendi nesse meio-tempo sobre os humanos em geral e as mulheres em particular, este é um sinal certo de que, no momento, elas estão completamente distraídas. Com a Emilia também era sempre assim. Dava para roubar as coisas mais incríveis da cozinha quando ela *ficava ao telefone*.

Com cuidado, enfio o focinho pela abertura da porta. De fato, a área está limpa. Vupt! Já entrei. À primeira vista, nada chama minha atenção. Mas, como se sabe, é o segundo olhar que torna as coisas interessantes. Melhor dizendo, o momento em que, como cachorro, se fareja com precisão. E, por isso, decido fazer uma profunda inspeção olfativa em tudo por aqui.

Começo pela cama: tudo nos conformes. À direita, sinto o cheiro de Carolin, à esquerda, mais o de Thomas. Bom, também, o que eu esperava? É aqui que eles dormem. Já estou para descer da cama quando outro cheiro chama minha atenção. Não exatamente nos lençóis, mas, antes, embaixo deles, no colchão. Afasto os lençóis e farejo mais a fundo. Estranho. Pois, enquanto o lado de Carolin tem justamente aquele cheiro fantástico dela e o lado de Thomas tem um cheiro nada simpático, paira um terceiro odor sobre essa cama. É... hum... não tenho certeza... alguma coisa como... não, ou talvez sim... Realmente, difícil de dizer! Por isso, vasculho de novo toda a cama com o focinho.

Nesse momento, a porta do quarto se escancara.

— Essa não, Hércules! O que você está fazendo de novo em cima da nossa cama?

Carolin está diante de mim, agitando o indicador para me repreender. Envergonhado, olho para o chão. Como é que vou explicar para ela o que estou procurando? Afinal, nem eu mesmo sei. Só sei que acabei de descobrir alguma coisa muito estranha.

— Cama não é lugar de cachorro, Hércules. Você tem um cestinho bem confortável, e é nele que você deve ficar quando quiser dormir. No sofá você pode se sentar comigo, mas na cama, não. Thomas já ficou uma fera com você, e eu prometi a ele que ia educá-lo um pouco melhor. Quero que vocês fiquem amigos. Mas assim não vai dar certo!

Agora Carolin parece estar mesmo triste. Droga. Retraio as orelhas e salto da cama. Que ideia idiota a de entrar no quarto. Tampouco sei de mais coisas agora.

— Também não precisa fazer essa cara triste. De vez em quando, mesmo um cãozinho tão meigo como você precisa aprender algumas coisas. Agora venha, sua comida já deve estar no ponto.

Obviamente, não espero ela me chamar uma segunda vez e vou voando para a cozinha. Carolin tira a tigela da geladeira, mexe um pouco a comida e a coloca diante do meu nariz. Hum, delicioso. Com uma boa porção de coração como essa, até a maior das preocupações logo é esquecida.

De volta ao ateliê, primeiro durmo uma horinha. Daniel fez para mim um segundo cestinho com uma caixa velha e um travesseiro — o cara é mesmo muito atencioso. Acordo porque tenho a sensação de que alguém está torturando o senhor Beck. Em todo caso, sons horríveis penetram meus ouvidos. Muito altos e estridentes, um berro pavoroso. Pulo do meu cesto e corro na direção do ruído. Em um dos cômodos da frente está Carolin, segurando uma coisa. Entretanto, não é o senhor Beck, e sim uma pequena caixa de madeira, parecida com outras tantas espalhadas por todo o ateliê. São estranhas. Existem em vários tamanhos, não são angulares, mas arredondadas, como se dois círculos tivessem sido colados um ao lado do outro. Além disso, têm um longo pescoço. E, sobre esse pescoço, Carolin está justamente batendo uma vara com pelos em volta. Melhor dizendo, ela está deslizando a vara sobre ele. O que parece machucar a caixinha, pois dela sai um som horrível.

Brrr, é de congelar o sangue nas veias! Não consigo me conter e começo a chorar. Primeiro hesitante, depois bem alto. Carolin abaixa a caixinha, e Daniel vem correndo até o cômodo. Ele olha para mim enquanto ainda estou chorando alto, depois solta uma bela gargalhada.

— Minha nossa! Não me diga que o Hércules não gosta de música! Bom, amigão, nesse caso, você veio parar no endereço certo!

Música? Chamam isso de música? Vocês não podem estar falando sério! Já conheço música do castelo Eschersbach. No salão havia não apenas meu sofá preferido, mas também um tal de piano. Às vezes, Von Eschersbach tocava ali. Não era nada que eu pessoalmente teria escolhido, mas de longe não era tão ruim como o que acabo de ouvir. E quando eu podia ir com a Emilia fazer compras, ela punha música para tocar no carro, obviamente também em volume muito alto, mas, não fosse por isso, até que era bem bonita — com um ritmo claro e bem rápido. Mas isso que acabo de ouvir é simplesmente horrível. E tão estridente. Não se pode chamar isso de música! Abano energicamente a cabeça.

Carolin e Daniel se olham um pouco perplexos.

— Será que as notas são altas demais para ele? Vá pegar o violoncelo; talvez seja mais adequado para ele do que o violino.

Daniel sai correndo e volta com uma caixa maior. Sei. Então é essa coisa que tem o nome bonito. Bom, tomara que soe tão bem quanto o nome. Daniel se senta em uma cadeira e prende o violoncelo entre as pernas. Ele também pega a vara. Então, põe-se a deslizá-la devagar, para um lado e para o outro. De fato, também dali saem sons. E realmente soam bem melhor. Resmungo satisfeito e deito na frente do Daniel, com a cabeça sobre as patas dianteiras.

— Bom, o Hércules não é fã de violino. Mas, de modo geral, ele parece não ter nada contra música — constata Carolin. — Nesse caso, é bom ele sempre dar uma volta no jardim quando estivermos afinando os violinos. É uma pena, porque o violino é um instrumento tão legal...

— Não sabemos o som que ele produz no ouvido dos cães. Provavelmente o Hércules ouve algumas oscilações que não percebemos.

Afinal, não conseguimos ouvir nada daqueles apitos para cães, mas eles os ouvem muito bem.

— Ei, por acaso você andou afanando meu livro sobre cães?

— Não, mas sempre tivemos cachorro em casa. Muitos *terrier*, mas uma vez até um *dachshund*. Portanto, você pode me chamar de especialista.

— Bom saber. Com certeza, logo vou incomodá-lo com alguma pergunta técnica. Bom, Hércules, se você gosta dos seus ouvidos, é melhor ir para o jardim.

Que bom, assim ainda posso praticar um pouco mais a mijada.

CINCO

O jardim está pacífico e silencioso. Dou uma olhada ao redor para ver se, dessa vez, não há realmente nenhum observador indesejado; depois, dirijo-me à grande árvore e levanto minha patinha. Viu só? Já saiu bem melhor. Aquele Beck idiota que vá para o inferno. Além do mais, é óbvio que este não é o seu jardim, e sim o meu, já que ele dá para o ateliê de Carolin. Portanto, o Beck é apenas um visitante. Não tenho nada contra visitas; afinal, um Von Eschersbach cultiva a hospitalidade. Mas se esse gato imbecil está achando que vou obedecê-lo só porque ele vive aqui há mais tempo, ele está muito enganado. Não vou recuar. Um Von Eschersbach nunca recua!

Tento mais algumas vezes, alternando as patas esquerda e direita, depois me canso. Já é hora de dar uma olhada nos outros cantinhos do jardim. Atrás da árvore começa uma grande relva, onde o sol, convidativo, está brilhando. De resto, para o meu gosto, o jardim é bem monótono. Nem sinal de coelhos ou toupeiras. De vez em quando, um ou outro esquilo parece atravessar o gramado correndo, pelo menos sinto um pouco do seu cheiro. Mas esquilos não são presas que valham a pena; na fuga, eles pulam muito rápido nas árvores. Mesmo um perito como o vovô não teria a menor chance.

À esquerda e à direita, o gramado é emoldurado por um canteiro de flores. Nele, o cheiro é doce e estivo, e algumas abelhas zunem carregadas de pólen, indo de flor em flor. Farejo um pouco nas bordas, mas não consigo descobrir nada interessante. Justamente quando vou me virar para ir na direção da parte dianteira do jardim, ouço alguém chamar.

— Hércules! Ei, venha aqui.

Será que é o senhor Beck? Será que está querendo revanche? Decido não reagir.

— Pô, Hércules, venha logo!

Viro-me lentamente, mas não saio do lugar.

— Está bem, se você faz tanta questão: Carl-Leopold, poderia fazer o obséquio de vir até aqui?

Ora, ora, mudamos totalmente de tom. Beck deve estar querendo alguma coisa importante de mim. Mas onde diabos ele está? Não consigo vê-lo em lugar nenhum. No gramado ele não está, nem na árvore, em canto algum.

— Beck, onde você está? Não estou vendo você.

— Aqui em cima.

— Na árvore?

— Não, em cima da mesa.

Em cima da mesa? Não estou vendo nenhuma mesa. Desorientado, olho ao redor.

— Em cima da mesa no gramado. Vá para trás do canteiro que você vai vê-la!

Corro para trás do canteiro e, de fato, lá vejo uma mesa grande de jardim, ou melhor, as pernas dela. Da perspectiva de um *dachshund*, não é tão fácil assim descobri-la atrás desses arbustos altos, mas deve ser ela.

— Isso, agora você encontrou. Pule na cadeira, assim você me vê.

Que raio de jogo de adivinhação é este? Procuro por uma cadeira e a encontro bem ao lado da mesa. Opa, mas é muito alta! Tomara que eu consiga subir nela com um só salto.

— Ouça, Beck, não sei se consigo subir aí. É muito alto para mim. Por que você não me diz o que quer ou, melhor ainda, por que simplesmente não desce até aqui?

— Não vai dar. Você logo vai ver por quê. Portanto, por favor, faça um esforço e suba!

Suspiro e dou três passos para trás, para pegar um pouco de impulso. Em seguida, corro e pulo na cadeira. Consegui! Foi por pouco, mas deu mesmo assim. Um pouco orgulhoso com esse desempenho, olho ao redor com a cabeça erguida — e descubro o senhor Beck no centro da mesa do jardim. Para ser mais preciso: em uma gaiola que está no centro da mesa.

— Viu por que não dava para eu descer?

Beck olha triste para mim. Quanto a mim, preciso me conter para não cair da cadeira de tanto rir.

— O que você está fazendo aí dentro? Que cena mais engraçada! Um gato gordo feito você em uma gaiola tão pequena!

— Sim, muito obrigado pela compaixão. O que eu estaria fazendo aqui? Tive a oportunidade histórica de apanhar aquele periquito irritante e espertalhão. Infelizmente, não pensei que a porta da gaiola abrisse para dentro. Agora, por causa do meu tamanho, não consigo abri-la porque a bloqueio.

— Vou lhe dizer uma coisa: você está gordo!

Beck ignora essa crítica e olha para mim de modo penetrante, como só um gato atrás das grades de uma gaiola consegue olhar.

— Você precisa me ajudar, Carl-Leopold. Se a velha Meyer descobrir que apanhei o pássaro dela, estou perdido.

— Ela poderia pensar o mesmo se você não estivesse dentro da gaiola.

— Sim, pensar, talvez. Mas não provar. Meu primeiro dono era advogado, e vou lhe dizer uma coisa: entre achar e saber, os humanos fazem uma enorme diferença.

— Seja como for, por que eu ajudaria justamente você? Posso ficar feliz se você for parar no abrigo de animais ou em qualquer outro lugar. Finalmente vou ter paz.

— O que é isso, companheiro? E a solidariedade entre animais domésticos, como fica?

— Solidariedade entre animais domésticos? Não sei, bem que eu gostaria de perguntar agora ao periquito.

Estou para me virar, quando Beck faz uma última tentativa:

— Tudo bem, então vá chamá-lo; faça como quiser. Mas se algum dia lhe passou pela cabeça fazer as pazes comigo, este seria um momento extremamente favorável. Pense bem se não seria útil ter um amigo neste prédio, e um amigo que conhece os humanos muito bem!

Tudo bem, com esse discurso, ele me vence. Suspiro.

— Tudo bem, o que devo fazer?

— Venha para perto da gaiola. Também dá para abri-la por cima, mas, para isso, você primeiro terá de roer os nós da corda, coisa que meus dentes não conseguem fazer sozinhos.

Examino o que ele me descreve. De fato, a gaiola tem outra portinhola em cima, fixada com uma espécie de fita. Os nós dessa fita estão do lado de fora da gaiola e parecem uma tarefa fácil de resolver.

— 56 —

— Acho que consigo. Mas, para isso, vou precisar virar a gaiola; do contrário, não alcanço os nós.

— Tudo bem, não tem problema. Derrube a gaiola da mesa, melhor alguns arranhões do que continuar sentado aqui.

— Bem, então, segure firme!

Com um forte impulso, empurro a gaiola para a borda da mesa. Ela cai no chão fazendo barulho e acaba aterrissando de lado.

— Ai! — grita Beck, sacudindo-se todo. — Bom, agora acho que você consegue.

Pulo da mesa para a cadeira e dali para o chão. Depois, fico ao lado da gaiola e observo-a de novo com mais atenção. Sim, desse modo deve dar certo. Os nós estão bem na altura do meu focinho. E sou famoso justamente por minhas habilidades de roedor de objetos. Ouso dizer que já viraram lenda. Para grande tristeza da Emilia, isso já lhe custou um par de sapatos. Mas, seja como for, essa capacidade precisa ser treinada.

Não levo nem três minutos. A fita cai no chão, e a portinhola se abre — felizmente para fora. Embora a abertura seja bastante pequena, o senhor Beck se contrai todo e passa por ela. É impressionante como os gatos são flexíveis. De fato, seriam ótimos para desentocar a caça — mas provavelmente são covardes demais para ficar cara a cara com um texugo. Nesse caso, é óbvio que um periquito é uma presa bem mais fácil.

Ofegante, Beck finalmente senta-se ao meu lado.

— Obrigado, amigo.

— De nada. Mas, me diga uma coisa: você realmente deu cabo daquele pobre periquito? Que horror!

Observo a gaiola. Estranho, não se veem penas. Só se vê um passarinho verde de plástico, todo arranhado, no chão. Será que o Beck realmente engoliu o periquito com pena e tudo? Brrr, só de pensar me dá asco. Abater é uma coisa — mas devorar a presa inteira? Bom, cada um faz o que bem entende. Contudo, Beck está quieto demais.

— E aí? O periquito não revirou seu estômago?

— Bem, é que... como devo dizer... o periquito está vivo. Não o comi.

— Está vivo? Quer dizer que você entrou na gaiola dele e ele está vivo? Mas onde ele está, então?

— É duro ter de admitir, mas ele não estava na gaiola quando o cacei.

Olho para o Beck com os olhos arregalados.

— Sim, eu sei o que você está pensando. Mas é isso mesmo: aquele pássaro idiota não estava na gaiola. Hoje de manhã, saí para passear no jardim. Quando vi a gaiola em cima da mesa, pensei que esta seria minha chance. Então, imediatamente entrei com tudo dentro da gaiola. Abocanhei o camarada, mordi, mas foi essa coisa idiota de plástico que acabei abocanhando. Entendeu? A velha Meyer só queria pôr a gaiola do lado de fora para limpá-la, por isso o tirou dali. O passarinho não estava lá dentro, só seu amigo de plástico.

— Como é que é? Você o quê? Jura que abateu aquele passarinho de plástico que está ali? — começo a rir. — Não pode ser verdade! Como é possível confundir esse negócio com uma ave de verdade? É preciso estar completamente cego para fazer isso, ha ha! — Rolo de rir no gramado.

— Bom, mas essa coisa de plástico parece uma ave de verdade — objeta Beck, amuado.

— De longe, talvez sim. Mas tem um *cheiro* completamente diferente!

Beck se cala. Aparentemente, meu novo amigo está muito magoado com a alegria que demonstro com a desgraça alheia. Bem, talvez eu não devesse exagerar.

— Ei, sinto muito. Não quis rir da sua cara. Só não consegui imaginar como tudo aconteceu.

Triste, Beck olha para mim.

— Posso lhe dizer exatamente como aconteceu: sou um gato velho, que já não tem a melhor visão nem o melhor faro. Foi isso que aconteceu. Que um novato como você não consiga imaginar, é totalmente compreensível.

Poxa, o cara está mesmo pra baixo. Mas também, que história idiota: entrar em uma gaiola sem presa e depois não conseguir mais sair. Tento levantar um pouco seu moral.

— Ah, mas você consegue fazer muitas coisas, das quais não faço a menor ideia.

— Sei. O que, por exemplo?

Tristonho, Beck fita o vazio. Penso um pouco. E realmente não é preciso pensar muito, pois logo me ocorre uma coisa que me faz ter inveja dele.

— Bom, você mesmo disse há pouco. Você conhece os humanos muito bem. Você os entende, mesmo quando eles fazem coisas totalmente estranhas. Acho que nunca vou entendê-los.

Pelo visto, este foi o exemplo certo, pois agora ele está sorrindo novamente e me dá uma leve cutucada de lado.

— Pirralho, nisso você tem razão. Realmente conheço bem os humanos. Mas vou lhe fazer uma proposta: agora que somos amigos, também vou ajudá-lo. Vou ajudá-lo a entender os humanos.

SEIS

Tem alguma coisa atrás da minha orelha direita me dando uma coceira terrível. Começou há cerca de três dias, e a cada dia piora um pouco mais. Infelizmente, não alcanço o local com a língua, e sempre que começo a coçar com a pata, a coceira é seguida por uma dor que repuxa. Droga. Não quero parecer aqueles cães supersensíveis, que só se queixam, mas, aos poucos, isso está ficando mais do que desagradável. Ocorre-me a ideia de me esfregar no batente da porta. Ele é levemente arredondado e talvez funcione mais do que minhas unhas.

— Hércules, o que você está fazendo aí?

Carolin aparece e agacha-se na minha frente. Continuo a me esfregar e dou um pequeno ganido. Ela me tira do batente e me pega no colo.

— Alguma coisa não está bem, meu menino. Sua orelhinha está doendo? — Ela passa a mão na minha cabeça. Depois, pega a minha orelha direita, e eu tenho um sobressalto. — De fato, você está com um nódulo. — Ela toca bem no lugar que está doendo, e agora dou um ganido alto.

— Daniel, você pode vir até aqui? Preciso do seu conselho de especialista. O Hércules está com um nódulo na orelha que parece doer.

Daniel coloca a cabeça para fora do cômodo.

— Já vou, só preciso terminar rapidinho uma coisa aqui.

Tomara que Daniel venha me ajudar, pois, quanto mais penso na minha orelha, mais ela dói. Nesse meio-tempo, a coceira cedeu lugar a um latejamento quase contínuo. Descanso o focinho nas patas dianteiras e choramingo. Não há de fazer mal se os humanos souberem que não estou nada bem.

— Pronto, Hércules, deixe dar uma olhada.

Daniel se curva sobre mim e afasta com todo cuidado minha orelha direita para frente. Choramingo um pouco mais alto. Ao examinar o nódulo, ele abre cuidadosamente meus pelos.

— Aha. É o que eu pensava.

Carolin olha preocupada para ele.

— Alguma coisa ruim?

Brrr, agora eu também estou preocupado. Será que minha orelhinha vai cair? Sem levar em conta o fato de que uma boa audição é importante para qualquer cão de caça, eu certamente me tornaria o *dachshund* mais feio do mundo.

Daniel abanou a cabeça.

— Não, não, não se preocupe. É só um carrapato.

Ufa, que alívio! Já ouvi falar em carrapatos, não são letais. Eu mesmo nunca tive nenhum, mas sempre depois de nossas correrias e brincadeiras pelo parque do castelo, a Emilia nos revistava minuciosamente.

— Mesmo assim — continua Daniel, dando à sua voz um tom que faz com que a questão da queda da orelha não pareça nem um pouco improvável —, o local parece ter inflamado. O ponto da picada está bastante quente e já está com um pouco de pus. É claro que podemos tirar o carrapato agora com uma pinça, mas, por precaução, eu levaria o Hércules ao veterinário.

Ah, não, por favor, ao veterinário não! Estremeço e percebo que meus pelos da nuca literalmente se eriçam.

— Nossa, Hércules, você sabe mesmo fazer cara feia! — constata Daniel dando risada.

Não sei qual é a graça.

— Pelo visto, seu novo companheiro de casa nos entende muito bem, e para o veterinário ele não quer ir de jeito nenhum. Veja só, Hércules se enrijeceu todo.

Ele me estende para Carolin, que me pega no colo e acaricia minha cabeça para me tranquilizar.

— Ô, Hércules, não precisa ter medo. Uma consulta ao veterinário não é o fim do mundo.

Bom, vocês vão me desculpar, mas disso eu entendo melhor do que vocês. Afinal, dos presentes aqui, sou o único que já passou por essa experiência como paciente. Até mesmo duas vezes. Na primeira, ainda me deixei enganar pela conversa fiada amigável, até essa figura chamada veterinário de repente levantar uma dobra da minha pele e me enfiar uma agulha. Imaginem só — uma agulha! Na minha pele sensível! E os veterinários não são o fim do mundo? É incrível como os humanos conseguem dizer um absurdo com a maior convicção. Como eu gostaria de poder falar com eles em uma hora dessas!

Enquanto ainda me ocupo de todos esses pensamentos, sem dúvida importantes e pertinentes, que só podem se transformar em um alto latido, tocam a campainha. Carolin me coloca de volta no chão e vai atender.

— Oi, pessoal!

— Oi, Nina! Puxa, quase me esqueci de você. Acho que nosso plano para a hora do almoço mudou um pouco.

Nina olha decepcionada.

— Ah, mas por quê? O que aconteceu?

— O Hércules está com um carrapato, e a picada acabou inflamando. Preciso levá-lo ao veterinário. Mais tarde não vou poder, marquei com muitos clientes.

— Que pena! Mas talvez não demore muito no veterinário, e depois podemos ir comer alguma coisa. Vou com você. Onde é o veterinário?

— Pois é, nem pensei nisso ainda. Não achei que fosse precisar de um veterinário tão cedo. Por acaso você tem alguma dica, Daniel?

Daniel reflete, pelo menos sua testa fica enrugada e, geralmente, isso é um sinal infalível de que os humanos estão pensando. Preciso me acostumar a olhar mais para o rosto dos humanos. Desse modo, dá para aprender muito sobre o estado de espírito momentâneo. Nesse meio-tempo, já aprendi algumas coisas sobre como "entender os humanos", mas talvez o Beck possa me dar mais umas aulas de reforço.

— Bom, nosso veterinário era ótimo, mas não tenho certeza se ele ainda dá consultas. Era realmente o melhor e, por isso, conhecido na cidade inteira. Ele se chama Wagner, e o consultório era logo ali na esquina. Dê uma ligada para o serviço de informações.

Nem meia hora depois, já estamos os três sentados no consultório do doutor Wagner. O veterinário do Von Eschersbach sempre ia ao castelo; portanto, minha consulta hoje é mesmo uma estreia. E sou obrigado a admitir: se eu não estivesse com essa dor na orelha, até que aqui seria bem interessante. Do meu lugar no colo de Carolin, consigo ver com clareza que na caixa de transporte debaixo da cadeira ao nosso lado há dois coelhos acocorados. Que loucura — nunca estive tão perto de dois coelhos. Sinto uma comichão quente se espalhar pelo meu nariz. Adoraria pular no chão e olhar melhor os dois. Quem sabe eu pudesse caçá-los na sala de espera? Claro que só de brincadeira. O lema é solidariedade entre animais domésticos. Dar umas mordidinhas nas patas traseiras certamente não os mataria. Constato que, ao pensar nisso, minha orelha já dói bem menos.

Aos poucos, deslizo com as patas dianteiras do colo de Carolin e olho rapidamente para cima, para ver se ela está me observando. Não, está em uma conversa animada com Nina, falando do seu assunto preferido: Thomas. Cuidadosamente, escorrego do seu colo e aterrisso bem na frente da caixa com os coelhos. Carolin acaricia rapidamente minha cabeça, depois volta-se novamente para Nina. Dou uma olhada ao redor — a área está limpa, pois o humano responsável pelos coelhos está junto do balcão, conversando com uma moça. Então, amigos, vamos brincar um pouquinho?

Pressiono o focinho na caixa. Que odor maravilhoso! Dá vontade de latir de tanta alegria. Mas prefiro não fazer isso, pois, nesse caso, certamente eu seria pego, e a diversão acabaria antes de começar. Em vez disso, tento levantar o trinco que fecha a pequena porta gradeada em um dos lados da caixa. Os coelhos me olham, não parecem entusiasmados. Mas isso não me preocupa; agora já estou com o trinco entre os dentes e o viro para cima. Com um leve "clique", a portinhola se abre para fora. Fantástico! Funcionou! Imediatamente, enfio minha cabeça na caixa e tento apanhar o maior dos dois coelhos. Com medo, ele guincha; pelo visto não está a fim de brincar. Contudo, antes que eu o abocanhe para valer, acontece uma coisa incrível: seu colega dispara como uma flecha para a frente e me morde bem no meio do nariz. Dou um ganido alto e tiro a cabeça da caixa. Que maldade!

Os coelhos aproveitam a oportunidade para escapar e pulam imediatamente da caixa. Lato com raiva e quero correr atrás deles, mas esqueço que estou preso à coleira, que, por sua vez, está enredada entre os pés de Nina. Ela pula assustada quando um dos coelhos esgueira-se entre suas pernas. Depois, tropeça, cambaleia e cai nos braços de um homem de jaleco branco, que nesse momento abre a porta ao lado da nossa fileira de cadeiras e, inocentemente, anuncia "Senhorita Neumann com o Hércules?" no meio da sala. Quando o vejo, uma estranha sensação me faz estremecer. Mas não chego a pensar mais a respeito, pois, nesse meio-tempo, o dono dos coelhos se afasta do balcão, corre em nossa direção, chamando "Bobo, Branca de Neve! Coitadinhos dos meus queridos!", e tenta me dar um chute. Desvio e me escondo embaixo da cadeira mais próxima. Agora, Carolin puxa apressadamente minha coleira, e a vovozinha que está sentada na frente, meio na diagonal, junto com um *cocker* mais velho, começa a ter um repentino acesso de tosse por causa da agitação toda. O homem de jaleco — aparentemente o doutor Wagner — continua a segurar Nina nos braços, e só estou vendo a hora que ele vai deixá-la cair para também sair correndo atrás de mim.

Mas nada disso acontece. Em vez disso, o doutor Wagner começa a rir alto. Uma risada sonora e alegre. Uma risada que me soa conhecida. De repente, é como se eu estivesse de volta ao castelo Eschersbach, sentado com Charlotte na laje fria da antessala do estábulo. É como se eu pudesse ouvir a voz do velho Von Eschersbach, conversando com o veterinário. E o doutor Wagner não é qualquer veterinário, ele é o meu veterinário! Agitado, começo a latir — se de medo ou de alegria, nem eu mesmo sei.

— Ê, garoto! Que belo caos você armou aqui.

O doutor Wagner ajoelha-se diante da cadeira embaixo da qual continuo encolhido e me faz um cafuné. Agora, Carolin se curva ao lado dele, solta minha coleira toda emaranhada e me puxa para a frente do assento.

— Puxa, doutor Wagner, estou morrendo de vergonha. Mil perdões! Espero que não tenha acontecido nada com os coelhos.

Pfft! Traidora! Por que está preocupada com os coelhos? Tinha de estar preocupada comigo! Primeiro sou acometido pela insidiosa podridão na orelha; depois, chego aqui e ainda sou confrontado de maneira brutal com meu passado. Mas, pelo menos, o doutor Wagner sabe estabelecer as prioridades. Ele abana a cabeça e, em seguida, me pega no colo.

— Não se preocupe nem precisa sentir vergonha. Esse garotinho aqui não tem culpa de nada. É um *dachshund* mestiço, não é? A senhorita deve saber que, durante séculos, eles foram criados exclusivamente para caçar esse tipo de coelho. E contra três séculos de criação, nem mesmo o cão mais educado pode fazer alguma coisa. — Ele passa a mão em mim, e eu lambo suas mãos. — Não sei por que, mas o Hércules me parece conhecido. A senhora já esteve aqui no consultório? Ainda não temos a ficha dele.

Carolin abana a cabeça.

— Não, sou marinheira de primeira viagem. Foi um amigo que me recomendou seu consultório.

— Ah, bom, então devo estar enganado. Faz apenas um ano que assumi o consultório do meu pai, e devo confessar que ainda confundo um ou outro paciente. — Ele se vira para Nina. — Espero não tê-la ofendido com minha pequena manobra de salvamento.

Nina dá uma risadinha muito estranha e diz com uma voz que soa totalmente diferente da normal:

— Claro que não, muito pelo contrário. O senhor chegou na hora certa, muito obrigada.

— Bem, então, vamos dar uma olhada com calma no Hércules. Vamos entrar?

Volta a abrir a porta pela qual pouco antes tinha saído e faz um gesto convidativo com a mão. Carolin avança, e, pelo visto, Nina também não quer perder minha consulta. Pelo menos não volta a se sentar, mas segue logo atrás de Carolin.

O doutor Wagner ainda acena brevemente para a moça do balcão.

— Sinje, por favor, ajude o senhor Riedler a recapturar o Bobo e a Branca de Neve, sim? Que eles não sejam vítimas do próximo cão de caça que chegar.

Atrás da porta encontra-se uma sala bem iluminada com uma mesa no centro. O doutor Wagner me coloca sobre ela e me examina.

— Então, Hércules, qual o problema?

— Ele está com um carrapato atrás da orelha direita, e acho que a picada inflamou — explica Carolin.

O doutor Wagner passa a mão ao longo da minha orelha até sentir o nódulo. Quando o toca, tenho um sobressalto. No meio de toda aquela confusão, já não estava doendo nada, mas agora o latejamento está novamente insuportável.

— A senhorita tem razão, inflamou mesmo. Vou extrair o carrapato e desinfetar o local. Em seguida, vou prescrever um antibiótico para o Hércules. Pode ser que o inseto o tenha infectado com alguns germes. Além disso, vou lhe dar um colar para ele não coçar mais o local.

Que maravilha! São ótimas as perspectivas para os próximos dias. Aposto que o Beck vai rolar de rir ao me ver com um negócio desses.

— Bom, sugiro que agora a senhorita segure o Hércules pelas patas dianteiras. Vou colocar uma focinheira nele para que não nos morda quando eu extrair o carrapato.

— Posso ser útil de alguma forma? — Nina quer saber.

Estou enganado ou ela quer causar uma boa impressão ao doutor Wagner? Ela não costuma ser tão afável.

— Obrigado, senhora... eh...

— Bogner. Nina Bogner.

Embora com a focinheira eu não consiga ter uma visão perfeita, consigo enxergar o suficiente para reconhecer que Nina está olhando radiante para o doutor Wagner. Dá para ver todos os seus dentes. Para um humano, devo dizer que ela tem uma bela dentadura. Entretanto, nesse meio-tempo, sua voz soa mais como uma flauta. Desagradável.

— Obrigado, senhorita Bogner, é gentil da sua parte. Mas assim já conseguimos.

— Bem, é que estou preocupada com nosso amiguinho aqui. Adoro cachorros, o senhor pode imaginar.

Cara, essa conversa fiada já está me irritando. Tomara que o doutor Wagner termine logo e que a gente possa voltar para casa. Pelo canto do olho, vejo que agora ele está segurando uma espécie de alicate. Ele se inclina sobre mim e — AI! Eu sabia que uma consulta ao veterinário sempre termina em dor. E hoje não foi exceção. Adoraria abocanhar o Wagner, mas essa focinheira estúpida me impede.

— Calma, Hércules! Já terminamos — afirma Wagner. — Só mais um minutinho e você já pode descer da mesa.

Ele pega uma pequena garrafa com um líquido e a abre. Sinto um odor forte e penetrante. Argh, que cheiro horrível! Wagner pinga um pouco do líquido em um chumaço de algodão. Depois, passa-o no local. Mais uma vez, AI! Arde terrivelmente e, agora, consigo me desprender de Carolin e pular no chão. Indignado, rosno para ambos.

— Hércules! — ralha Carolin. — O doutor Wagner só está querendo ajudar. Agora seja bonzinho e volte para a mesa!

— Não é preciso, senhorita Neumann. Já terminei. O carrapato já foi extraído, e o local, desinfetado. Minha assistente vai lhe dar o colar e o antibiótico. O Hércules deve tomar o medicamento pelos próximos sete dias, misturado à comida. Com isso, tudo deve voltar ao normal, e seu Hércules logo vai estar em forma.

Dez minutos mais tarde, encontro-me no colo de Carolin e, juntos, estamos de volta ao carro de Nina, que, aparentemente, está de excelente humor. Pelo menos, está assobiando toda contente.

— Nossa, viu passarinho verde? — Carolin quer saber.

— Ah, sim, foi muito interessante. De certa forma, um horário de almoço diferente. Nunca tinha estado em um veterinário antes.

— Também, para quê? Até agora sempre tive a impressão de que você não é muito chegada a animais. Para ser bem sincera, esse seu amor por cães, revelado há pouco, me surpreende.

— Por quê? O Hércules é tão fofo! Quando vocês tiverem de voltar ao consultório, quero ir junto.

— Sei. Tem certeza de que não está interessada em outro fofo?

— Como assim? Não sei do que você está falando.

A esse respeito, estou na mesma situação de Nina. Não estou entendendo muito bem do que Carolin está falando. Que outro fofo? Além de mim, não consigo descobrir ninguém que mereça esse predicado.

— Ah, qual é, Nina, não se faça de desentendida. Acha mesmo que não vi como você suspirou pelo doutor?

Nina não diz nada, mas continua a assobiar.

— Vamos, confesse que gostou dele. Eu entendo. Ele realmente parece um cara bem legal. E o jeito como ele amparou você: bem à moda antiga.

Carolin dá uma risadinha. Nina continua sem dizer nada. A comunicação humana é mesmo um enigma.

Já em casa, prefiro retirar-me logo para o meu cestinho. Mas fico na vontade, pois antes mesmo de Carolin abrir a porta, Beck aproxima-se devagar, como que por acaso, e me sussurra um "precisamos conversar imediatamente!". Será que nunca se tem sossego nesse prédio? Por outro lado, Beck faz uma cara de que o assunto é mesmo tão importante que minha curiosidade vence.

— Tudo bem, daqui a pouco no jardim? — suspiro resignado.

Beck faz que sim e desaparece. Olho para Carolin, começo a choramingar e corro aparentemente inquieto de um lado para o outro.

— O que foi, Hércules? Está apertado?

Dou um breve latido e saio correndo na direção do jardim.

— Ei, não tão rápido! Preciso mesmo ir para o ateliê.

Detenho-me rapidamente e choramingo de novo.

— Tudo bem, se é tão urgente assim...

Ao chegar ao jardim, vejo Beck já sentado embaixo da *nossa* árvore. Sento-me ao seu lado.

— Então, qual a novidade? — quero saber.

Beck respira fundo, com ar teatral.

— Fiz uma descoberta sensacional.

SETE

— Onde? Não estou vendo nada!

    — Ali, do outro lado!

Concentrado, olho fixamente para uma fileira de prédios na transversal, do outro lado da rua; porém, mesmo com a maior boa vontade, não consigo enxergar a grande novidade que Beck diz ter descoberto ali. Bom, talvez seja porque, com esse negócio enorme de plástico em volta do meu pescoço, minha visão tenda a ficar limitada, mas agora não dá para mudar. Beck arqueja impaciente.

— Bom, então temos de nos aproximar. Venha, vamos atravessar correndo!

— Espere aí, primeiro quero saber o que viemos fazer aqui — recusei. Era só o que faltava! Não consigo correr direito com o colar, sempre acabo ficando preso em alguma coisa. Beck suspira.

— Estamos aqui para resolver seu grande problema.

— Ahn? — Aos poucos, o gato vai ficando nervoso.

— Ah, mas o que estou dizendo? Não é seu grande problema, é seu maior problema.

— Meu maior problema? Quer dizer então que do outro lado da rua vamos encontrar a prova de que tenho pedigree e de que o Eschersbach estava tendo alucinações esse tempo todo?

— 72 —

Mentalmente já vejo um documento comprovando minha origem, longo como um rolo de papel-toalha, emitido em meu nome.

Beck resmunga.

— Que bobagem! Não tem nada a ver com esse negócio de origem. Ninguém liga para isso. Seu maior problema é Thomas.

— Ah, sim.

— Afinal, você disse que Thomas quer se livrar de você.

— É verdade.

— E o que podemos concluir disso?

— Que tenho de me comportar melhor?

— Errado. Podemos concluir que você tem de se antecipar a ele. Você é que precisa se livrar *dele*. E antes que ele possa levá-lo de volta para o abrigo de animais.

— Eu tenho de me livrar de Thomas? — Sem acreditar, olho para Beck. — Como vou fazer isso? Devo atacá-lo e enterrá-lo escondido? Acho que você está me superestimando um pouco; afinal, sou um *dachshund*, não um cão de rinha.

Beck abana a cabeça.

— Santo Deus, você é mesmo lerdo para entender as coisas! Não é assim! Agora você tem a chance histórica de se ver livre de Thomas de uma vez por todas. Mas não se continuar parado aqui. Vamos logo, venha atrás de mim!

Suspiro. Afinal, quando é que vai chegar o dia em que vou ter um pouco de sossego?

Ao chegar ao outro lado da rua, ainda não consigo entender por que o Beck está tão agitado.

— Me desculpe, pelo visto hoje não estou com a mesma perspicácia que você. O que há aqui de tão sensacional para ser visto?

— Está diante dos seus olhos.

— Ahn?

— A prova A.

— Prova A? Estou ficando preocupado com você. Só estou vendo dois carros e uma caixa de força. Não faça tanto suspense! Depois da consulta de hoje ao veterinário, estou exausto. Se você puder me esclarecer, afinal, o que vim fazer aqui, ficarei muito grato.

— Claro. Você só está vendo dois carros aqui. Já eu vejo uma BMW preta e metálica. Esta é a primeira partícula de uma demonstração brilhante e perfeita, ao cabo da qual Thomas será posto da porta para fora e você ganhará o sofá. Portanto, vamos agora à prova B. Senhor Von Eschersbach, queira me acompanhar, por gentileza. Temos uma inspeção local para fazer.

Por acaso já mencionei que o ex-dono do Beck era advogado? Uma sequela desagradável dessa época é o emprego arbitrário de um palavrório jurídico. É trágico ver quanto os humanos influenciam seus animais. Eu bem que gostaria que o contrário também acontecesse. O mundo seria um lugar mais amigável.

— Vamos, rapaz! Vamos subir na caixa de força!

Com um salto, Beck já está em cima dela.

— Você só pode estar brincando! Como é que eu vou subir aí? Mesmo em circunstâncias normais eu não conseguiria; com esse negócio no pescoço, então, está totalmente fora de questão! Portanto, ou você me diz logo o que significa todo esse circo, ou vou voltar para casa.

Beck me olha ofendido.

— Eu esperava um pouco mais de empenho da sua parte. Afinal, estou fazendo isso por você. Para mim, tanto faz o que o seu Thomas faz com o tempo dele. Mas como agora você é meu amigo...

— Espere aí! O que você está querendo dizer? O que Thomas tem a ver com isso?

Beck pula da caixa de força de volta ao chão e aterrissa bem ao meu lado. Para os gatos, isso é fácil.

— Bom, agora preste bem atenção e anote o que vou dizer: hoje de manhã, eu estava fazendo meu pequeno passeio de rotina. Sempre gosto de ir para o outro lado do parque, tem um ar melhor, mais ratos, é mais tranquilo... você ainda vai perceber quando passar mais tempo por lá...

— Beck — interrompo-o impaciente —, o que Thomas tem a ver com isso?

— Quando eu estava passando por aqui, a mencionada BMW parou bem ao meu lado. E quem desceu dela? — Beck confere à sua voz um tom de importância: — Thomas! — Faz uma pausa bastante significativa.

— E daí? Por que ele não poderia passar por aqui? Provavelmente trabalha aqui. Sai todo dia de manhã para o escritório.

— Santo Deus, Hércules! Não seja tão ingênuo! Até um humano preguiçoso percorre o trecho do nosso prédio até aqui em, no máximo, dez minutos a pé. Este não é o escritório dele! E o melhor está por vir! — Agitado, agora ele estremece a ponta da cauda de um lado para o outro. — Thomas entrou neste prédio que está à nossa frente. Abriu a porta e... foi beijado por uma moça! Ela logo se jogou nos braços dele! No corredor, ainda consegui ver!

Abano a cabeça.

— Não estou entendendo o que há de tão chocante nisso. Esses humanos vivem se jogando nos braços uns dos outros. Provavelmente, ficar em cima de duas pernas não é tão maravilhoso assim, e eles precisam se apoiar de vez em quando em outros humanos. Hoje, por exemplo, Nina também fez o mesmo com o veterinário...

— Eta cachorrinho ignorante! — interrompeu-me Beck, contrariado. — Não é nada disso! Eles se beijaram! Entende? Thomas beijou outra mulher!

— E por que não? Já vi isso tantas vezes. Carolin e Nina também se beijam de vez em quando no rosto; não passa de um ritual entre os humanos.

— De língua?

— Como é que é?

— Elas dão beijo de língua?

Estou confuso. Beijo de língua?

— Você quer dizer lambendo-se? Isso eu ainda não vi entre os humanos. Isso eles não fazem. O que é uma pena.

— Está vendo? — Beck solta um grito de triunfo. — Eles fazem sim! Mas nem sempre. Só quando querem se acasalar. E foi justamente o que eu vi; aliás, me esgueirei pelo corredor porque já estava intuindo alguma coisa: Thomas deu uma lambida na mulher, e ela fez o mesmo com ele. Ou seja, primeiro se beijaram normalmente, depois enfiaram a língua na boca um do outro. Um sinal infalível! Está acontecendo uma grande traição aqui, e eu descobri!

Não há dúvida de que tudo isso é muito complicado para um pequeno *dachshund*. Estou com zumbido nos dois ouvidos, e não é por causa do colar no pescoço. Pelo visto, dá para perceber claramente minha perturbação, pois agora o senhor Beck chega mais perto de mim e cochicha com ar conspirador.

— Carl-Leopold von Eschersbach, estou lhe entregando Thomas de bandeja. Ele está enganando Carolin com outra mulher. Como você certamente sabe, homens e mulheres gostam de formar casais. E, ao fazerem isso, permanecem em dois. Todo o resto é traição. Portanto, acasalar-se com uma mulher ou com um homem que não lhe pertence é traição. E, na maioria das vezes, beijar-se do jeito como Thomas e aquela mulher se beijaram é o começo da traição. Meu antigo dono, o advogado, era muito entendido no assunto. Muitos homens e mulheres que queriam se separar do parceiro o procuravam porque tinham sido enganados. Na época, contávamos com um especialista, que tirava fotos desses traidores, para que houvesse provas. Nessas fotos, era comum ver os humanos se lambendo desse jeito. Quando nossos clientes viam as fotos, primeiro costumavam chorar; depois, meu dono os ajudava a se livrarem do traidor. Daí o meu plano: mostramos para Carolin que Thomas é um traidor, depois o colocamos para fora. É genial, você não acha?

Agora estou muito agitado e abano a cauda como louco, de um lado para o outro.

— E você acha que vai funcionar?

— Cem por cento. É infalível. Só precisamos de mais uma prova.

Parei de abanar a cauda.

— Droga.

— Por quê?

— A prova. Como vamos provar? Afinal, não podemos tirar nenhuma foto e apresentar para Carolin. E Thomas não é tão estúpido a ponto de beijar outra na frente de Carolin.

Beck faz que sim.

— É verdade, isso é mesmo um problema. Ainda preciso pensar um pouco mais a respeito. Mas certamente vai me ocorrer uma ideia. Até lá, aconselho você a intensificar a observação. No momento oportuno, iniciaremos o procedimento para preservar as evidências.

Eu bem que disse que ele está usando palavrório jurídico!

— Mas você ainda não sabe em que apartamento Thomas está com essa mulher. E mesmo que soubesse, como vamos entrar nele?

— Pelo visto você é daqueles que vê dificuldade em tudo. Em ambos os pontos você está enganado. Em primeiro lugar: o apartamento é no térreo. Vi a mulher fechando uma janela. Isso também nos facilita quanto à segunda questão: em um apartamento térreo, até mesmo um cão entra sem dificuldade.

Estou enganado ou acabo de ouvir um tom irônico? Tanto faz, decido ignorá-lo, pois de maneira alguma vou permitir que esse gato, que aparentemente tem um parafuso a menos, me provoque para entrar em um prédio estranho, conduzido por ele.

— Vamos, rápido; não vou aguentar carregá-lo por muito tempo!

Beck geme e manca. Ainda hesito. Até o parapeito da janela certamente há um metro. Se eu cair, a queda vai ser bem dura. Mas já que chegamos até aqui, desistir e dar meia-volta agora seria uma vergonha. De fato, entramos no prédio sem dar na vista junto com um carteiro e chegamos ao pátio pela porta dos fundos. Agora, "só" preciso passar da escada dos fundos para a janela do tal apartamento. Por isso, fecho os olhos, respiro fundo... e pulo.

Bom, talvez fosse só meio metro. De todo modo, aterrisso bem na frente da grande janela. Ufa! Dois segundos mais tarde, Beck pousa a meu lado. De certa forma, invejo os gatos e sua mobilidade. Mesmo sem o colar, eu não conseguiria dar nem metade do pulo do Beck. Curiosos, olhamos pela janela. De fato. Lá está Thomas. E aquela mulher. E estão fazendo justamente aquilo que recentemente Thomas intitulou de "estar gozando". No quarto escuro, era difícil reconhecer, mas aqui a situação é totalmente clara: somos testemunhas de um ato de acasalamento.

Beck exulta.

— Eu sabia! Sexo! Pode me chamar de superfarejador! Pode me chamar de Sherlock Beck! *Velho demais* uma ova! Sou competente e ponto final!

Ele pula com tanta energia para cima e para baixo que já sinto medo de duas coisas: a) de cairmos os dois ou b) de sermos descobertos. Mas a última opção é bastante improvável, pois Thomas e companhia estão muito ocupados consigo próprios.

— Bom, então isto é sexo — constato secamente, depois de Beck voltar a se acalmar.

— Exato. E os humanos fazem um estardalhaço por causa disso, ou seja, por causa de quem com quem, quando e de que modo. Pode crer.

Bem, entre os criadores de *dachshund*, tampouco é diferente. O acasalamento da fêmea é sempre um grande acontecimento: é preciso conseguir o macho certo, talvez ainda pedir a autorização para o administrador nacional das associações de criação da raça, depois é preciso esperar o cio da fêmea e, finalmente, sua disposição para o acasalamento, e mais isso, e mais aquilo, e mais aquele outro... ou seja, tudo muito complicado. E depois, obviamente, o criador precisa estar o tempo todo vigiando para que nenhum macho estranho realize o acasalamento — veja o que aconteceu com minha mãe. Do contrário, todo o esforço é em vão, e lá se vai o sonho de uma descendência premiada. Mas estou divagando.

O que se constata é o seguinte: enquanto o cavalo de batalha entre criadores de *dachshunde* tem uma razão bastante concreta, que é cumprir as determinações de criação e registro do Clube Alemão do Teckel,* aparentemente entre os humanos trata-se de um assunto bem diferente. É algo mais grave do que ter dor de cabeça com órgão oficial que registra o pedigree. Não fosse assim, a ocasião de separar casais, ou seja, Carolin e Thomas, não seria adequada.

— Você está sonhando? — quer saber Beck.

— Não, só estou me perguntando por que isso é tão importante para os humanos. Ou seja, a questão de quem, por que e com quem.

— Por causa do amor, é claro!

— Por causa do amor? O que o amor tem a ver com isso?

— Caramba, Hércules, com você a gente tem de explicar mesmo tudo do começo! Bom, como sexo e amor estão interligados, essa é uma questão totalmente elementar entre casais de humanos. Mas essa é uma história que não vai dar para explicar agora, porque ela precisa de tempo, que é justamente o que não temos. Pois mais importante neste momento é saber como vamos provar para Carolin que Thomas a trai. Todo o resto vem mais tarde.

Pois bem, quando o gato tem razão, não há o que discutir. Então me ocorre uma excelente ideia.

— Bom, se não temos nenhuma fotografia, então precisamos levar outra coisa.

---

* *Teckel* – nome pelo qual também é designada a raça *dachshund* na Alemanha. (N. da T.)

Beck me olha surpreso.

— Levar alguma coisa? O quê?

— Alguma coisa que seja uma prova inegável, que faça Carolin perceber de imediato o que está acontecendo. Alguma coisa como... — dou mais uma boa olhada no ambiente — isso mesmo, já sei!

— Seu miserável, filho da mãe!

Carolin está totalmente fora de si. Estou entusiasmado. Nosso plano está funcionando!

— Mas, amor, me deixe explicar... — gagueja Thomas. — É uma infeliz coincidência, nada além disso!

— Encontro no bolso do seu casaco uma calcinha preta e isso é uma infeliz coincidência? Você me acha tão idiota assim?

Ela deveria ter perguntado se Thomas é tão idiota assim. Curiosamente, não lhe ocorreu que saí arrastando seu casaco pelo corredor. É o que acontece quando não se presta atenção nos animais domésticos. As consequências são trágicas. Carolin, por sua vez, logo se admirou e olhou para mim.

— Acredite em mim, Carolin, não faço a menor ideia de como essa calcinha foi parar aí. A menor ideia!

Thomas parece desesperado. Mas não consegue amolecer Carolin.

— Já estou farta das suas mentiras, Thomas. Esse tempo todo, tive a sensação de que alguma coisa não estava bem. As ligações estranhas, suas supostas viagens a trabalho.

Carolin estava totalmente certa quanto à sua sensação. Pois, no momento em que o senhor Beck se esgueirou com a calcinha na boca pela porta entreaberta do terraço, para mim ficou claro que não era de ontem que Thomas se ocupava de seu objeto do desejo. Ao dar uma rápida farejada na peça, eu já sabia de onde conhecia aquele cheiro: da cama de Thomas e de Carolin. Era exatamente o odor que antes não conseguira classificar. O odor dessa mulher. Pelo visto, ela também já tinha se deitado na cama de Carolin! Dá para acreditar? Sem ter me ocupado por mais tempo da matéria, tenho certeza de que este é outro grau comparativo da categoria "traição". Torço muito para que Carolin não se deixe amolecer pelo Thomas. Ele bem que merece ser posto imediatamente no olho da rua. As probabilidades de isso acontecer são excelentes. A voz de Carolin não parece nem um pouco conciliadora.

— Aquela reserva de hotel em nome do senhor *e da senhora* Brodkamp. Supostamente um lapso da sua secretária. O cheiro de um perfume estranho, que eu teria inventado. Esqueça, agora acabou mesmo! Quero que você vá embora. E agora mesmo! Vou para a casa de Nina. Quando voltar, não quero vê-lo aqui.

Ela se vira e se dirige à porta.

— Mas, mas... Carolin! — Thomas pega em seu braço. — Você não pode fazer isso. Você não pode simplesmente me botar para fora. Pensei que nos amássemos!

Carolin olha no fundo dos seus olhos e diz com a voz bem firme:

— Sim, eu também pensei. Mas, pelo visto, me enganei. Passe bem, Thomas. Venha, Hércules, Nina já está esperando por nós.

Carolin, estou muito orgulhoso de você. Ela foi nota dez. Sem pestanejar. Quase gélida. Embora eu não consiga vê-la direito do meu lugar no chão do seu carro, certamente ela está radiante. Finalmente ela se livrou do traidor — isso é motivo para comemorar!

Eu, pelo menos, estou feliz. Mentalmente, vejo Carolin e eu de papo para o ar no sofá, em uma noite agradável, assistindo à televisão. Será que em breve também vou poder dormir na cama? Afinal, ela é grande demais para uma pessoa só. Com um cachorrinho como eu, ainda sobre espaço – opa! O carro para abruptamente. Ainda no chão do automóvel, sou lançado à frente de maneira brusca. Xiii... será que foi algum acidente? Volto a me erguer. E logo fica claro por que Carolin brecou tão bruscamente: está apoiada no volante, o rosto enterrado nos braços e... chorando. Não, não está só chorando, está soluçando. Seus ombros tremem, e ouço um soluço que chega a me deixar com medo. O que está acontecendo? Em todo caso, feliz ela não está. Quieto, sento-me ao seu lado e penso no que eu poderia fazer nesse momento. Como se consola um humano?

Devagar, enfio meu focinho embaixo dos seus braços e chego ao seu rosto, que está quente e todo molhado. Começo a lambê-lo. Primeiro, com todo cuidado; depois, um pouco mais. Hum, bem salgado. No início, Carolin não reage, o que é de espantar, pois normalmente os humanos têm uma opinião formada a respeito dos cães que lambem seu rosto, e, na maioria das vezes, essa opinião não é boa.

Por fim, Carolin volta a se endireitar, vira-se para mim e passa a mão na minha cabeça.

— Você está querendo me consolar, não é? É muito gentil. Estou realmente feliz por ter você.

Tento responder concordando, o que, obviamente, não dá certo. Então, volto a lamber suas mãos. Ela dá uma risadinha. Pelo menos isso!

— Já está bom, meu amor. Você deve estar surpreso, não é? Nem sabe o que aconteceu, pobrezinho.

Bem, eu não diria exatamente isso, mas talvez seja bom que Carolin não esteja bem informada dos detalhes de toda a situação. Ela enxuga as lágrimas do rosto.

— Está tudo bem, não se preocupe. Tudo vai ficar bem.

Está falando comigo agora? Ou consigo mesma? Em todo caso, parou de chorar e continua a dirigir.

Carl-Leopold von Eschersbach, tomara que tenha sido mesmo uma boa ideia se meter nessa confusão dos humanos.

OITO

— Hércules, meu velho, como eu gostaria que você pudesse falar! — Daniel me levanta para me colocar sobre sua bancada de trabalho e olha para mim. — Adoraria saber o que realmente aconteceu entre Thomas e Carolin. — Ele coça minha nuca. — Mas ela não quer me dizer, e você não *pode* me dizer.

Para ser sincero, mesmo que eu pudesse falar, não contaria ao Daniel o que aconteceu. Pois, nesse meio-tempo, preferiria que Beck e eu nunca tivéssemos tido a infeliz ideia de pegar a calcinha. Quando Carolin e eu chegamos da casa de Nina, Thomas já tinha ido embora. No entanto, não aconteceu nada daquilo que eu esperava. Não ficamos sentados confortavelmente no sofá nem nos aconchegamos um ao outro. Tampouco dormi na cama, no lado em que dormia Thomas. Não, desde que ele foi embora, Carolin está irreconhecível. Chora muito. Já não conversa comigo. Na verdade, não conversa com ninguém. E quase não dorme. Fica andando de um lado para o outro do apartamento e ouvindo música alta. Às vezes, tão alta que incomoda até mesmo outros humanos — e isso deve significar alguma coisa. Mas, quando os vizinhos tocam a campainha e reclamam, Carolin olha para eles sem dizer nada e volta a fechar a porta. Embora abaixe um pouco o som, nada mais muda. Continua a andar a esmo pelo apartamento.

— 85 —

Há quatro dias também não vai trabalhar no ateliê. Hoje de manhã, me pegou e desceu comigo até Daniel. Quase não abriu a boca; só perguntou se Daniel podia cuidar de mim durante o dia. Ou seja, momentaneamente, passo meus dias com ele, e à noite ele me leva de volta para cima. Sempre que vai entregar o *dachshund*, tenta entabular uma conversa com Carolin, mas, infelizmente, nunca dá certo.

— Francamente, Hércules, estou ficando preocupado. Ela ficar nesse estado por causa de Thomas é mesmo terrível. Quer dizer, você há de concordar comigo que esse cara é um completo idiota que não merece que chorem por ele. Menos ainda quando quem chora por ele é uma mulher tão bacana quanto Carolin.

Au-au, é isso mesmo! Ao ouvir o nome *Thomas*, rosno um pouco; então, abano a cauda para as análises do Daniel.

A única coisa legal na situação momentânea são mesmo as conversas de homem para homem entre Daniel e eu. Bom, talvez conversa seja um exagero, mas, de todo modo, Daniel fala muito mais comigo. O que, provavelmente, não é de surpreender; afinal, na maioria das vezes estamos a sós. Porém, com isso, fico sabendo uma porção de coisas sobre os humanos em geral e sobre Carolin em particular. E, é claro, também sobre Daniel. Ele já conhecia Carolin antes de Thomas aparecer no pedaço. Ambos aprenderam juntos a construir esses negócios de madeira, ou seja, violinos, violoncelos e afins. Foi em um lugar muito distante. Em um local com um nome maravilhoso: Mittenwald. *Mitten im Wald.** Deve ser uma cidade incrível para ter um nome desses.

No curso de *luthier* frequentado pelo Daniel e pela Carolin havia muitas moças, mas nenhuma era como ela. Daniel logo percebeu isso,

---

* "No meio da floresta." (N. da T.)

e, em pouco tempo, tornaram-se grandes amigos. Chegaram a morar juntos. E juntos experimentaram muitas coisas que os humanos fazem pela primeira vez: a primeira grande faxina, o primeiro assado de domingo, o primeiro Natal sem os pais. Só o primeiro grande amor não foi compartilhado. O que também teve a vantagem de poderem consolar-se um ao outro.

Quando Daniel conta, quase tenho a sensação de que eu também sou um humano. Pelo menos imagino que, aos poucos, vou entendendo como os bípedes captam as coisas. Sem dúvida, o senhor Beck também já me esclareceu muito. Mas ouvindo da boca de um objeto de estudo, de certo modo isso parece... mais verossímil. Com o Beck, em todo caso, nem sempre tenho certeza se ele não está simplesmente inventando coisas, a fim de deixar a história mais interessante.

O Daniel me afaga de novo, depois me coloca de volta ao chão.

— Bom, agora preciso dar uma geral aqui, senão, aos poucos, certamente vamos mergulhar em um caos. Logo vai chegar uma cliente especial. Para você, como *dachshund*, provavelmente não é tão fácil reconhecer... mas, como homem, posso lhe garantir: um colírio para os olhos! E, ainda por cima, uma excelente musicista. E que temperamento... minha nossa! Uma moça e tanto. Às vezes, é preciso freá-la um pouco, mas é sempre bom vê-la.

Ele começa a assobiar uma melodia e a arrumar sua bancada de trabalho.

Realmente, não acho a menor graça. E como é bem possível que essa excelente musicista também toque violino, então, definitivamente, não é para mim. Caminho na direção da porta do terraço. Talvez eu encontre o senhor Beck no jardim. Uma boa conversa entre animais domésticos seria uma ótima ideia agora.

Mas, infelizmente, nenhum sinal do Beck, nem nos fundos do prédio nem no jardim da frente. Em compensação, faço uma descoberta interessante. Bem em cima da mureta que cerca o jardim da frente encontra-se uma moça. Está ali sentada, fazendo alguma coisa em seu rosto. Aproximo-me a passos rápidos para conseguir ver melhor. Ela nem repara em mim, de tão ocupada que está... sim, mas com o que exatamente? Observando superficialmente, eu diria que está se pintando. Pelo menos está segurando uma esponjinha, na qual foi aplicado um pó de cor clara, que em seguida ela espalha no nariz. Pouco depois, pega um lápis e passa uma pasta vermelha na boca. Hum, estranho.

A mulher coloca seus instrumentos de pintura de volta na bolsa e se levanta. Depois, inclina-se rapidamente para a frente e sacode os cabelos. Bem ao modo como faz um cachorro quando sai da água e se sacode todo para se secar. Que os humanos também façam isso sem água é outra prova de que os bípedes são seres que agem de modo totalmente irracional. Sem pé nem cabeça. Ela volta a jogar os cabelos — completamente secos — sobre os ombros. São bem compridos, bem pretos e bem encaracolados. De longe, lembram o cão pastor húngaro que certa vez nos visitou no castelo Eschersbach. Na época, perguntei-me como ele via as ovelhas que devia vigiar.

Agora vejo que, além da bolsa, a mulher tem uma mala. Sem dúvida, uma caixa de violino, como aprendi nesse meio-tempo. Então deve ser a musicista de que Daniel acabara de falar. Não sei avaliar se ela é especialmente bonita para os olhos humanos. Também é difícil dizer; afinal, ela pintou tanto o rosto que já não é reconhecível em sua forma original. Além do mais, a mulher mais bonita do mundo é Carolin, e o resto não me interessa.

A cara-pintada dirige-se à entrada. Atravesso correndo o jardim, de volta à porta do terraço, e já estou ao lado do Daniel quando ele abre as portas do ateliê.

— Daniel, meu querido!

Ela o abraça e o beija. Faço um esforço para reconhecer se com ou sem língua. Afinal, foi uma das últimas coisas que aprendi. Infelizmente, não dá para ver direito, pois seus cachos cheios cobrem os dois rostos. Contudo, em interesse próprio, espero que tenha sido apenas um cumprimento normal, pois, no momento, não sou capaz de fazer uso de mais nada. Ainda que eu seja inocente nos últimos acontecimentos. Até agora, o ateliê foi um bom refúgio para as perturbações sentimentais dos humanos, e tomara que continue assim.

— Uau, Aurora, como sempre, você está maravilhosa! Entre, já estava esperando por você. Infelizmente, Carolin está doente, e durante esta semana não irá ao ateliê.

— Coitada! O que ela tem?

Estou enganado ou esse interesse parece falso? Apostaria uma boa rodela de salsicha como essa Aurora está feliz por não ver Carolin.

— Ah, está muito resfriada. Ela é muito teimosa, e eu a aconselhei a se cuidar.

— Fez muito bem. — Aurora levanta a mão e faz um sinal ameaçador com o indicador. — Só falta ela passar o resfriado para você. Logo agora que preciso tanto de você, meu querido! — Finalmente, também me nota. — Desde quando você tem um cachorro?

— Carolin o trouxe no mês passado do abrigo de animais. É uma graça, não é? Estou cuidando um pouco dele enquanto ela está doente.

— Gentil da sua parte. Na verdade, não sou muito amiga de cachorro; prefiro os gatos. Mas ele realmente é uma gracinha.

Grrr, prefere os gatos, é? Que tal se eu morder seus calcanhares? Assim, pelo menos, ela terá um bom motivo para amar os gatos.

— Bom, deixe-me então ver a joia; estou ansioso. — Daniel ajuda Aurora a tirar o mantô e a conduz à sua sala.

— É para ficar mesmo, Daniel; ele é realmente maravilhoso.

Ela lhe entrega a caixa do violino, que ele coloca em sua bancada e abre com cuidado. Tira o instrumento e o vira de um lado para o outro. Em seguida, assobia em sinal de reconhecimento.

— Que beleza! Escola de Cremona, inconfundível!

— Fiquei muito ansiosa quando o negociante me ligou. Passei tanto tempo procurando um instrumento como este! O parecer ficou pronto na semana passada, e ontem ele chegou de Londres como encomenda expressa. Acha que consegue recuperá-lo?

— Bom, tem uma rachadura no tampo, as curvaturas estão empenadas, mas, no conjunto, não parece tão avariado. Eu diria que há esperança.

Aurora dá um grito de alegria e torna a abraçar Daniel.

— Eu sabia! Você é o melhor! Obrigada, obrigada, obrigada!

Com certa satisfação, percebo que Daniel a afasta delicadamente.

— Não há de quê; afinal, é o meu trabalho.

— Quando você pode começar?

Daniel olha na direção do calendário, que está dependurado na parede da frente.

— Hum, espere um pouco. Bom, nesta semana já não dá, porque, no momento, estou sozinho, mas por precaução eu já tinha programado você para a próxima; então, começo sem falta na semana que vem. De quanto tempo vou precisar, ainda não sei dizer ao certo. Também vai depender do que eu vier a descobrir quando o abrir.

Aurora faz que sim e coloca a mão no braço do Daniel.

— Me ligue quando tiver mais detalhes. Vai ao meu concerto na semana que vem?

— Ainda não sei se vai dar. Tem tanta coisa acontecendo por aqui... — ergue as mãos se desculpando.

— Então espero que a pobre Carolin se recupere logo. Se você não for, vai perder um programão. Depois, poderíamos sair para comer alguma coisa e comemorar. O novo violino merece um brinde. O que você acha?

— Nossa, Aurora, parece muito bom. Vou ver o que consigo fazer. Bom, mas agora preciso voltar ao trabalho. — Com um gesto amigável, mas inconfundível, ele conduz Aurora até a saída e a ajuda a vestir o mantô.

— Bom, então, nos vemos na semana que vem, meu querido! Estou contando com você, faça um esforço!

Daniel sorri.

— Vou fazer. É por isso que vou colocar a mão na massa agora mesmo.

Ele abre a porta. Antes de sair, ela lhe dá outro beijo de leve na bochecha. Sem língua.

Carolin abre a porta para nós e, de certo modo, parece estranha. Também tem um cheiro estranho. Um cheiro que já cheguei a farejar algumas vezes no velho Von Eschersbach.

— Boa noite para vocês dois; entrem.

— Está tudo bem com você? — quer saber Daniel.

— Claro, claro, tudo bem.

Difícil de acreditar. A voz de Carolin também soa estranha. Tão arrastada e apagada. De repente, sinto-me muito mal.

Daniel caminha atrás de mim pelo apartamento. Corro para o meu cestinho, e ele se senta no sofá da sala.

— A Aurora Herwig esteve no ateliê hoje — relata, então.

— Oooh... a bela violinista! Como ela está?

— Muito bem. Ela conseguiu em Londres uma antiga obra-prima italiana por um bom preço. Cremona, acho. Mas ainda não li o parecer. Em todo caso, a Aurora está feliz da vida.

Carolin começa a dar risada.

— Que bom que a Aurora está tão feliz. Então está tudo ótimo.

— Diga uma coisa, Carolin: está mesmo tudo bem? Você parece um pouco abatida. Estou preocupado com você; sem contar que obviamente sinto sua falta no ateliê.

Carolin senta-se ao lado do Daniel e coloca a mão em seu ombro.

— Não precisa se preocupar, de verdade. Está tudo bem. Na semana que vem, com certeza vou voltar a ser como antes; só preciso me recuperar um pouco.

Daniel hesita, depois se levanta.

— Bom, então vou para casa. Mas prometa que vai me ligar se não se sentir bem.

— Sim, sim, pode deixar, pode deixar. Vá para casa. Também estou cansada e vou logo para a cama.

— Então, boa noite!

Daniel quer inclinar-se para despedir-se de Carolin, mas ela o evita.

— Sim, boa noite.

Daniel vai embora, e eu fico sozinho com Carolin. Não sei dizer direito por que, mas, aos poucos, o mal-estar se transforma em medo. Alguma coisa não está bem aqui. Preferiria sair correndo atrás do

Daniel e trazê-lo de volta, mas como vou fazer isso? Droga, alguma coisa me diz que, no momento, Carolin não deveria ficar sozinha. Quer dizer, "sozinha" no sentido de "sem outros humanos". Não quero subestimar minha companhia, mas ela precisa de mais do que um cachorrinho. Definitivamente.

Por algum tempo, Carolin ainda fica sentada no sofá; depois, levanta-se, vai até o aparelho de som e novamente põe música para tocar. É de enlouquecer: faz quase uma semana que ela ouve a mesma música; minha vontade é de dar um nó nas minhas orelhas. Corro até ela e puxo de leve seus jeans. Ei, me dê um pouco de atenção; afinal, também estou aqui! Mas ela apenas me olha rapidamente com olhos vítreos e depois vai para a cozinha. Vou atrás. Embora Daniel já tenha me dado comida, eu não teria nada contra um pedaço de salsicha agora para fazer as pazes. Seria bom se Carolin também pensasse em mim; aos poucos, vou ficando um pouco magoado.

De fato, ela abre a geladeira — mas só para pegar uma garrafa. Pega um copo e derrama alguma coisa dentro dele. Aha, é daí que vem o cheiro! Pelo visto ela já andou bebendo um pouco desse negócio. Ao se dirigir novamente para a sala, quase pisa nas minhas patas. Ai! Dou um latido alto. Assim não dá! Decido retirar-me para o meu cestinho.

Um bom tempo depois, ouço um barulho. Curioso, levanto-me em um pulo e corro na direção do ruído. Ao chegar à sala, vejo Carolin se recompondo. Nossa, será que ela caiu? Vou até ela e lambo suas mãos. Afinal, não estou tão bravo assim.

— Oi, obrigada pelo interesse, Hércules. Está tudo bem, tudo bem. Só queria pegar uma coisa naquela prateleira de cima, mas a cadeira estava tão bamba.

Olho para cima. Na mencionada prateleira há mais garrafas. Carolin levanta-se, coloca a cadeira em pé e sobe nela. Dessa vez dá certo, e ela traz uma das garrafas para baixo. O líquido tem uma bonita cor marrom-dourada, mas quando Carolin abre a garrafa um odor penetrante extravasa até mim. Argh, com certeza deve ser para uso externo — Carolin não vai beber uma coisa dessas.

Ela bebe. Verte o líquido em seu copo e, decidida, toma um grande gole.

— E aí, também quer provar, Hércules?

Ela segura o copo em minha direção; encolho a cauda e dou um ganido. Deus me livre!

— Bom, melhor não. Saúde! — Quando ela volta a erguer o copo em minha direção, um pouco do líquido cai no tapete. Carolin ri. — Finalmente esta merda de tapete felpudo ganhou uma estampa interessante. Conhaque com creme, é isso aí. Nunca o quis, mas Thomas fez tanta questão de comprar esta droga para decorar a sala... O que você acha, Hércules? Devo cortá-lo no tamanho adequado para colocar no seu cestinho? Vai ficar bem confortável — zomba ela, servindo-se de outro copo.

Ela não pode estar falando sério; certamente deve ser outra ironia típica dos humanos. Não é porque agora o tapete está com uma mancha marrom-clara que deve virar forro de cestinho. Eu não teria nada contra, mas não consigo imaginar que ela realmente vai fazer isso. Entretanto, ela vai até o armário, pega uma tesoura e se ajoelha sobre o tapete.

— Bom, vamos ver se dá para fazer alguma coisa coerente com esta parte. — Levanta uma borda, pega a tesoura e começa a cortar. — Nossa, que difícil! Mas não vou desistir assim tão facilmente, não eu!

Com lamentos e gemidos, ela segue em frente com a tesoura na parte manchada — fico boquiaberto. Em pouco tempo, o tapete perde sua forma redonda original e parece ter sido estraçalhado por um animal muito grande e muito feroz. Carolin faz uma pequena pausa e se serve de outro copo. A garrafa, que há pouco estava cheia, agora está quase vazia. Ela olha para mim.

— Ei, amorzinho, você vai ficar comigo, não vai? — sussurra.

Pelo menos é o que imagino que ela diz, pois, nesse meio-tempo, Carolin começa a falar de modo tão enrolado que mal consigo entender. Deito minha cabeça em seu colo. Claro que vou ficar com você, Carolin! Ainda que meu sensível nariz de *dachshund* já esteja sofrendo muito com esse seu cheiro penetrante! Espero que ele não fique impregnado em você.

Quase mecanicamente, Carolin coça minha nuca. Depois, murmura:

— Preciso me reabastecer.

Quer levantar, mas cai bruscamente. Deus do céu, o que ela tem agora? Tenta se reerguer, mas não consegue.

— Não estou nada bem — murmura, e logo depois começa a ter ânsia de vômito. Todo o seu corpo se contrai, e parece que ela está com dor.

De repente, sinto um medo terrível. O que faço agora? O que está acontecendo?

As ânsias aumentam, e a vejo cuspir no tapete claro — ou no que sobrou dele. Agora entendi tudo: Carolin se intoxicou! Provavelmente com o negócio dessa garrafa! Da última vez que vi alguém vomitar, foi Luise, irmã da minha mãe. Um vizinho malvado pôs alguma coisa na ração. Precisamos imediatamente de um médico; do contrário, pode acontecer o pior!

Corro agitado de um lado para o outro e, por fim, novamente para a cabeça de Carolin, que, nesse meio-tempo, está deitada imóvel ao lado do seu vômito. Lato alto para que ela acorde, mas ela não se mexe. O que devo fazer? Carolin precisa de ajuda, e agora mesmo.

Será que algum vizinho vai aparecer se eu fizer mais barulho? Afinal, já vieram reclamar da música. Lato e rosno, pulo para cima e para baixo. Por três minutos, cinco minutos, com certeza por dez minutos. Mas nada acontece. Esgotado, faço uma pausa. Droga, será que justo hoje não tem mais ninguém no prédio além de nós? Nem mesmo o Beck?

Carolin continua inconsciente e, aos poucos, seu rosto fica pálido. Arrasto-me ao seu redor e aguço os ouvidos. Graças a Deus, ainda está respirando. Deito-me junto à sua cabeça, com o focinho sobre as patas dianteiras e escuto sua respiração. Às vezes, ela se interrompe brevemente, e daí solta um gemido. Que situação horrível! E eu contribuí para ela. Realmente, é tudo culpa minha. Se eu não tivesse feito aquela armadilha para Thomas, ele ainda estaria aqui e Carolin não teria se intoxicado.

Novamente, tomo impulso para fazer um bom barulho. Dessa vez, pulo bem na frente da porta do terraço, para cima e para baixo, enquanto lato. A porta está entreaberta. Será que alguém lá fora vai me ouvir? Estou tão ocupado em pular e latir que quase não ouço o telefone tocar. Será que é o vizinho que está ligando? Ah, não! Até hoje não sei como os humanos atendem ao telefone! Mas talvez esta seja minha única chance de chamar a atenção de alguém. Portanto, preciso tentar, e rápido, antes que pare de tocar. Pelo menos isso eu já entendi, sobre como funcionam os telefones.

O aparelho está em cima de uma mesinha na sala. Quando quer usá-lo, Carolin sempre o pega com a mão; portanto, corro até ele e tento erguê-lo com o focinho. Mas não é nada fácil, esse troço é muito grande. Na primeira tentativa, não dá muito certo; na segunda, ele escorrega e cai. Grrr, hoje nada está dando certo. Espero não tê-lo quebrado. Com cuidado, farejo a parte preta, que agora está no chão, na minha frente. Será que ainda dá para usá-la? E se der, como fazê-lo? Ao observar melhor, ouço uma voz sair dela, vinda de muito longe. Dou um latido nervoso! Se consigo ouvir uma voz, talvez ela também consiga me ouvir. Não tenho certeza se a voz também sabe onde estou; mas não tem problema, faço de tudo: lato, rosno, choro, berro, respiro ofegante — sempre na direção do telefone. De vez em quando, volto a ouvir a voz: parece ainda estar lá. Infelizmente, não consigo entender o que diz, mas imagino ter ouvido meu nome. Será que o telefone sabe como me chamo?

Então, de repente, a voz vai embora e, em vez dela, só ouço o som de uma corneta. Frustrado, rosno para a coisa. Provavelmente, todo o meu latido não serviu para nada. Volto para perto de Carolin e deito-me ao lado dela. Se ela estiver passando mal, pelo menos não deve ficar sozinha.

O apartamento está em total silêncio. Pela primeira vez em muito tempo, agora eu bem que gostaria de estar de volta ao castelo Eschersbach.

NOVE

Será que peguei no sono? Não sei ao certo. Em todo caso, agora estou bem acordado, pois, finalmente, alguma coisa está acontecendo. Primeiro, tocam a campainha. Depois de um tempo, uma chave gira na fechadura, e a porta é aberta.

— Carolin, você está aí?

Minha Nossa Senhora das Salsichas — é Daniel! Imediatamente, corro até ele e pulo alto; adoraria lambê-lo.

— Ei, opa, Hércules! Que recepção calorosa! Onde está sua dona? Estamos um pouco preocupados com ela.

Estamos? Só agora percebo que Nina também está no corredor.

— Daniel, estou com um péssimo pressentimento. Não acho normal o Hércules atender ao telefone e a gente não conseguir encontrar Carolin. Para não falar no cheiro que está aqui. Que fedor!

— Tudo bem, vamos dar uma olhada.

Ele entra no apartamento, e eu corro na frente, para a sala. Vamos, sigam-me! Paro ao lado de Carolin e dou um latido alto.

— Ai, meu Deus, Carolin!

Daniel já está atrás de mim e se ajoelha ao lado de Carolin. Nina também entra na sala. Ao ver Carolin no chão, leva as mãos ao rosto.

— Ah, não, o que aconteceu?!

Daniel pega a mão de Carolin.

— Bom, pelo menos estou sentindo seu pulso. Carolin! — Ele sacode seus ombros. — Carolin! Acorde!

Ela não se move. Ele a vira para o lado, afastando-a do vômito, e limpa seu rosto com um lenço que tira do bolso da calça.

— Não estou gostando nada disso. Vou chamar uma ambulância.

Ele se levanta e vai até o telefone, que continua no lugar em que eu o deixei cair. Fala rapidamente com alguém, depois volta para nós. Nina também se senta conosco no chão.

— O que significa tudo isso? Carolin inconsciente, o tapete ali, todo picotado. Há quanto tempo será que ela já está assim?

— Bom, faz duas horas que fui para casa. Antes disso, vim deixar o Hércules e, para ser franco, ela já parecia alcoolizada. Mas, tudo bem, pode acontecer de vez em quando. Justamente por desilusão amorosa. Só que também já fazia quatro dias que ela não ia ao ateliê porque estava muito para baixo. Mas me prometeu que voltaria na semana que vem. Droga, eu devia ter insistido mais.

— Você não imagina como me sinto culpada. Eu sabia que ela não estava bem por causa de Thomas. Mas ela não quis falar a respeito, então pensei que talvez fosse melhor, no começo, deixá-la em paz. Mas quando liguei aqui e só ouvi o cachorro latindo no fone... — ela se calou e pegou a mão de Carolin.

— Que bom que você me ligou logo.

— E que bom que você tem a chave! Dificilmente o Hércules conseguiria abrir a porta para nós. Se bem que — ela se estica até mim e me puxa para seu colo — você é um *dachshund* muito esperto. Percebeu que Carolin precisava de ajuda, não foi?

— É mesmo, Hércules — concordou Daniel —, se você não tivesse atendido ao telefone e feito todo aquele barulho, certamente não passaríamos aqui.

— Como você conseguiu tirar o telefone do gancho? Fico imaginando que não deve ser muito fácil para um garoto com pernas tão curtas. Pena que você não possa falar.

Como ela tem razão! Se eu pudesse falar, mostraria agora mesmo para ela que, para um *dachshund*, minhas pernas não são nada curtas, mas têm o tamanho ideal.

Tocam novamente a campainha, e Daniel deixa três homens entrarem no apartamento. Os três parecem fantasiados: seus casacos lembram muito o dos homens que fazem o serviço de coleta de lixo; só que tenho certeza de que a situação nada tem a ver com os lixeiros. Um deles vai imediatamente até Carolin. Antes de se ajoelhar junto dela, volta-se rapidamente para Daniel.

— Como ela se chama?

— Carolin Neumann.

— É sua esposa?

— Não, uma grande amiga.

Agora o homem faz basicamente o mesmo que Daniel já fizera, ou seja, sacode Carolin.

— Senhorita Neumann, consegue me ouvir?

Claro que não! Também já tentamos isso. Ele pega sua mão e tateia seu pulso, exatamente como fez Daniel. Santo Deus, por que chamamos esse cara? Não lhe ocorre nada diferente. Tento me aproximar dele o máximo possível. Ele deve ficar sabendo que está sendo observado. Agora, porém, faz algo que ainda não fizemos: abre os

— 100 —

olhos dela com os dedos e olha dentro deles; depois, tira alguma coisa do bolso do seu casaco, que, a princípio, parece uma caneta.

— Hum, o pulso está fraco e as pupilas, muito dilatadas.

Volta a abrir um de seus olhos e, com a caneta, mira nele. Aha, uma lanterna! Que estranho. O que ele está fazendo?

— Hum, reação muito lenta. Também vomitou. Sabe o que sua amiga andou bebendo?

Daniel abana a cabeça. Ah, mas eu sei! Saio correndo e encontro a garrafa vazia embaixo dos pedaços estraçalhados do tapete, pego-a com a boca e trago-a com profissionalismo. O homem com a lanterna assobia, agradecido.

— Nossa, isso é que é um cachorro que sabe colaborar! Muito bem! Deixe-me ver: *Hennessy V. S. O. P.* Pelo menos a moça tem bom gosto. Mas daí a beber a garrafa inteira, obviamente é outra história. Sejam francos: ela tem tendência para o alcoolismo?

Agora Nina intervém.

— Claro que não! O que está pensando? Normalmente, Carolin bebe, no máximo, uma taça de vinho à noite. Só que, no momento, não anda bem; acabou de botar o namorado para fora de casa, aquele desgraçado, filho da mãe!

— Nina, por favor — interrompe-a Daniel —, isso não vem ao caso agora.

O homem com casaco de lixeiro sorri e abana a cabeça.

— Tudo bem, não tem problema. Aliás, tem tudo a ver com a situação. Vocês acham possível que sua amiga tenha tomado outra coisa além de bebida alcoólica? Talvez comprimidos?

Daniel e Nina dão de ombros.

— Acho que não — diz Daniel por fim —, mas vou dar uma olhada pelo apartamento. Talvez encontre alguma coisa.

Logo em seguida, ele volta abanando a cabeça.

— Não encontrei nada, mas acho difícil que tenha tomado.

O homem faz que sim.

— Tudo bem, agora meus colegas e eu vamos levar a senhorita Neumann. Com certeza ela está com intoxicação alcoólica.

Intoxicação alcoólica? Será que isso é perigoso?

— Na ambulância, já vou injetar nela um medicamento para baixar um pouco a concentração de álcool no sangue, e no hospital vemos o que fazer depois. Provavelmente ela ficará internada pelos próximos três dias. Bom, rapazes — ele se dirige aos outros dois homens —, vamos lá.

Os dois homens trazem uma maca para junto de Carolin e colocam a jovem sobre ela. Em seguida, levam-na embora. O terceiro homem com casaco de lixeiro se despede rapidamente de nós, e depois também desaparece. Percebo que, após toda essa agitação, insinua-se outro sentimento: tristeza. E solidão. Um cachorrinho como eu precisa da sua dona! Será que vou ter de voltar para o abrigo de animais?

— O que vamos fazer agora? — Nina olha para Daniel com ar de interrogação.

— Acho que um de nós deveria ir para o hospital. Para que alguém esteja presente quando Carolin acordar.

Nina concorda com a cabeça.

— É verdade. É bom que ela realmente não fique sozinha em uma situação como essa. O que você acha de ir? Dou uma arrumada aqui, depois vou também.

— Tudo bem. O que vamos fazer com o Hércules?

Ambos olham para mim. *No abrigo de animais não!*, é o que eu tento gritar bem alto, mas só sai um lamento choroso.

— Olhe só, ele parece estar chorando! Também deve ter ficado aterrorizado. Não podemos deixá-lo sozinho de jeito nenhum. Além do mais, foi ele que salvou Carolin; merece uma recompensa.

Finalmente uma ideia razoável por parte de Nina.

— Posso levá-lo comigo. Por mim, ele pode passar a noite em casa, e amanhã o trago para você, no ateliê.

— Ótimo. Então hoje passo a noite com Carolin, caso seja necessário. E amanhã pego o Hércules. Até mais tarde, então!

Depois que ele vai embora, Nina começa a limpar com um balde d'água e um esfregão a calamidade em que ficou a sala. Quando termina, fica em pé, perplexa, diante dos restos do tapete branco.

— Você pode me explicar o que aconteceu aqui? — pergunta-me e levanta um pedaço do tapete. Vira-o de um lado para o outro, depois começa a rir ironicamente. — Conheço este tapete. Thomas quis comprá-lo de todo jeito, mas Carolin o achava horrível. Além do mais, custou os olhos da cara. Pelo visto, alguém foi picotado no lugar dele. — Colocou o pedaço de volta no lugar. — Melhor assim. Tenho esperança de que a paciente vai se recuperar logo.

Não consigo entender o que isso tem a ver com a doença de Carolin. Mas é tranquilizador ouvir que Nina considera o fato um bom sinal.

Antes de irmos embora, ela ainda dá mais uma olhada no apartamento para ver se está tudo em ordem. Acaba descobrindo uma coisa que fazia muito tempo eu já havia reprimido em minha lembrança: sai do quarto com o colar de plástico que Carolin havia deixado sobre o parapeito.

— Veja só o que encontrei, Hércules!

Sim, estou vendo. Que legal. O que você vai fazer com isso? Você não tem cachorro, e no pescoço de um humano é que isso não cabe.

— Precisamos devolvê-lo urgentemente para o doutor Wagner; com certeza ele já deve estar sentindo falta.

Embora eu não acredite nisso, se Nina é uma pessoa tão ordeira e escrupulosa, que seja. O importante é que eu não precise ir junto de novo, para ser torturado.

Não precisamos ir ao hospital. Daniel liga dizendo que está tudo bem e que ele pode ficar por mais tempo. Tiro um grande peso do coração. Só de imaginar que Carolin poderia ficar muito doente já me dá calafrios. Que diabo de bebida foi aquela que ela tomou? Decido que, no futuro, vou prestar mais atenção nela para que isso não volte a acontecer.

O apartamento de Nina é bem menor que o de Carolin e também tem um cheiro totalmente diferente. É um pouco empoeirado, mas, apesar disso, muito bom. Deve ser por causa dos inúmeros livros que estão por toda parte. Em quase todas as paredes há uma estante, e cada uma está repleta de livros até em cima. Grandes, pequenos, grossos, finos. Mal dá para acreditar que ela já leu tudo isso. É difícil imaginar, sobretudo quando não se sabe ler. Ainda não entendi direito como funciona esse negócio de ler. Uma coisa é certa: é preciso passar um tempão olhando para uma folha com uns desenhos estranhos. Alguma coisa acontece com os humanos quando fazem isso. Quero dizer, em sua cabeça. Pois, de vez em quando, começam a rir quando observam essa folha — embora ninguém tenha dito alguma coisa e nada tenha acontecido. Ou então, chegam a chorar. Vi Emilia chorar algumas vezes enquanto lia. Aliás, ela lia muito. O que o papel deve fazer com a cabeça dos humanos? Será que produz algum tipo de alucinação? Ou de sonho? Da próxima vez que encontrar o Beck, preciso perguntar isso a ele sem falta.

A próxima questão importante é, obviamente, onde vou dormir. Pois percebo que estou exausto. Na cama é que Nina não vai me deixar deitar. Pelo que conheço dela, nem meu mais belo olhar de *dachshund* a amoleceria. Ou será que vale a pena tentar? Seja como for, ela mesma já disse que mereço uma recompensa.

Sendo assim, resolvo tentar e puxo sua perna de leve.

— Oi, meu amor. Você também está cansado, não está? Estava mesmo pensando onde você poderia dormir. Não tenho cestinho para você.

É chegado o momento de inclinar a cabeça para o lado e assumir um olhar bem meigo. Faço a tentativa. Nina me olha surpresa.

— Está querendo me dizer alguma coisa? Você está com um olhar tão... estranho.

Estranho? Que impertinência! Meu olhar é totalmente comovente e enternecedor, desperta compaixão à primeira vista! Olhe com mais atenção, caramba! Inclino ainda mais a cabeça e choro um pouquinho.

— Hum, vai ficar doente? Ou será que está querendo alguma coisa em especial?

Dou um breve latido e saio correndo. Em algum lugar por aqui deve ser o quarto; afinal, o apartamento é tudo, menos amplo. Encontro-o atrás da próxima porta. Entro e sento-me no meu traseiro canino. Nina vem atrás.

— Bom, devo estar ficando gagá ou então como o príncipe Charles, que conversa com as plantas. Mas talvez você esteja querendo me dizer que quer dormir na minha cama?

Lanço-lhe outro olhar cândido e lhe ofereço uma performance que pouquíssimas vezes apresentei: fico em pé apoiado nas patas traseiras! E dá tão certo que consigo ficar pelo menos um minuto imóvel. Bom, se isso não a comover, então não sei mais o que fazer.

Nina me olha e... desata em uma sonora gargalhada.

— Que hilário! Hércules, onde você aprendeu isso?

Ofendido, volto a me sentar. Pelo visto, essa mulher não tem a menor noção do que é arte. E, aparentemente, também não sabe como é difícil para um cachorro ficar na vertical. Pois é, para os humanos, isso não é nada. Todos conseguem. Mas para mim foi o suficiente. Que mulherzinha imbecil! Com ela é que não quero mais dormir. Prefiro me deitar no capacho e...

— Vamos, venha, seu malandro! Suba! — Com um gesto rápido, Nina afasta a coberta e, batendo no colchão, me convida a subir.

Eu disse "mulherzinha imbecil"? Que bobagem. Uma garota muito legal é o que Nina é.

— Bom dia para vocês. Nossa, agora não sei quem parece pior, se você ou Daniel.

No dia seguinte, Nina e eu não fomos ao ateliê, mas diretamente ao hospital. Daniel tinha passado a noite à cabeceira de Carolin. De fato, ele parecia mesmo acabado. Esta é a desvantagem de não ter pelos no rosto: não dá para esconder uma experiência nada saudável.

Embora Carolin esteja muito pálida, já está consciente. Está sentada na cama e até tenta sorrir.

— Oi, Nina, que bom que você veio. E obrigada por ter trazido o Hércules.

— Bom, na verdade, não são permitidos animais no setor, mas quando expliquei para a enfermeira que, de certo modo, foi o Hércules que salvou sua vida, ela fechou os olhos.

Carolin concorda com a cabeça.

— Daniel já me contou. Venha, Hércules, quero lhe fazer um carinho.

Com o maior prazer! Nina me coloca na cadeira ao lado da cama de Carolin, e trocamos afagos.

— Ai, gente, estou tão envergonhada! Como isso foi acontecer? Infelizmente, não me lembro de mais nada, e talvez seja até melhor assim.

Daniel pega a mão de Carolin.

— Deixe de bobagem, você não precisa se sentir envergonhada conosco. Afinal, somos seus amigos. Além do mais, é claro que esperamos que você faça o mesmo por nós se algum dia virarmos uma garrafa de conhaque e fizermos uns buracos estranhos no tapete.

Sob sua palidez, Carolin fica um pouco vermelha.

— Pare com isso, não posso nem ouvir essa historia. É constrangedora!

Daniel ri.

— Bom, minhas queridas, vou para casa. Estou com uma pilha de serviço me esperando. Ontem mesmo a Aurora me levou um importante trabalho de restauração. Nem sei por onde começar. Mas primeiro preciso dormir um pouco; senão, por descuido, ainda acabo furando o violino da Aurora no lugar onde não devo.

Depois que Daniel vai embora, por um momento Nina e Carolin ficam sentadas em silêncio. Deito a cabeça no colo de Carolin e aproveito o carinho que ela me faz atrás da orelha.

— Carolin, estou seriamente preocupada com você — diz Nina por fim.

— Bem, é que não estou nada habituada com álcool. Não foi de propósito. É que eu estava pra baixo e acabei bebendo um pouco demais.

— Como é que é? *Hellooo!* Não foi *um pouco demais* que você bebeu. Você estava com uma taxa de 3,2 g/l de álcool no sangue; uma dose a mais de conhaque, e você talvez entrasse em coma alcoólico. Não foi uma coisinha à toa.

Carolin para de me fazer cafuné.

— O que você está querendo dizer?

— Você sabe muito bem o que estou querendo dizer. Daniel me contou que você não apareceu a semana toda no ateliê. E que ele passou os dias cuidando do Hércules porque você não estava bem.

Carolin se cala.

— É óbvio que estou preocupada. Poxa, Carolin, eu sei que você não quer ouvir isso, mas Thomas não merece uma lágrima sequer. Há anos esse cara a trata mal. Fiquei muito feliz por você tê-lo finalmente colocado para fora. É claro que você não está legal, mas é normal, e você vai sair dessa. Pelo amor de Deus, não fique imaginando que agora sua vida vai ser sempre triste, pois isso não é verdade.

Carolin começa a soluçar, e Nina lhe dá um lenço.

— Desde que Thomas foi embora, estou muito sozinha. Tenho medo de nunca mais ser feliz de novo. Sempre quis uma família, filhos. Mas estou bem mais longe disso do que jamais pensei. No fundo, só tenho o Hércules.

O que significa esse "só"? Melhor um cão fiel do que um canalha traidor! Com toda a certeza, jamais vou decepcionar Carolin dessa forma. Rapidamente, lambo suas mãos. Nina acena para mim com a cabeça.

— Você entendeu tudo, não é, Hércules? Mas por mais fofo que você seja, posso entender Carolin muito bem. Um cachorro não é um ser humano.

Ainda bem!, quero exclamar, pois pelo menos em mim podem confiar.

— Você sabe, é claro que Thomas não era perfeito. Mas quem é? Eu também não sou. Nesse meio-tempo, fiquei pensando se não devia tê-lo perdoado. Talvez eu tenha sido dura demais com ele.

Nina bufa com desprezo.

— Ora, faça-me o favor! Você está parecendo aquelas que *preferem um idiota a homem nenhum*. Não entendo como uma mulher tão incrível como você se dá tão pouco valor. Você ainda vai encontrar o homem certo, tenho certeza. E nesse dia você vai constatar que, em relação ao passado, teve sorte. E nesse dia, as coisas voltarão a melhorar!

Carolin faz uma cara de dúvida.

— Bom, se você acha isso... Onde vou encontrar esse cara maravilhoso é que ainda não sei.

Nina ri.

— Se o destino quiser assim, você pode encontrar seu príncipe até mesmo no parque atrás do prédio. Nem vai precisar procurar muito.

Mas é claro, é isso mesmo! Acabo de ter uma ideia genial. É preciso encontrar um príncipe! E quem é o especialista em nobreza aqui? Euzinho! Carolin me salvou quando eu mais precisei. E agora sou eu que vou salvá-la. Nem que eu tenha de revirar o parque inteiro.

DEZ

Tomara que a gente vá logo para casa. Preciso urgentemente contar ao Beck sobre meu plano sensacional. O esboço já está pronto, mas preciso de um profundo conhecedor dos humanos para os detalhes decisivos. Exatamente alguém como o senhor Beck.

Finalmente Nina para, contorna o carro e abre a porta para mim. Assim que desço, vejo que não estamos em casa. E pior: Nina pega do banco traseiro meu colar de plástico. Ah, não, estou com um mau pressentimento. Estamos de novo no veterinário!

A porta do carro ainda está aberta, então volto correndo para o banco do passageiro. Nina pode muito bem devolver essa droga de colar de plástico sozinha; não precisa de mim para isso.

— Hércules, o que há com você? Venha, vamos até o doutor Wagner.

Rosno e mostro os dentes. *Nós* uma vírgula! Além do mais, estou muito bem, obrigado. Faz tempo que minha orelha já não dói, e não sofro de nenhum outro incômodo. Por que isso agora?

— Vamos, venha, meu amor, para fora! — comanda Nina.

Abano a cabeça, decidido. Nina suspira e, depois, vasculha sua bolsa. Por fim, pega minha coleira. Será que ela vai querer me arrastar à força? Sim, pois, logo em seguida, prende a coleira com um *clique* ao meu pescoço e me puxa levemente, mas decidida, na direção da calçada. Pelo visto, ela não está de brincadeira. Reflito rapidamente se de fato vale a pena brigar com ela e quem vai acabar saindo em desvantagem. No que se refere ao tamanho, provavelmente eu. É de chorar!

Já no consultório, Nina caminha comigo até o balcão e entrega o colar à assistente.

— Gostaria de falar com o doutor para ele dar mais uma olhada no Hércules.

— Mas não é necessário — responde-lhe a moça sorrindo.

Muito bem, garota!

— Mesmo assim. Gostaria que o doutor Wagner examinasse novamente o Hércules. Ele é um cãozinho muito sensível, estou muito preocupada com ele. Seguro morreu de velho!

Acho que não estou ouvindo direito. Nina está preocupada comigo? Quem quiser que acredite. Eu não. Deve ter outra coisa por trás disso. A assistente dá de ombros.

— Tudo bem, se a senhora insiste. Mas então terá de esperar um momento. Ainda há alguns pacientes na sua frente.

Nesse instante, o doutor Wagner estica a cabeça pela porta da sua sala.

— Ah, olá, senhorita Bogner! — ele cumprimenta Nina. — Mais algum problema com o... eh...

— Hércules — Nina o ajuda a se lembrar.

Que ótimo! O nome dela ele ainda sabe; o meu, já esqueceu. Talvez o doutor Wagner devesse mudar de área, de veterinário para ginecologista.

— Isso mesmo, Hércules. O *dachshund* mestiço.

Grrrr!

— Bem, eu não diria exatamente problema, mas no momento estou cuidando deste garotinho aqui, porque a Carolin está doente. Então, naturalmente, não quero cometer nenhum erro. Por isso, seria muito importante para mim se o senhor pudesse dar mais uma olhada no Hércules, para ver se está tudo bem com ele.

O doutor Wagner dá uma risadinha. Pois é, esquisito mesmo isso, ha, ha!

— Bem, então, vamos lá.

Pouco depois, encontro-me novamente sobre a mesa de exame, com o doutor Wagner segurando minha orelha. Com prática, ele passa a mão no pelo e examina de novo o local em que o carrapato havia se fixado.

— Fique tranquila, o aspecto é ótimo. O Hércules está totalmente em forma.

— Hum, tem certeza? E o que o senhor me diz sobre a borreliose? Só recentemente li que os cães também podem pegá-la.

Borreli... o quê? Aguço os ouvidos.

— Nesse caso, faria sentido uma observação periódica, o senhor não acha? Deus me livre de acontecer alguma coisa com o Hércules! Eu nunca poderia me perdoar. Prefiro voltar na semana que vem para outra consulta. Talvez o senhor possa tirar um pouco de sangue dele agora mesmo?

O quê?! Com um salto, fujo da mesa; bravo, fito os dois e dou um latido curto, mas alto.

Wagner ri.

— Está vendo, senhorita Bogner? O Hércules não concorda nem um pouco com sua sugestão. E, para ser sincero, eu também não. Aqui em Hamburgo é muito raro haver borreliose, e o Hércules parece totalmente saudável. Portanto, para que judiar dele desnecessariamente?

— Sim, claro.

Nina parece decepcionada. Pelo visto, é uma sádica.

— Mas vou lhe fazer outra sugestão: antes de arrastar de novo esse pobre *dachshund* até meu consultório, pergunte-me simplesmente se não quero sair para beber alguma coisa com a senhorita, caso queira me rever.

Nina fica sem fôlego e parece totalmente assustada. Mas por que será? Acho a sugestão excelente.

— Bem, na verdade, eu... eu... — então Nina desata a rir e mal consegue se controlar. — Tudo bem, você me pegou. Então, vamos jogar limpo: que tal hoje à noite? Às oito? No Cavallo?

Wagner assente.

— Com prazer, senhorita Bogner. Com prazer.

Nina dirige o carro assobiando alto e bem-humorada. Volta e meia ri para si mesma. Depois, vira-se rapidamente para mim.

— Meu Deus, é mesmo inacreditável. Eu *realmente* perguntei a ele se queria ir comigo hoje à noite ao Cavallo. Hércules, você está me dando sorte. Disso não tenho dúvida.

Que bom ouvir isso, mas, de certa forma, não entendi o que há de tão sensacional em toda essa situação. O doutor Wagner pediu a Nina que ela lhe dissesse quando quisesse vê-lo. E por que Nina ficou tão assustada com isso? Parece que a comunicação entre homens e mulheres é mais complicada do que um cão poderia supor à primeira vista. Ou seja, não é simplesmente "ele diz uma coisa, ela diz outra". Deve haver um código de regras que até agora não conheço.

— 113 —

Paramos ao lado do prédio. Finalmente em casa! Bem, não fiquei longe por muito tempo, mas não vejo a hora de me consultar com o senhor Beck para saber como pôr em prática meu superplano. Nina e eu atravessamos o jardim até a porta dos fundos do ateliê. Ela bate no vidro, e, dois segundos depois, Daniel abre.

— E então, deu para descansar? — Nina quer saber.

— Mais ou menos. Hoje vou para a cama um pouco mais cedo, assim, volto logo ao normal.

— Me diga uma coisa: você pode ficar com o Hércules hoje? Tenho um encontro à noite e, definitivamente, é um *compromisso sem animais domésticos*.

— Ah, um encontro amoroso?

— Por assim dizer.

— E os detalhes?

— Talvez mais tarde.

— Nesse caso, eu diria *halali** e *boa caçada*!

— Obrigada!

Estou como que eletrizado! *Halali!* Quantas vezes não ouvi essa expressão no castelo Eschersbach! E sempre como prelúdio de uma grande aventura, para a qual eu ainda era muito pequeno. Só a mamãe e suas irmãs podiam participar. O vovô já estava muito velho, mas ficava conosco em casa e nos contava histórias incríveis do que para um *dachshund* é a experiência mais bela do mundo: a caçada. Ele sempre enriquecia as descrições da caçada de um modo que eu tinha a impressão de estar lá. O cheiro dos coelhos, as pegadas do veado, a exalação da agitação e da alegria — magnífico! Eu sentia que meu

---

* Toque de trombeta ou grito de caça que anuncia que o animal está acuado. (N. da E.)

verdadeiro destino era percorrer as florestas lado a lado com meu caçador!

Por meu nariz passa uma comichão. Então Nina e o doutor Wagner vão caçar! Estou tão agitado que, subitamente, minha conversa com o senhor Beck perde toda a importância. De repente, vejo o doutor Wagner sob uma luz totalmente diferente. Um caçador. Não é de admirar que Nina quisesse revê-lo! Mas por que não me levam com eles? Posto-me diante dos pés de Nina e grito. Quero ir junto! De todo jeito!

— Uma coisa é certa: o antigo dono do Hércules era caçador. Veja só como ele reage ao *halali*. Ficou todo agitado! — Daniel abaixa-se até mim e coça minha barriga. — Mas infelizmente você entendeu errado. Esse tipo de caçada à qual Nina vai hoje à noite é muito chata para um pequeno *dachshund*. Você não vai perder nada ficando comigo.

Pronto, de novo meu problema de comunicação. E, pelo visto, ele existe não apenas entre homens e mulheres, mas também entre mulheres e *dachshund*. Irritado, decido ir à procura de outros quadrúpedes no prédio. Pelo menos algum que me entenda. E, o mais importante: que eu entenda.

— Ah, não fique assim chateado! Não acho que Nina vai realmente a uma caçada. Pelo menos coelhos ela certamente não caça. Deve estar correndo atrás desse veterinário. — Beck sorri, irônico.

Por dentro, solto um gemido. Agora ele também vai começar a falar em código! Os humanos realmente não fazem bem aos animais.

— Quando os homens ou as mulheres se referem ao sexo oposto referindo-se à caçada — ensina-me agora Beck —, não estão falando em ir juntos à floresta para abater o primeiro javali que encontrarem. Em geral, trata-se da arte de namorar. Entendeu? Homens caçam mulheres, e mulheres caçam homens. Mas não ao pé da letra. Os humanos simplesmente dizem assim.

Abano a cabeça, incrédulo.

— Mas por quê? Por que simplesmente não dizem o que estão pensando?

Beck dá de ombros.

— Não faço ideia. Por alguma razão, aquele que é cobiçado por alguém não deve absolutamente saber disso. Ao contrário, o interessado deve se comportar como se nada quisesse com ele.

— Sei. Mas então é como na caçada. Chegar devagarinho, sem fazer barulho. Deve-se espiar a presa em segurança até o fim. Assim se abatem as presas mais espertas.

— Vendo por esse ângulo, você tem razão.

— Quer dizer então que toda essa história de namoro é mais uma caçada de tocaia do que de batida — reflito. — Então é por isso que Nina ficou sem graça quando o veterinário percebeu que ela queria abatê-lo. Para usar a mesma linguagem.

— Exato. Justamente o homem nunca pode perceber que a mulher o tem em mira. Do contrário, não dá certo.

Quando Beck diz isso, logo me lembro do que, na verdade, eu queria lhe contar.

— Você ficou sabendo que Carolin passou muito mal? — pergunto-lhe.

— Sim. Porque está na maior fossa. Ela vai ficar bem.

— Vai, mas está no hospital!

— Nossa, eu não sabia que os humanos podem ir parar no hospital por causa de uma coisa dessas. Sinto muito, claro.

— 116 —

— Deve sentir mesmo; afinal, foi ideia sua!

— Espere aí: o que você está querendo dizer com foi ideia minha?

— Se você não tivesse tramado o flagrante de Thomas, ele ainda estaria em casa, e Carolin não estaria tão infeliz.

Beck bufa com raiva.

— Escute aqui: fizemos tudo aquilo única e exclusivamente por sua causa! Você estava com medo de que Thomas o colocasse para fora de casa, já esqueceu? Além do mais, Carolin já estava infeliz antes. Só não tinha percebido ainda.

Vá lá, até que o gato não está tão errado assim, e também não quero brigar com ele. Desse modo, passo para um tom conciliador.

— Relaxe. Não estou contando isso para brigar com você, mas porque tive uma ideia sensacional.

Beck me olha desconfiado, mas não diz nada. Em compensação, balança freneticamente a ponta da cauda para cima e para baixo. Para dar mais peso às minhas palavras, endireito-me e faço-me um pouquinho maior; depois, respiro fundo.

— Bom, o plano é o seguinte: vamos encontrar um novo homem para Carolin. E um príncipe. Pelo menos, um príncipe bem legal.

Tchãnã! Estou ansioso para ver a reação do Beck. Infelizmente, ele não esboça nenhuma.

— Ei, continua chateado?

— Não. Mas essa ideia é ridícula.

— Por quê? Acho-a incrível.

— Porque você não tem noção de como são os humanos e, principalmente, as mulheres.

Agora sou eu quem fica magoado.

— Hércules, como você imagina que vai encontrar um homem para Carolin? Tenho certeza de que o gosto das mulheres jovens e de pequenos cães em relação aos homens é incompatível.

— Mas é justamente esse o ponto! O gosto de Carolin em relação aos homens! Ele não apenas é ruim, como também é catastrófico! Se formos esperar ela mesma procurar alguém, possivelmente logo teremos outro Thomas em casa. Ela simplesmente não sabe o que é bom para ela.

— Ah, mas você sabe, é isso?

— Isso mesmo. Eu sei. Simplesmente vamos procurar um homem com quem eu iria a uma caçada sem pensar duas vezes. Alguém de nível, claro. Afinal, Carolin não é qualquer uma. Mas também um homem que fosse fiel ao seu cão. Que o tratasse bem, que o alimentasse regularmente e saísse bastante com ele para passear. Pois, quem trata assim seu próprio cão tratará melhor ainda sua mulher. Só que Carolin não presta atenção nessas coisas básicas.

O senhor Beck suspira.

— É claro que ela não presta atenção nesse tipo de coisa. Ela é um ser humano, não um *dachshund*. Já esqueceu? Além do mais, as mulheres não gostam de homens legais.

— Ahn?

Coitado do Beck. Deve estar meio gagá por causa da idade.

— É isso mesmo: elas não gostam de homens legais. Pois, se não fosse assim, há muito tempo Carolin já estaria com Daniel. Aliás, ele é louco por ela, aposto o que você quiser. E ela também gosta dele. Mas ele simplesmente é muito legal para ela. Legal demais. Por isso, não dá certo. Já Thomas, no fundo, fez tudo certo. Quer dizer, quase tudo. Aprenda uma coisa: quando você é legal, os outros humanos não o levam a sério. Sobretudo as mulheres. Meus estudos de décadas me dizem: homens legais não se dão muito bem com as mulheres.

— Você está dizendo que as mulheres procuram intencionalmente caras horríveis como Thomas?

— Exatamente.

— Mas isso é terrível.

— O fato é que, se Daniel ou qualquer outro homem quiser ter sucesso com Carolin, então vai ter de tratá-la mal.

Estou perplexo... e confuso. Não pode ser verdade uma coisa dessas! No final das contas, isso significaria que as mulheres *gostam* de ser maltratadas. O senhor Beck deve estar enganado; do contrário, meu prognóstico para o futuro da vida amorosa de Carolin é mais do que tenebroso. Por outro lado, em um ponto o Beck está certo: Daniel realmente é muito legal, e também tenho a sensação de que ele é louco pela Carolin. Na verdade, tudo combina. Portanto, deve haver uma razão pela qual Carolin se apaixonou pelo Thomas, e não pelo Daniel.

Por um momento, Beck e eu ficamos sentados em silêncio, um ao lado do outro. Primeiro preciso digerir o que acabei de ouvir. Ah, meu belo plano... triste, deito a cabeça nas patas dianteiras.

— Contudo — opina Beck em seguida —, pensando bem, talvez sua ideia não seja tão tola assim. É fato que nós, animais, possuímos muito mais conhecimento sobre os humanos do que eles próprios. Portanto, talvez a gente consiga livrar Carolin de um próximo fracasso. Só precisamos protegê-la do próprio gosto.

— E como vamos fazer isso? Você mesmo acabou de dizer que não vai funcionar.

— Pois é — diz Beck inclinando a cabeça —, essa vai ser a parte interessante da nossa nova missão.

ONZE

— Vamos lá! Este é o território ideal!

Beck lança um olhar de dúvida.

— De onde você tirou essa ideia?

— Foi Nina que disse que aqui fervilha de príncipes.

— Ela disse isso?

— Bom, talvez não de maneira tão direta. Mas disse algo parecido. Quer dizer, talvez não tenha usado o termo "fervilhar", mas, em todo caso, alguns passam por aqui.

Estamos no parque, dando uma olhada nos homens. O que exatamente vamos fazer quando encontrarmos um, ainda não sabemos ao certo, mas decidimos nos deixar inspirar pela situação e depois improvisar. Contudo, o comportamento pessimista de Beck me deixa extremamente irritado. Ele acha que um dia chuvoso não é um bom momento para encontrar um homem no parque.

Mas, aos poucos, precisamos começar a pôr o plano em prática, pois já faz três dias que Carolin voltou para casa. Feliz ela ainda não parece, mas, de todo modo, voltou a trabalhar todos os dias no ateliê. Avalio isso como um sinal de que, aos poucos, ela vai se recuperar.

— Ali! Estou vendo um! Ali atrás!

Agitado, corro na direção em que acabo de ver um par de pernas humanas embaixo de um guarda-chuva. Após dois metros, percebo que, pelo visto, Beck não tem a menor intenção de vir atrás de mim. Paro e viro-me para ele.

— Ei, o que foi? Por que não vem?

— Hércules, seu *dachshund* maluco! Está na cara que é uma mulher!

— Como você pode saber? Só dá para ver as pernas. E, com essa chuva, não consigo sentir pelo faro se é um homem ou uma mulher. Precisamos ir conferir. Vamos, se esforce pelo menos um pouquinho!

Hoje o gato está realmente com um mau humor terrível. Não parece nem um pouco com a consciência pesada; ao contrário, sorri estupidamente para mim.

— Você ainda tem muito que aprender, meu caro. Embaixo do guarda-chuva está uma mulher, eu garanto. Nem preciso sair pulando pelo parque.

— Ah, e como justamente você pode saber disso? Para alguém que não consegue distinguir um boneco de plástico de um passarinho de verdade, você está se achando muito importante.

Beck ignora minha alfinetada e, com a pata, faz um movimento na direção da pessoa em questão.

— Olhe bem. O guarda-chuva tem uma estampa toda florida.

Hum, é verdade; flores grandes e pequenas formam círculos graciosos.

— Bom, e aqui vai mais uma lição na disciplina "Entendendo os humanos": flores são estampa de mulher. Você nem precisa ir atrás. Nunca vi um homem que saísse por aí com um guarda-chuva de florzinha. Portanto, vamos guardar nossas energias para um caso que valha a pena.

Conceito interessante esse da estampa para mulheres e da estampa para homens. Por acaso homens e mulheres não se reconhecem de imediato? Seja como for, o olfato deles é uma desgraça; talvez por isso tenham de recorrer a critérios auxiliares.

Ficamos mais dez minutos parados no parque, sem que nada aconteça. Embora o espaço seja grande, também é bastante arredondado, de modo que, do centro, tem-se um bom panorama. Não se vê nada. Não passa vivalma. Aos poucos, apesar do meu pelo espesso, começo a ficar encharcado. Talvez o senhor Beck tenha razão; é melhor voltar para casa. Estou justamente para admitir minha derrota para o Beck quando um bípede intrépido surge no meu campo visual. E, dessa vez, é claramente um homem — não está segurando nenhum guarda-chuva e corre todo descontraído do canto direito do parque bem em nossa direção.

— Opa! Ele está vindo em nossa direção? — admirei-me.

— Parece que sim. Provavelmente está querendo cortar caminho. Afinal, não é nem um pouco divertido ficar correndo por aí com esse tempo — alfinetou Beck. — Bom, logo ele vai estar aqui. Se você queria improvisar, agora vai ter uma excelente oportunidade. Quanto a mim, não tenho nenhum plano para observar o cara melhor. E não queremos fisgar qualquer um para Carolin, certo?

Vou falar uma coisa: esse gato está me dando nos nervos. Por que então ele veio junto se acha tudo uma bobagem? Se fosse um cão de caça, há muito tempo o Beck já teria sido abatido por seu dono por derrotismo. Por outro lado, o corredor realmente já está se aproximando. E, é verdade, não tenho nenhum plano maravilhoso. Reflito freneticamente.

O atleta está quase passando por nós, então me jogo abruptamente a seus pés. Com certeza vai parecer que estou com dores terríveis e preciso urgentemente de ajuda. Vamos ver se o sujeito é amigo de animais e se preocupa comigo. Quanto à história do príncipe, podemos descobrir mais tarde.

Dois segundos depois, já não estou tão certo de que minha ideia foi boa: o homem tenta desviar de mim, tropeça e cai de cara no chão, bem na frente do senhor Beck. Por um breve instante, não se mexe, depois, se recompõe, sacode-se e esfrega o braço direito. Ao se levantar, dirige-se até mim, olha-me rapidamente e berra:

— Veja se presta atenção onde pula, seu vira-lata imbecil!

Tudo bem, obviamente não é um cavalheiro em sentido estrito. Levanta a perna direta para dar um chute, mas antes que consiga me atingir, Beck e eu saímos correndo e nos escondemos atrás do primeiro arbusto. Puxa vida! Que fracasso! Primeiro Beck não diz nada até ambos recuperarmos o fôlego; depois, abana lentamente a cabeça.

— Francamente, que tipo de ação foi essa? Só podia dar errado.

— Pelo menos *fiz* alguma coisa. Você só fica resmungando o tempo todo! — defendi meu procedimento nada convencional na busca de um dono.

— Ha! Um frenesi foi o que você pôs em prática, nada além disso! Eu me pergunto o que você teria feito se o cara o tivesse levado embora agora há pouco. Ou se tivesse caído bem em cima de você. A essa altura, você estaria achatado como uma panqueca. Para mim, isso tudo é idiota demais, vou embora.

Fico desanimado. De certo modo, o que o Beck diz tem um fundo de verdade. No entanto, eu não tinha imaginado que tudo seria tão difícil. Quando Nina falou da busca pelo príncipe no parque, parecia tão fácil! Droga.

Devo estar com uma cara bastante derrotada, pois o Beck me cutuca de lado e assume um tom até consolador.

— Ora, vamos, o mundo não vai acabar só porque não deu certo no primeiro dia. Você também está subestimando o efeito da chuva sobre os humanos. A maioria não gosta muito de chuva e prefere ficar em casa. Veja por você mesmo: ninguém está com vontade de andar pelo parque. Tirando um ou outro atleta, os humanos conseguem facilmente passar vários dias em um sofá. Até eu, que sou gato, acho isso muito monótono! Mas você vai ver: assim que o sol aparecer, este parque vai voltar a ficar lotado. Então, vamos passar de um banco a outro, sem chamar a atenção, e escolher os melhores candidatos. E você ainda vai poder fazer seu número "Sou um pobre *dachshund* doente". No fundo, ele não foi tão ruim.

Olho surpreso para o senhor Beck.

— Verdade? Acha que o plano não é tão ruim?

— Não. É aceitável. Pelo menos se considerarmos que foi tramado por um cão.

A área parece estar limpa de novo, então deixamos nosso esconderijo e vamos para casa. Nesse meio-tempo, parou de chover e, de fato, já se podem ver mais humanos. Bom, não exatamente uma multidão, mas também tanto faz, pois, no momento, já perdi a vontade de travar contato. Cabisbaixo, sigo me arrastando pelo caminho de cascalho e quase atropelo o senhor Beck, que se postou bem à minha frente.

— Ei, garoto, pare aí! Lá na frente estou vendo exatamente a situação pela qual esperamos o tempo todo.

Surpreso, levanto o olhar. De fato: no próximo banco do parque está sentado um homem. Embora o banco ainda esteja bastante molhado, ele se acomodou nele e, pelo visto, está preparando um piquenique; pelo menos já colocou uma garrafa ao seu lado e está justamente mexendo em uma sacola que trouxe consigo. Aproximo-me do banco para conseguir observar melhor o homem. Com um príncipe é que ele não se parece. Está meio amarrotado. Seus cabelos são grisalhos e um pouco compridos; volta e meia, algumas madeixas desgrenhadas caem em seu rosto. Além disso, usa barba, que chega a lembrar um pouco o pelo duro de alguns *dachshund*.

— Hum, você acha que ele é o certo? Ainda tenho sérias dúvidas.

Mas Beck não dá o braço a torcer.

— E daí? Não deixa de ser uma oportunidade. Não devemos aproveitá-la? Se não funcionar, pelo menos adquirimos experiência. E, assim, estaremos bem preparados para os verdadeiros candidatos *top* de linha.

Eu ainda não tinha visto a coisa dessa forma. Realmente, os gatos são autênticos estrategistas. E o Beck ainda foi além.

— Então, vamos de mansinho até o sujeito. Depois você faz seu número de cãozinho doente. Pode mandar bala; revire-se, solte seus ganidos, enfim, o programa completo. Se ele se preocupar com você, vou tentar fazê-lo entender que ele tem de ir até nosso prédio.

— E como vai fazer isso?

— Como você. Improvisando!

Ao chegar perto do banco, procuro um lugarzinho bem estratégico para o meu show. O homem ainda não me notou, de tão ocupado que está com sua sacola. De vez em quando, afasta os cabelos grisalhos e meio compridos do rosto e coloca-os atrás das orelhas.

Deito-me à esquerda, ao lado dos seus pés, e viro-me de costas. Em seguida, começo a choramingar alto, a espernear e a me contorcer de um lado para o outro. Uma cena de dor e sofrimento — quem não reagir a ela é porque tem um coração de pedra e não merece nossa Carolin!

De fato, o homem deixa de lado sua sacola e curva-se até mim.

— Ei, rapaz, que tipo de cachorro é você? E o que está fazendo?

Um cheiro forte chega até mim; cheiro de suor e... e... isso mesmo: daquele negócio que Carolin bebeu naquela noite horrível. Lembranças ruins sobem à minha cabeça, e tenho vontade de cancelar a apresentação. Mas do canto do olho consigo ver muito bem que o senhor Beck esta sentado a apenas um metro de nós, à direita, e me observa com olhos argutos. Parece estar se divertindo à beça. Se ele acha que vou desistir agora, está muito enganado. Vou até o fim, au-au!

Ainda me debato mais um pouco, de um lado para o outro, e tento dar mais dramaticidade à situação revirando os olhos e encolhendo o focinho.

— Puxa vida! Pobrezinho, você está mal mesmo! Venha, o Willi vai pegar você no colo.

Com essas palavras, o homem passa delicadamente suas mãos grandes por baixo da minha nuca e das minhas costas e me levanta com cuidado até seu colo. Imediatamente, paro de me debater. Só falta eu cair no chão e me machucar de verdade. O homem coça minha barriga, o que é muito agradável. Contudo, aqui em cima, o cheiro do negócio que Carolin bebeu é ainda mais forte. Argh, deve ser algo muito ruim. Espero que o homem também não vomite logo agora, pois estou justamente em uma posição nada favorável.

— Bom, garoto, você já não está tremendo. Deve estar melhor agora, não está? Mas o que o Willi faz com você agora?

De fato, uma ótima pergunta. Este é justamente o momento certo para a entrada em ação do Beck. Espero que ele não durma no ponto e, sobretudo, que tenha pensado em um jeito de atrair o homem até Carolin. Ainda que, nesse meio-tempo, eu tenha me convencido firmemente de que não se trata, em absoluto, de um príncipe nem de um candidato aceitável. Vamos, Beck, onde está você?

— Opa, mais um amiguinho! De onde vocês saíram, todos de uma vez?

Bom, a comunicação mental entre nós, quadrúpedes, funciona. Viro-me rapidamente de bruços e vejo Beck passando entre as pernas de Willi. Então ele pula no banco e senta-se bem ao nosso lado.

— Miau, miauuuu, miauuuuu!

Tudo bem, os gatos simplesmente não sabem gritar direito. Para ser mais exato, não sabem nem um pouco. O Beck parece um dos violinos com que Carolin trabalha todos os dias. Na verdade, até pior. Eu me pergunto que impressão ele está querendo dar.

— Cruzes, pelo visto você também não está legal. O que está acontecendo aqui hoje? Estão os dois doentes ou se perderam?

Willi passa a mão na cabeça do Beck e o olha pensativo. Ainda que ele não seja um príncipe, um humano amoroso certamente ele é. Será que isso é suficiente? Beck põe uma pata no braço de Willi e o puxa um pouco para si.

— Ai!

Pelo visto, ele usou suas garras; em todo caso, Willi retrai o braço, assustado. Beck volta a pular do banco para o chão e agora alcança a

— 127 —

perna de Willi. Com uma pata, faz o que pode para puxar a perna de sua calça e volta a miar.

— Agora era bem o caso de saber falar com os animais. Eu adoraria saber o que você quer de mim. Por acaso é para eu acompanhá-lo?

Animado, imediatamente lambo as mãos de Willi. Elas têm um gosto... bem... preciso me habituar.

Ele dá risada.

— Ei, amiguinho, você ficou todo agitado. Essa é a resposta à minha pergunta? Devo mesmo ir com vocês?

Incrível como é fácil conversar com os humanos. Eu tinha imaginado que fosse bem mais difícil. Ou então o Willi é muito sensível. No fim das contas, pouco importa. Pulo do seu colo para o lado do senhor Beck, que olha para o Willi cheio de expectativa e, agitado, balança sua cauda de um lado para o outro. Willi se levanta e cambaleia um pouco da esquerda para a direita. Quando se estabiliza, Beck corre duas vezes em volta dele, depois segue na direção do prédio de Carolin. Como nada melhor me ocorre, faço a mesma coisa.

— Bom, então devo mesmo ir atrás de vocês? Um *dachshund* e um gato querem passear comigo. Quando eu contar essa para a mulher do Exército da Salvação, ela logo vai botar a culpa no Chantré.* Bom, vamos lá, então!

A esse comando, o senhor Beck e eu caminhamos para a saída do parque, que dá bem para a frente do nosso jardim. Nesse meio-tempo, volta e meia dou uma rápida olhada por cima dos ombros — Willi está nos seguindo direitinho. Só quando chegamos ao portãozinho do jardim é que ele hesita um pouco.

---

* Marca de conhaque. (N. da T.)

— Então é aqui? É um belo prédio. Só falta acharem que sou um ladrão.

Ha, ha! Que ideia mais engraçada! Um cão de guarda que traz o ladrão consigo! Eu me pergunto por que Willi pensou uma coisa dessas. Pouco depois, estamos diante da porta do terraço do ateliê. Arranho o vidro. Willi está logo atrás de mim e espia curioso pela janela; em seguida, acaba batendo. Daniel vem e abre a porta. Mas só uma fresta.

— Pois não?

Willi pigarreia.

— É... como devo dizer... estes dois aqui praticamente me trouxeram até o senhor.

Daniel olha para baixo; só agora parece ter nos visto.

— Ah, o Hércules e o senhor Beck. O que vocês estão fazendo aí?

— Bem, agora há pouco o pequeno *dachshund* parecia sentir muitas câimbras; pelo menos teve um ataque diante do banco do parque em que eu estava sentado. Depois veio seu amigo aqui e quis que eu os acompanhasse.

Daniel olha pela fresta da porta e levanta uma sobrancelha, o que o deixa com uma cara bem engraçada.

— Ah, sei. O gato quis que o senhor os acompanhasse. Entendo.

— Bem, sei que parece estranho. Ainda mais da boca de alguém como eu. Mas foi assim mesmo, pode acreditar. Depois os dois me trouxeram até aqui.

Nesse momento, Carolin aparece atrás do Daniel.

— O que está acontecendo aqui?

— Hã... é... este senhor está dizendo que o Hércules e o gato o trouxeram até nós, depois que o Hércules teve um ataque de câimbra no parque.

Carolin dá um passo ao lado de Daniel e agora abre bem a porta do terraço.

— Ei, meninos! O que vocês andaram aprontando? Por acaso andam tirando o sossego dos visitantes do parque?

Ela sorri encorajando Willi. Hum, será que ele lhe agrada? Daniel, por sua vez, revira os olhos, irritado, mas Carolin não pode vê-lo. Willi sim. Inseguro, este passa a mão pelos cabelos desgrenhados.

— Bem, então, como eu estava dizendo ao seu marido, os dois me trouxeram até aqui. Quer dizer, primeiro pularam no banco em que eu estava, depois o gato puxou a perna da minha calça e... — Willi hesita. De repente, toda a situação lhe parece embaraçosa. — Mas não quero incomodá-los mais. O cachorro parece estar bem de novo. Vou indo.

Ele está justamente se virando quando Carolin dá um passo até ele, na direção do jardim.

— Muito obrigada por ter trazido os dois. Pelo visto, eles queriam alguma coisa do senhor; pena que não podem falar. Talvez mais tarde eu dê uma passada no veterinário com o Hércules. Seguro morreu de velho.

— É isso aí, seguro morreu de velho — repete Willi. — Certamente é uma boa ideia. Um bom dia para a senhora. — E vai embora.

Ah, não! Que gol contra! Me levar para o veterinário? Eu deveria ter imaginado que todo aquele número me levaria de volta ao doutor Wagner. Fico desanimado. Beck está em pé ao meu lado, sorrindo de esguelha.

— Venha, Hércules, vamos entrar — diz Daniel, por fim, e acena para mim através da porta. — E você dê a volta por fora, Beck. Parece que, por hoje, já tivemos confusão suficiente.

Daniel parece estar de mau humor. Trato de me recolher rapidinho em meu cesto.

— Você acreditou nessa história? — Carolin quer saber. — Será que os dois realmente o arrastaram até aqui? Ou será que ele só estava querendo ver melhor nossa entrada dos fundos para assaltar?

— Não me pareceu do tipo que se interessa por prédios residenciais. Mas sim como alguém que rouba a primeira loja que encontra para se abastecer de cachaça.

— Mas por que ele inventaria uma história dessas? Ou você realmente imagina que o Hércules e o Beck o arrastaram até aqui? E, se fizeram isso, por quê?

Daniel levanta as mãos.

— Sinceramente? Não faço a menor ideia! Em todo caso, doente o Hércules não parece estar. Talvez o cara também tenha tido uma alucinação. É o que costuma acontecer depois de uma garrafa de conhaque. Não faz nada bem para a saúde, não é?

Daniel sorri, irônico, e Carolin fica vermelha. Ela se vira abruptamente e, sem dizer mais nada, vai para sua sala. Daniel hesita por um momento, depois corre atrás dela.

— Ei, sinto muito, foi uma estupidez o que eu disse.

Carolin não responde. Está realmente brava com ele; até um quadrúpede míope como eu consegue perceber. Não entendi direito por quê. Mas Daniel deve ter entendido na hora. Agora ele está em pé, bem perto dela, e parece pensar no que deve fazer. Por fim, opta pela variante que eu, como cão, também teria escolhido em uma situação como essa: contato físico. Pega Carolin nos braços e a aperta contra si.

E, de repente, sente-se uma tensão no ar, como se o velho Von Eschersbach tivesse ligado o transformador no padoque.

DOZE

— Ele é tão fofo! É sério! Acho que faz muito tempo que não conheço um homem tão incrível.

Os olhos de Nina estão radiantes, assim como suas mãos enquanto ela conta. Se nossa ação "Um príncipe para Carolin" não for coroada pelo sucesso, pelo menos sua melhor amiga parece finalmente ter encontrado o seu. Em todo caso, Nina já está há uma hora sentada em nosso sofá, falando toda entusiasmada do doutor Wagner. Brrr, só de imaginar que Nina passa espontaneamente seu tempo livre com esse torturador de cães, chega a ser bizarro. Um homem cujas mãos certamente são sujas de sangue! Para não dizer do meu próprio! Por outro lado, para mim tanto faz, pois o que conta é apenas o bem-estar de Carolin.

Enquanto Nina continua a tagarelar como uma música de fundo, meus pensamentos vagueiam. É só o tempo melhorar para o senhor Beck e eu voltarmos a sair. Seja como for, não se pode dizer que o encontro com o Willi tenha sido um fiasco total. O Beck tinha razão: foi um bom exercício, e avançamos bastante. Só não entendi por que Carolin achou que o Willi poderia ser um ladrão. Será que tem a ver com seu cheiro estranho? Mas certamente Carolin não o notou. Seu nariz é muito ruim para isso, e o Willi não ficou muito perto dela. O Beck e eu ainda temos de melhorar alguma coisa na nossa estratégia. Daqui a pouco vou procurá-lo no jardim. Isso se Nina parar de falar uma hora e eu conseguir voltar com Carolin para o ateliê. Mas, infelizmente, no momento não parece que isso vai acontecer. Nina está falando mais do que a boca.

— E a aparência dele... simplesmente o máximo! O maior gato! E aqueles cabelos castanhos e cheios, então! Meio como o Hugh Grant. Você não acha?

Aguço os ouvidos. Talvez a conversa não seja tão entediante assim. Quer dizer que o doutor Wagner tem uma boa aparência. Para os cães, este é um tema bastante impenetrável: quando um humano é bonito para os outros humanos? Ele precisa ter muito cabelo? Ou pouco? É bonito quando é alto ou baixo? Para os homens vale o mesmo que para as mulheres? Nossa, pensando melhor, acho que fui longe demais com o projeto "agência de namoro". Está ficando cada vez mais interessante o que Nina está contando agora.

— Você também não notou na hora que lindos olhos azuis ele tem?

Aha! A cor dos olhos. Pelo visto, um ponto importante.

— Não, não notei.

Eu também não. Seja como for, não consigo distinguir as cores direito.

— Mas você deve ter visto, são muito chamativos, de um azul intenso!

— Nina, não sei se você se lembra, mas quando estivemos no consultório, o Hércules estava de péssimo humor, ficou choramingando o tempo todo e depois tentou matar dois coelhinhos lindos, o que terminou em um completo caos. Desculpe por não ter tido a opor-

— 133 —

tunidade de dar uma olhada nos olhos profundamente azuis do seu superdoutor.

Carolin parece um pouco irritada. Será que é porque se lembrou da terrível consulta ao veterinário? Porque eu me comportei muito mal? Lamentável, lamentável.

— Nossa, que mau humor! Achei que lhe interessasse saber que sua melhor amiga arrumou um namorado.

— Desculpe, você tem razão. Sinto muito se estou mal-humorada. Prometo que vou melhorar! Bom, tirando os olhos de azul intenso, como ele beija?

Este parece ser um ponto muito importante; do contrário, Carolin não teria feito essa pergunta logo em seguida. Mas como dá para saber isso? Como o Beck e eu vamos encontrar um homem que beije bem?

Nina deu uma risadinha.

— Você não vai acreditar, mas não sei. Ainda não nos beijamos.

Entendo. Quer dizer que não é uma qualidade que os humanos veem. Precisam experimentar.

— Vocês ainda não se beijaram? Pensei que tivessem passado a noite juntos.

— E passamos. Conversamos muito. O Marc foi encantador e engraçado. Mas não nos beijamos. Mas não faz mal. Vou dar tempo ao tempo.

— Hum — faz Carolin, parecendo duvidar. — *Dar tempo ao tempo?* Você? Essa é uma tática totalmente nova. Desde quando você a está colocando em prática? Não foi o que notei no consultório dele. Lá a situação estava mais para *esclarecer logo as coisas*. Afinal, você caiu nos braços dele.

Nina bufa indignada.

— Escute aqui: eu tropecei nesse seu cachorro idiota! E o que você está querendo dizer com "tática nova"? Parece até que eu abati o cara com uma espingarda!

— Bom, é que, justamente, até agora você não tinha se mostrado tão recatada quando alguém lhe agradava. Ao contrário, usava a espingarda como uma atiradora de elite.

— Carolin, dá para perceber que você ficou muito tempo fora de circulação. Sou jovem e estou solteira. E, se um cara me agrada, não fico esperando que ele venha até mim galopando em um cavalo branco, mas tomo as rédeas da situação. Por mim, você pode até chamar isso de tática da espingarda; não vejo nenhum problema.

Circulação? Cavalo branco? Espingarda? Nina está falando em código. Contudo, Carolin parece entender do que se trata.

— Tudo bem, tudo bem. Você tem razão; realmente fiquei muito tempo fora de circulação. Preciso me habituar a isso de novo.

Nina concorda enfaticamente com a cabeça.

— Precisa mesmo, e lhe digo mais: é melhor não esperar que o cara ideal simplesmente bata à sua porta! Aliás, isso só acontece nos contos de fadas.

Errado, minha querida! Isso também acontece quando Carl-Leopold von Eschersbach se ocupa pessoalmente do assunto. Nem é preciso passar as noites com um veterinário. Bom, meninas, agora vamos terminando com essa conversa para que eu possa contar ao senhor Beck minhas mais recentes descobertas!

— Diga uma coisa: você acha que o Hércules está apertado? — Nina olha pensativa para mim.

— Por quê?

— Bom, ele está rondando inquieto. Só falta fazer uma pequena surpresa embaixo do seu sofá.

— Na verdade, estive há pouco com ele na rua, antes de você chegar. Mas talvez já esteja entediado conosco. Vou deixá-lo no jardim; tenho mesmo de ir para o ateliê.

— Que pena! Pensei que você pudesse tirar um tempinho livre para irmos tomar um café juntas.

— Eu bem que gostaria, mas nas últimas semanas realmente deixei Daniel na mão. Estou com a consciência bem pesada.

— Ah, imagine! Você não estava legal, e certamente Daniel a ajudou de bom grado. — Nina ri para Carolin e dá um tapinha em seus ombros.

— Você não precisa vir com essa ironia. É claro que Daniel me ajudou de bom grado, mas não quero continuar a sobrecarregá-lo. Ele já tem trabalho suficiente. Só de pensar na reconstrução do violino da Aurora... Vai demorar uma eternidade.

— Nossa, estou a ponto de chorar. Para ser bem sincera, simplesmente acho melhor quando Daniel se ocupa de você do que de um violino sem graça e de uma violinista mais sem graça ainda.

— A Aurora é uma excelente musicista.

— Ela é uma imbecil que, ainda por cima, vive dando em cima do seu sócio — Nina insiste.

— Daniel é apenas meu parceiro nos negócios. No seu tempo livre, quem quiser dar em cima dele que dê.

Nina revira os olhos e suspira.

— Sei, sei, quem quiser que acredite e faça bom proveito.

— Nina, de novo essa ladainha? Daniel e eu somos apenas amigos, nada mais. Hércules, vamos!

* * *

— Nosso candidato ideal tem olhos azuis e beija bem. — Estou sentado ao lado do senhor Beck, ao sol, e lhe relato minhas mais recentes descobertas sobre os humanos e como escolhem seus parceiros.

— Então a questão está resolvida. Vai ser uma brincadeira de criança. Eu observo bem os olhos e você beija os caras. Só espero que você consiga avaliar o que é aceitável como *beijar bem*.

Lanço um olhar zangado ao Beck.

— Por que tenho a sensação de que você não está me levando a sério?

— Porque é verdade. Seus disparates não vão nos levar adiante. Principalmente porque nem sequer sabemos se Carolin também faz questão de olhos azuis. Talvez ela prefira os castanhos. Ou os verdes. E, além do mais, o olho humano não é exatamente gigantesco. Da nossa perspectiva, dificilmente reconheceríamos a cor dos olhos de um homem a cinco metros de distância. E depois tem a questão do beijo; ou seja, estamos muito longe disso. Se conseguirmos para Carolin um cara de quem ela possa apertar a mão, já teremos conseguido muito.

— Muito bem, se sou um cãozinho tão imbecil, então sugiro que você assuma o comando da operação, e eu, *dachshund*, vou simplesmente segui-lo. — É isso aí, que se dane esse gato imbecil.

— Não vá ficar ofendido de novo! Nosso plano é bom. Vamos voltar ao parque e, depois, fazemos o mesmo número de novo, como fizemos com o Willi. Em algum momento vamos acertar. É a tática da espingarda.

— Que estranho! Nina também acabou de falar nisso.

— Está vendo? E ela é experiente no assunto. Desde que moro neste prédio, já vi Nina passar por aqui com cinco ou seis caras diferentes. Vamos fazer exatamente assim: arrastamos o maior número possível de homens. Como Nina. Pode crer, ela é fera.

Olho para ele com ceticismo.

— Ah, é? E por que ainda não tem marido? Pelo visto, seu método de seleção não funciona tão bem assim. Agora ela está até saindo com aquele veterinário horroroso.

— Quem é que sabe? Talvez ela não queira ficar com os homens por muito tempo. Talvez, depois de algum tempo, eles simplesmente fiquem meio... gastos. E aí ela precisa de um novo.

— Esta seria a primeira vez que ouço algo parecido sobre os casais de humanos. Achei que o conceito fosse, sobretudo, de fidelidade eterna. Você mesmo disse isso. Do contrário, Carolin também não teria ficado tão irritada por causa daquela calcinha, não é?

O senhor Beck inclina a cabeça.

— Hum, você tem razão mais uma vez. Mas o que posso dizer? Sou só um gato velho que se esforça muito para compreender os humanos. Mas nem sempre dá certo. Então, o que fazemos agora? Vamos ao parque?

— Vamos.

A operação "espingarda" pode começar.

Hoje o tempo está bonito; por isso, há mais pessoas se exercitando no parque do que se consegue ver com tranquilidade. Decidimos tentar principalmente junto aos bancos próximos ao nosso prédio. Assim, não teremos de fazer com que os homens atravessem o gramado se, de fato, nos seguirem. Infelizmente, nos dois bancos mais próximos estão sentadas apenas mulheres, ou então Willi com suas sacolas de plástico. Aliás, ele nos acena amigavelmente. Portanto, não faz sentido ficar por ali.

No terceiro banco, finalmente encontramos o que estávamos procurando: um rapaz sentou-se ali e está amarrando os sapatos. Não consigo ver a cor dos seus olhos; porém, de todo modo, resolvemos deixar isso de lado na primeira tentativa. O senhor Beck e eu nos aproximamos furtivamente, depois iniciamos o show.

Ou melhor, pretendemos iniciar. Pois, antes que eu pudesse começar, uma moça dirige-se de repente para o banco, inclina-se para o homem e o beija. Depois, senta-se ao seu lado. Levanto-me do chão, sacudo-me rapidamente e ponho-me ao lado do Beck.

— Droga, ele já tem uma mulher.

Beck ri.

— Mas poderíamos perguntar a ela se o cara beija bem. Este é um dos novos critérios que você descobriu.

— Ha, ha! Muito engraçado.

Estou um pouco decepcionado porque, para o meu gosto de *dachshund*, o homem parece bem simpático. A última coisa de que preciso são dos comentários maldosos de um gato obeso.

— E se você procurasse o próximo homem? — sugiro, e minha proposta soa mais ofendida do que eu queria admitir.

— Com prazer, meu caro. Até já tenho um em vista. Veja, ali na frente!

Ele percorre um breve trecho do gramado, depois para diante de um banco ao lado de um bonito canteiro. Está bem, tenho de admitir que sua aparência não é ruim. Está lendo um jornal, o que já parece ser um sinal de certa cultura e, além disso, permite que nos postemos bem na frente dos seus pés sem que ele nos perceba. Assim, volto a rolar de costas e começo a ganir. E de maneira bem lastimosa.

Após certo tempo, o homem desvia o olhar do seu jornal e me observa com atenção. Pelo menos é o que acho, pois, obviamente, do meu posto não consigo ver direito. Contudo, parece-me que, infelizmente, o homem não está demonstrando a menor compaixão pela minha encenação de cachorro em estado terminal. Droga! Com o Willi funcionou na hora. Nesse meio-tempo, arrasto-me para diante dos seus pés e choro tentando despertar o máximo de compaixão que consigo. De tanto chorar e arfar, forma-se até um pouco de espuma na minha boca. Mesmo assim, o homem me olha apenas entediado e afasta seus pés para o lado, e logo depois se levanta. Em seguida, ele se vira e simplesmente vai embora. Estou perplexo. Não pode ser! Beck vem correndo até mim.

— Ei, o que foi isso? Ele deu o fora? E deixou você entregue a seu triste fim? Incrível como às vezes esses humanos não têm coração!

Observamos o homem por trás. Agora ele está em pé e olha mais uma vez em nossa direção. Será que está com remorso? Vasculha o bolso. Talvez uma salsicha? Não. Pega o celular e começa a telefonar. Aproximo-me um pouco dele, sorrateiramente, pois algo me diz que é de mim que ele está falando.

— Alô? É da polícia? Sim, aqui quem fala é Diekamp. Bem, talvez vocês fiquem surpresos, mas eu gostaria de denunciar a suspeita de um caso agudo de raiva. — Faz uma pausa. — Sim, sim. Isso mesmo, aqui em Hamburgo. Está bem, podem transferir a ligação.

Outra pausa. O homem continua em pé e se esforça para ouvir ao telefone.

— Bom dia, meu nome é Diekamp. Acabei de conversar com seu colega... eu gostaria de informar uma suspeita de raiva. Um *dachshund*. Em Hamburgo. Isso mesmo. Mhm, mhm...

O homem caminha de um lado para o outro com os olhos fixos em nossa direção. Ao ver que me aproximo, recua alguns passos.

— Como ele se comporta? Bem, eu diria que não quer ficar sozinho, tem câimbras e um pouco de espuma na boca. Ah, sei... Hamburgo não tem casos de raiva? Na Alemanha inteira não há casos de raiva em animais domésticos? Entendo... mas talvez, por precaução, vocês devessem mandar alguém dar uma passada aqui.

Nesse meio-tempo, o senhor Beck também se põe ao meu lado.

— E aí? Com quem o cara está falando tão agitado ao telefone? — ele quer saber.

— Acho que com a polícia. Disse a eles que tenho raiva. Puxa, sou mesmo um excelente ator para as pessoas chegarem a achar que estou com raiva! Sabe, normalmente, quem sofre de raiva são as raposas. Foi meu avô que me contou. É uma doença muito perigosa, e um bom caçador precisa ter sempre muito cuidado para não ser mordido. É claro que um bom cão de caça também toma suas precauções.

Minha voz ganha um leve tom pretensioso, mas é normal; afinal, realmente sou perito em caçadas. Pelo menos teoricamente.

— Como é que é? — O senhor Beck abana a cabeça e dá uma risada curta.

— Pois é. Estranho, não? E ele ainda quer que a polícia venha até aqui só por causa disso.

Beck para de rir.

— Jura? Ai, caramba. Então temos de dar logo o fora daqui.

— Por quê? Agora é que vai ficar interessante. Pelo visto, o cara não está nem aí para mim; talvez ele queira que a polícia descubra onde moro.

Eu diria que o senhor Beck está simplesmente com ciúme do meu talento de ator e do grande efeito que acabei atraindo.

— Deixe de ser bobo, seu cachorro imbecil! O que você acha que os tiras fazem com um animal que pode estar sofrendo de uma doença tão perigosa como a raiva? Não é para casa que o levam; eles o recolhem! Talvez até o sacrifiquem!

— Sacrificar? — repito um pouco inseguro.

— Isso mesmo. Eles o matam. Zás-trás. Não querem nem saber!

Ouço um guincho assustado e chego a me surpreender com os sons estranhos que o senhor Beck é capaz de produzir, mas constato que quem guinchou fui eu. O senhor Beck me lança um olhar penetrante.

— Isso mesmo, meu chapa. Você ouviu muito bem. E se quiser saber, agora existe apenas uma opção para nós.

Em coro, gritamos "dar o fora!", e saímos correndo, sem nem sequer nos virarmos para olhar o homem mais uma vez. O mais rápido que conseguimos, disparamos em direção à saída do parque, passamos por Willi, que está sentado em seu banco de madeira e nos olha surpreso.

Quando chegamos à frente do nosso prédio, estou molhado de suor. Não pelo esforço, mas de medo. *Sacrificar.* Que palavra terrível, terrível! Passamos pela porta do jardim e deitamos à sombra da grande árvore. Exaustos, ficamos em silêncio por um momento. Depois, levanto.

— Não sei, senhor Beck. Acho que meu plano não é tão bom assim. Ou, pelo menos, não é a melhor maneira de encontrar homens.

Beck balança a cabeça de um lado para o outro.

— Não vá desistir assim tão rápido. Em todo caso, a ideia básica está correta. Talvez a gente só tenha de limitar um pouco mais nossa seleção. Ou seja, nem todo homem que estiver sentado no parque em um dia bonito é, automaticamente, um candidato.

— Mas esse era justamente nosso ponto de partida e, diga-se de passagem, sua sugestão. Eu só disse "espingarda".

— E daí? O que me interessa o que eu disse ontem? Todo o mundo tem o direito de ficar mais esperto. Acho que o segredo do nosso sucesso está em uma pré-seleção específica. Aí, sim, partimos para o ataque!

— Não sei, não — resmungo. — Como vai funcionar essa pré-seleção?

Beck reflete, mas por pouco tempo.

— Precisamos ver os homens com os olhos de Carolin.

— Ah, que ótimo! E como vamos fazer isso?

Em vez de responder, Beck se levanta com um pulo.

— Venha! — chama-me por cima dos ombros. — Acabo de ter uma ideia.

TREZE

Sinto-me meio idiota pulando de vez em quando na frente de Carolin com a coleira na boca. Afinal, na verdade, odeio andar com a coleira. No entanto, se a teoria do Beck estiver certa, conseguiremos identificar os homens adequados no parque se Carolin estiver junto. Portanto, o plano é sair para passear com ela e observar para quem ela olha. E depois... bom, o que vai acontecer depois ainda está um pouco vago. Posso esquecer o número interpretado até agora quando ela estiver junto. Mas alguma ideia vou ter. Além do mais, seremos observados pelo senhor Beck, que, como ele mesmo disse, poderá ter uma ideia da situação. Contudo, já seria um ganho se Carolin entendesse agora que quero sair para passear com ela.

Pulo mais uma vez, o mais alto que consigo, e, com as patas dianteiras, arranho sua calça. Ela olha para baixo e ri.

— Hércules, calma aí! Sei o que você quer, mas me deixe terminar minhas coisas. Depois saímos, prometo!

Ela pega uma daquelas plaquinhas de madeira da mesa e a fixa entre o tampo e as cordas de um violino. Cacilda! Aqui o trabalho vem sempre em primeiro lugar. Só que minha questão é muito mais importante. Rosno um pouco.

— Ei, o Hércules quer sair? — Daniel aparece de repente ao lado de Carolin.

— Pelo visto, quer sim. E não tiro sua razão. O tempo está realmente incrível; na verdade, bonito demais para ficar o dia inteiro no ateliê sem ter o que fazer. Daqui a pouco vou com ele até o parque. É melhor até para o meu humor.

Daniel assente.

— Você tem razão. O que você acha de eu acompanhá-los um pouquinho?

Ah, não! Isso não me convém nem um pouco. Afinal, só estou fazendo tudo isso para encontrar um novo homem. Com ênfase em *novo*. Vai ser um empecilho levar Daniel junto.

No entanto, seja como for, ninguém pergunta minha opinião e, no final, Carolin acaba colocando a coleira no meu pescoço, Daniel pega seu casaco e deixamos os três o ateliê. No jardim, passamos pelo senhor Beck, que já estava em seu posto de observação.

— Ei, o que significa isso? Ele vem junto? Não se leva cerveja ao bar! — cochicha para mim.

— E você acha que foi ideia minha? — sussurro de volta. — Me diga como eu poderia ter evitado uma coisa dessas?

Beck dá de ombros e parece querer dizer mais alguma coisa, mas nos afastamos.

Enquanto caminhamos na direção do parque, reflito se ainda posso pôr meu plano em prática nessas circunstâncias. Será que Carolin vai reparar em outras pessoas se ficar o tempo todo conversando com Daniel? É de amargar! Não posso fazer o papel de cão doente porque Carolin está junto, e prestar atenção nela também de nada adianta, pois Daniel está junto. Grrr!

— Que desperdício. Trabalho bem ao lado de um parque tão bonito, mas quase nunca venho aqui.

E eu gostaria de dizer: "É verdade, Daniel, mas por que você veio justamente hoje?".

— Pois é, raramente as pessoas fazem isso. Com o Hércules, é claro, saio muito mais do que antes. Só que, nos últimos tempos, é imperdoável o jeito como o negligenciei. Estou com a consciência bem pesada por causa disso, e agora há pouco ele até veio com a coleira na boca para me lembrar das minhas obrigações de dona. — Enquanto caminha, ela se curva para mim e passa a mão na minha cabeça. — Estes últimos tempos você sofreu com sua dona, não é, Hércules? Mas agora tudo vai melhorar, você vai ver. Espero que não esteja sentindo falta do abrigo de animais!

Eu? Sentir falta do abrigo? Que ideia absurda! Mesmo que a busca por um dono não dê totalmente certo, Carolin parece não saber como pode ser desagradável dividir dez metros quadrados com caras como o Bozo e o bóxer.

Como o tempo está realmente bom e não vamos conseguir nos livrar do Daniel, decido aproveitar o passeio de qualquer maneira. De fato, nos últimos tempos, Carolin saiu pouco comigo. Na verdade, nem saiu. Caminhamos por uma das trilhas sinuosas de saibro e me deleito ao farejar cada árvore que se encontra à margem. Magnífico! Por aqui já passaram cães importantes, sinto muito bem seu cheiro. E, graças ao meu treino no jardim, agora posso acrescentar meu rastro com maestria. E faço isso copiosamente. Carolin e Daniel estão mais perambulando do que realmente andando; portanto, tenho tempo suficiente para as coisas importantes na vida de um *dachshund*.

Só que agora eles estão lentos demais para o meu gosto. Talvez porque estejam muito imersos em sua conversa. É enervante. Os humanos sentem constantemente a necessidade de conversar. Puxo um pouco a coleira. Ei, vamos logo! Já mijei em todos os arbustos aqui!

Mas Carolin e Daniel nem sequer prestam atenção em mim. Em vez disso, dirigem-se ao próximo banco e se sentam. Ela mesma disse: "Cuidei tão pouco do Hércules; isso tem de mudar urgentemente...", mas do modo como está é que não vai mudar! Se pelo menos ela tirasse minha coleira, eu poderia ir sozinho farejar mais um pouco. Assim, pulo no banco para ficar junto dos dois e deito a cabeça no colo de Carolin.

Hum, estou imaginando coisas ou sinto novamente aquela tensão estranha no ar? Daniel parece nervoso, e Carolin também exala um odor de agitação. Não é de surpreender, pois, se eu tivesse ficado tanto tempo sem sair, como os dois, também não conseguiria parar quieto. De certa forma, os humanos também são animais grandes. Só não querem reconhecer isso. Farejo as mãos de Carolin e quero lambê-las um pouco. Talvez isso a tranquilize.

Mas antes que eu consiga passar a língua nas costas da mão dela, a mão do Daniel pousa inesperadamente no meu nariz. Ei, o que é isso? No meu nariz não tem graça! Ele é muito sensível. Rosno brevemente, e Daniel retira a mão como um raio. Pelo visto, eu o assustei. Mas ele também me assustou. O que ele quer com meu nariz, afinal? Pisco olhando para ele, mas ele age como se nada tivesse acontecido. Que estranho. Poucos minutos depois se faz silêncio. Nem Carolin nem Daniel dizem nada. Realmente uma beleza. Então, Daniel pigarreia.

— Diga uma coisa: o que você acha de fazermos alguma coisa juntos esta semana?

Mas o que esse cara está dizendo? Todo santo dia os dois fazem alguma coisa juntos. Aparentemente, Carolin pensa a mesma coisa que eu. Ela dá uma risadinha.

— E o que você sugere? Um violoncelo ou um violino?

— Ha, ha, muito engraçado.

— Ah, vamos, foi só uma pequena vingança pela sua piadinha com o conhaque.

— Tudo bem, então estamos quites.

Novo silêncio.

— Cozinhar — diz Carolin, então —, podíamos cozinhar alguma coisa juntos. Como antigamente, quando morávamos juntos, em Mittenwald. Faz um tempão que não cozinhamos, e era sempre muito divertido.

Ela sorri para Daniel. É o mesmo sorriso que chamou minha atenção no abrigo. Inconfundível e lindo. De repente, nosso banco fica bem mais quentinho. Que delícia! Aninho-me junto de Carolin e desfruto do momento.

Dessa vez, vejo a mão do Daniel a tempo, antes que ela possa aterrissar em meu nariz, e me esquivo. Esse cara ficou louco? Mas, pelo visto, não sou eu quem ele tem em mira, e sim Carolin. Pois, por cima das minhas costas, agora ele pega a mão dela e a puxa para si. Carolin olha surpresa, mas não retira sua mão. Qual será o significado disso? Quando um homem segura a mão de uma mulher? Pena que o Beck não esteja aqui; com certeza ele deve saber. Concluo que só pode ser um bom sinal — econômico como, aliás, os humanos costumam ser com o contato físico. Estou ansioso para ver o que vai acontecer.

— Ei, vocês! — gritou neste momento uma voz hostil.

Carolin e Daniel têm um sobressalto, e ele solta a mão dela.

— Sim, é com vocês mesmos que estou falando! — continua a berrar a voz.

Agora já dá para ver o dono da voz hostil: ele está bem na frente do nosso banco. Dou um breve latido. Será que o cara não percebeu que está incomodando? Mas ele fica plantado no chão, fitando Carolin e Daniel. Ou será que está me fitando? Um mau pressentimento me vem à mente.

— Me desculpem por eu me aproximar assim. Meu nome é Holger Diekamp. É que esse cachorro que vocês estão segurando se comportou de um jeito muito estranho ontem. Achei que ele tivesse uma doença muito grave. Para dizer a verdade, não excluí a possibilidade de ser raiva, ainda que a opinião da polícia fosse outra.

— Polícia? — repetem Carolin e Daniel em uníssono.

— Sim, obviamente informei a polícia na hora. Mas antes que ela chegasse, o cachorro já tinha desaparecido. Junto com o gato gordo que ficou o tempo todo com ele. Mas fiquei muito preocupado e decidi continuar procurando pelo cachorro. Afinal, raiva é uma doença fatal. Bem, talvez vocês achem uma preocupação exagerada, mas este garoto aí se contorceu de câimbras e tinha espuma na boca. Além disso, ele me pareceu querer ficar perto de mim, um sinal bem típico. Por acaso vocês estiveram com esse animal no norte da África?

Noto que, por causa do susto, aos poucos vou me enrijecendo. E se agora eu tiver de ir até a polícia? E se depois realmente quiserem me sacrificar? Ah, não, tudo por causa do nosso plano idiota! Tento me encolher o máximo que posso e me aperto bem entre Daniel e Carolin. Todo encolhido junto da perna da calça do Daniel, percebo que ele começa a tremer. Que horror! Pelo visto, está morrendo de medo de mim — meu destino está selado; logo os dois vão me entregar à polícia. Abaixo o focinho e começou a choramingar.

— Raiva! — exclama Daniel, tenso, e treme com mais força. — Esta é a maior bobagem que já ouvi.

Ufa! Daniel não está tremendo de medo, mas de tanto rir! Aliviado, pulo espontaneamente em seu colo e lambo sua cara.

— Opa, Hércules! Está vendo, senhor Diekamp? Este cãozinho está em plena forma. Seja lá o que ele tenha tido ontem, raiva certamente não foi. Talvez o senhor o tenha confundido com outro cão.

Diekamp olha zangado para mim.

— Não, tenho certeza de que não o confundi. Mas se o senhor prefere arriscar sua própria saúde com sua despreocupação, fique à vontade! — Diekamp ainda bufa com raiva, depois dá meia-volta e caminha na direção da saída do parque.

Daniel abana a cabeça.

— Francamente, o que tem de louco solto por aí. Raiva! Que absurdo!

— Hum, mas estou ficando um pouco preocupada.

— Preocupada? Por quê? O Hércules está vendendo saúde. Basta olhar para ele. Não lhe falta nada.

— Sim, mas você se lembra do que aconteceu na semana passada? Do mendigo? Ele também disse que o Hércules se comportou de modo estranho. Talvez ele esteja mesmo doente.

A voz de Carolin soa bastante inquieta. Droga — o que eu fui aprontar!

— Estou me referindo às câimbras e à espuma na boca. Em algum lugar li que os cães podem ter ataques epiléticos. E, quando se tem conhecimento disso, é possível tratá-los, exatamente como nos humanos.

Daniel suspira.

— Tudo bem, então. Se isso faz com que você se sinta melhor, vamos pedir para o veterinário dar uma olhada nele. Com este tempo bonito, daqui até o consultório também vai ser um passeio agradável.

Carolin concorda com a cabeça.

— Vou ligar agora mesmo para o doutor Wagner.

— Já é possível tranquilizá-la de antemão, senhorita Neumann: à primeira vista, o Hércules está em excelente forma. Olhos claros, nariz frio, boa tensão corporal. Portanto, eu excluiria uma infecção.

Estou novamente sentado na fria mesa de metal da sala de exames do doutor Wagner e, submisso, deixo que ele me examine. Sinto-me tão frágil que nem chego a aproveitar a oportunidade para verificar o azul de seus olhos. Mas o que posso dizer? Eu mesmo sou culpado. Justo seria se o senhor Beck também recebesse sua parte aqui, mas o mundo não funciona assim. Wagner passa a mão em minha cabeça, depois se dirige novamente à Carolin e ao Daniel, que estão em pé ao lado da mesa e observam atentos todo o procedimento.

— No que se refere à epilepsia, de fato ela existe entre os cães. Infelizmente, não é tão fácil de diagnosticar. Contudo, geralmente é hereditária. Vocês sabem se há casos de epilepsia na família do Hércules?

Carolin ergue os ombros.

— Não, sinto muito. Peguei o Hércules no abrigo de animais. Na verdade, não sei nada sobre a sua família, mas parece que ele veio de um criador muito consciencioso. Justamente por não ter pedigree, deram-no ao abrigo.

O doutor Wagner me observa pensativo.

— Hum, criador consciencioso... tive mesmo a sensação de já ter visto o Hércules em algum lugar. Deve ter sido em alguma criação de *dachshund*; e eu conheço quase todas. Talvez do velho Von Eschersbach?

VON ESCHERSBACH!!! Só a menção desse nome quase me faz cair da mesa. Dou um pulo e lato. Isso mesmo! Sou eu! Um autêntico Von Eschersbach! E dos bons!

— Opa! — exclama Wagner enquanto me empurra com delicadeza para o centro da mesa. — Ele ficou contente! Pelo visto, você conhece bem esse nome, não é, garoto? Eu diria: bingo!

O que o bingo tem a ver com esse contexto não está claro para mim, mas, pela primeira vez desde nosso primeiro encontro, sinto quase simpatia pelo doutor Wagner. Finalmente um humano que conhece minha origem.

— Meu pai já acompanhava a criação do Von Eschersbach, mas eu só estive algumas vezes lá. Graças a Deus, os cães dessa criação são muito saudáveis. Mesmo assim, posso perguntar ao Von Eschersbach se ele já teve algum caso de epilepsia entre seus cães. Como o diagnóstico é meio dispendioso e caro, seria melhor se já tivéssemos uma suspeita um pouco mais concreta. Talvez as câimbras tenham uma causa totalmente diferente. Por favor, me descreva com o máximo de precisão como ocorrem os ataques.

— Bem, não sei dizer nada de muito preciso. Na verdade, eu não estava presente quando ocorreram.

— Hum. — O doutor Wagner lança um olhar de interrogação a Daniel, que abana a cabeça.

— Infelizmente, eu também não.

— Mas então, como sabem que Hércules teve ataques de câimbra?

— Pode parecer meio estranho, mas, nos últimos cinco dias, vieram nos falar duas vezes desses ataques. Na primeira vez, uma pessoa trouxe o Hércules do parque para nossa casa e nos relatou a respeito. E hoje aconteceu a mesma coisa: um senhor veio conversar conosco no parque e disse que ontem o Hércules se contorceu e chorou de câimbras na frente dele, além de ter espuma no focinho. Esse senhor chegou a temer que fosse raiva, porque de repente o Hércules ficou muito próximo dele.

O doutor Wagner ri.

— Bom, raiva certamente não é. Nesse estágio em que surgem as câimbras, o animal já está quase morto. Além do mais, desde que sou veterinário, não consigo me lembrar de nenhum caso de raiva em cães na Alemanha. Mas dou razão a vocês, realmente é estranho. — Ele se vira novamente para mim e coça meu queixo por baixo. — Hum, quer dizer que você não queria ficar sozinho e reagiu de modo estranho? Por acaso, nos últimos tempos, o Hércules passou por alguma experiência traumática que possa tê-lo deixado muito inseguro? Não sou psicólogo de animais, mas algo do tipo pode afetar o comportamento do animal. A senhorita disse que ele veio de um abrigo. Talvez tenha tido medo da separação? Ou talvez a senhorita o tenha trancado do lado de fora sem querer ou algo parecido?

Sem graça, Carolin olha para o chão.

— Recentemente fiquei adoentada — mais sussurra do que fala.

— Ah, sim, me lembro. A senhorita Bogner mencionou isso quando trouxe o Hércules para uma consulta.

— Ah, ela contou? — Carolin enrubesce.

— Bom, então o senhor acha que o Hércules pode ter reagido a isso? — quer saber Daniel. — É realmente interessante. Talvez ele esteja preocupado com você e queira encontrar alguém para protegê-la; afinal, até agora ele só apresentou seu número na frente de homens.

Na mosca! Sentindo-me culpado, encolho a cauda.

Carolin fuzila Daniel com o olhar.

— Custo a acreditar que tenha alguma relação.

— Ei, Carolin, foi só uma brincadeira.

Então fico tranquilo! Seria muito desagradável para mim ter meu plano descoberto aqui, dessa forma. Carolin certamente não gostou da ideia.

— Bem — intervém o doutor Wagner —, não acho a ideia tão despropositada assim. Os cães desenvolvem por sua matilha social um instinto de proteção considerável. Portanto, se há uma suspeita nesse sentido, em todo caso eu procuraria me aprofundar. O que exatamente aconteceu com a senhora?

— Não acho que isso vai nos levar adiante — repreende-o Carolin, impertinente. — Está tudo bem comigo. Mas informe-se com esse criador; me parece uma tentativa mais promissora.

— Francamente, que atrevimento me interrogar daquela forma! Realmente esse Wagner é impossível. Queria saber o que Nina acha de tão interessante nele — irrita-se Carolin quando já estamos voltando para casa.

Caminho ao lado dela e do Daniel e escuto a conversa, tenso. Afinal, estão falando de mim.

— Acalme-se, ele não fez por mal. Só queria fazer um diagnóstico mais fundamentado. Ele não sabia que você é tão sensível com relação a esse assunto.

— Não sou sensível! — exclama Carolin, indignada.

— Ah, vai, um pouco você é sim — contrapõe Daniel.

— E se eu for, qual a surpresa? Imagine a situação: o veterinário do meu cachorro supõe que Hércules se comporta como um psicopata porque eu sou problemática.

— Ei, ninguém afirmou isso. Sem contar que também é totalmente despropositado.

— Ah, é? — Carolin vira a cabeça para Daniel, que ri.

— Só espero que o Hércules me leve em consideração como seu redentor antes de arrastar qualquer sujeito totalmente desconhecido.

Agora, Carolin também é obrigada a rir.

— É verdade, também espero!

Sei. Então é isso. Talvez, para Carolin, Daniel não seja tão simpático assim. Preciso urgentemente conversar com o Beck. Acho que nosso plano precisa de uma correção. Ah, mas o que estou dizendo? Tomara que em breve nosso plano seja desnecessário.

CATORZE

— Acho que não precisamos mais procurar: já temos nosso homem!

Com cara de importante, no dia seguinte comunico ao senhor Beck minha nova descoberta no que se refere à escolha de um parceiro para Carolin. Estamos sentados embaixo de nossa árvore no jardim, desfrutando do sol quente da tarde.

— Como chegou a essa conclusão? Primeiro vocês estiveram com Daniel no parque, depois no veterinário, e hoje Carolin passa o dia todo fora sem você. Como você pode ter encontrado um príncipe para ela?

— Muito simples: o príncipe estava o tempo todo ao nosso lado.

— Ahn? Não estou entendendo.

— Daniel. Acho que Daniel é o homem certo.

— Ora, vamos, já expliquei isso para você: Daniel está fora de questão. Ele é simpático demais, especialmente em situações difíceis, e ainda tem o agravante de ser boa pessoa.

Falou o senhor Beck, o advogado. Na verdade, não gosto muito quando ele se comporta assim.

— Você já parou para pensar que sua teoria pode estar errada? Observei os dois muito bem: em primeiro lugar, há uma tensão no ar quando estão juntos. É difícil descrevê-la, mas ela está claramente presente, mesmo que não se consiga vê-la. É como uma corrente elétrica na cerca do pasto.

O senhor Beck me olha sem se mostrar impressionado e se espreguiça lentamente.

— Corrente elétrica na cerca do pasto? Você é mesmo um caipira, meu querido. Não faço ideia do que você está querendo dizer.

Ignorando sua objeção, enumero meus outros indícios:

— Em segundo lugar, Daniel segurou a mão de Carolin. No banco do parque, até mesmo por cima das minhas costas.

— E daí? Os dois se conhecem há uma eternidade. O que tem de mais?

— E em terceiro, a própria Carolin disse que gostaria que Daniel fosse seu redentor.

Quero ver o que você vai dizer agora, seu gato metido!

— Você ainda tem muito que aprender, meu amigo cão. O que os humanos dizem e o que de fato pensam e, por consequência, também fazem, são duas coisas totalmente diferentes. Totalmente. Às vezes, chego a pensar que a capacidade de falar nos humanos é completamente desperdiçada, pois quase nunca se presta a coisas importantes. Para ser honesto, se os humanos não pudessem conversar, no fundo, nada mudaria. Afinal, eles nunca dizem a verdade.

— Isso é bobagem. Acho que você só está querendo ter razão.

— Não quero ter razão. Eu tenho razão.

Santo Deus, hoje ele está cabeça-dura de novo. Suspiro e não digo mais nada. Afinal, pouco importa o que esse gato pensa. O principal é que as coisas estão entrando nos eixos novamente para Carolin, e em breve voltaremos a ser uma família feliz, com dono, dona e cachorro.

Por um momento, Beck e eu ainda permanecemos em silêncio, depois decido voltar para o ateliê. Embora Carolin esteja fora em algum compromisso, talvez com Daniel eu consiga algum cafuné.

Chego na hora certa para presenciar a grande entrada em cena de Aurora. Com movimentos amplos dos braços, ela conta como foi seu último concerto. Aparentemente, um sucesso grandioso; quanto a isso, ela não deixa a menor dúvida. Pelo que sei da educação humana, tanto autoelogio não é algo muito elegante. Em todo caso, o velho Von Eschersbach teria olhado para Aurora com muita reprovação. "Vangloriar-se não é uma atitude que convém", era seu conselho preferido para todos os humanos que entravam e saíam do castelo. Contudo, como obviamente Von Eschersbach é mais velho do que Aurora, é possível que suas opiniões sejam um pouco obsoletas. Ou então essa questão do autoelogio não vale tão diretamente para os artistas.

— Entusiasmadas, as pessoas estavam simplesmente entusiasmadas, Daniel. Mas nessa noite eu realmente me superei. Pena que você não estava lá.

— Pois é, pena. Da próxima vez eu vou; no mais tardar, quando eu terminar seu novo violino, prometo.

Aurora franze o nariz, o que parece bem interessante.

— Hum, tenho a nítida sensação de que você só irá por causa do violino, e não por minha causa.

— Ora, por favor, Aurora, isso é absurdo. Você sabe muito bem quanto gosto de ouvi-la tocar. É que nos últimos tempos ando mesmo muito ocupado.

— Cuidando da sua colega, não é?

— Me desculpe, mas isso não é da sua conta.

Agora Daniel parece até um pouco bravo. Assim está bem!

— Mas não deixo de ter razão! Desde que Carolin terminou com esse Thomas, as coisas por aqui andam uma bagunça. Mal dá para falar com você pelo telefone; marcar um horário, então, é quase impossível... nada contra as dores de cotovelo, mas vocês têm um ateliê, não um centro de reabilitação para corações partidos.

— Aurora, já faz cinco anos que nos conhecemos. Alguma vez lhe entreguei algum trabalho malfeito?

— Não, não foi isso que eu quis dizer...

— Então, pronto. E alguma vez Carolin entregou algum trabalho malfeito?

— Você não está entendendo. O que eu quis dizer é apenas que...

— Você se sente deixada de lado. Sim, já entendi.

— Daniel! — A voz da Aurora assume um tom de choro. — Não seja tão rude. Só estou um pouco decepcionada porque, momentaneamente, estamos tendo pouco contato, só isso. Pensei que você se interessasse pela minha arte.

Oh, eu gostaria de saber revirar os olhos! Mesmo sem a avaliação profissional do senhor Beck, para mim está claro que não é absolutamente do interesse do Daniel por sua arte que a Aurora sente falta. Mas Daniel parece querer ignorar essa observação; em todo caso, de repente ele toma a direção da *conciliação*.

— Não vamos brigar. Prometo solenemente ir ao seu próximo concerto. Com ou sem o novo violino.

Imediatamente, Aurora lhe sorri e parece uma criança. Hum, será que esse tipo de comportamento é bem-visto pelos humanos machos? Como *dachshund*, acho-o muito tolo.

— Ah, obrigada, Daniel! Isso significa tanto para mim! E caso não dê certo de novo, para o outono ainda estou procurando alguém que possa me acompanhar na minha próxima turnê. Será na Itália, e eu gostaria de aproveitar para dar uma olhada em alguns violinos que me ofereceram lá. O que você acha?

— Bem, você acabou de comprar uma obra-prima. Além do mais, não posso deixar o ateliê por tanto tempo.

— Já estou vendo que você não quer dizer sim de imediato. Mas também não vou aceitar um não agora. Prefiro esperar mais um pouco. — Ela afaga o braço dele. — Bom, preciso ir. Tenho muita coisa para fazer.

Ela se vira e simplesmente pisa na ponta da minha cauda. Tudo bem, talvez não tenha sido de propósito. E doer, não doeu, pois ela não me pegou tão desprevenido. Mas talvez essa ocasião não se repita tão cedo; por isso, solto na hora um ganido lastimoso e, depois, tento dar-lhe uma rápida, mas intrépida mordida. Nhac! Grrr. Magnífico!

Aurora dá um grito agudo e pula.

— Ai! Droga! Você ficou louco?!

Ela me fita, e eu tento olhá-la da maneira mais inocente possível, ganindo mais um pouco, por precaução. Aurora esfrega a barriga da perna. Dá para ver direitinho a marca dos meus dentes.

Daniel olha impassível.

— É, você deve ter pisado em cheio na cauda do Hércules. Do contrário, ele é mansinho.

Aurora fica sem fôlego; aparentemente, quer praguejar, mas acaba desistindo.

— Claro, muito mansinho. Mande um beijo para Carolin. Até mais.

Em seguida, sai fazendo barulho. Daniel olha para mim. Depois se curva e passa a mão na minha cabeça.

— Muito bem, gorducho!

— Que tal estou, Hércules?

Carolin colocou um vestido de florzinha que bate na altura do joelho e vira-se de um lado para o outro na minha frente. Muito bonita, devo dizer. Além do mais, obviamente fico feliz que ela tenha escolhido uma estampa floral para a noite em que vai cozinhar junto com Daniel. Se bem entendi o senhor Beck, esta é uma estampa bem feminina. Deduzo que Carolin quer claramente parecer uma mulher. Um bom sinal! Sento-me diante dela e abano a cauda.

— Aha, então você gostou? Muito bem, então vou ficar com ele. E os cabelos? Deixo soltos ou presos?

Com um gesto habilidoso, ela vira rapidamente seus longos cabelos para cima e segura-os na cabeça em um coque. Rosno brevemente. Soltos são muito mais bonitos — dá para ver bem melhor os cabelos, e a nenhum cão ocorreria esconder seu belo pelo. Menos ainda quando são tão sedosos e brilhantes como os cabelos de Carolin. Um filhote de *dachshund* de pelo duro como eu só pode sentir inveja. Nesse sentido, Carolin é um autêntico *setter*, ou melhor, um *golden retriever*. Ela deixa os cabelos caírem novamente.

— Entendi, soltos. Bom, talvez fique melhor assim, mas para cozinhar não é muito prático.

Inclino a cabeça. Ah, não! Soltos ficam bem mais bonitos!

— Tudo bem, vamos combinar assim: para cozinhar, eu os prendo, depois solto de novo. Isso mesmo. Boa ideia. Obrigada, Hércules!

De nada, é um prazer. Fico feliz quando posso ajudar.

Bem-humorada, Carolin caminha pelo apartamento e arruma algumas coisas em um canto e outro. Cobre a mesa, abre novamente uma daquelas garrafas horríveis e, com ímpeto, despeja o conteúdo em outra, maior e mais arredondada. Um jorro de líquido vermelho cai no recipiente. Parece bem bonito, mas não faço ideia do que possa ser. Contudo, já observei o velho Eschersbach fazer o mesmo uma ou outra vez. Talvez um ritual? Uma magia? Para que a noite dê certo? Como *dachshund*, não sou dos mais supersticiosos, mas, se for para ajudar hoje, por mim, tudo bem. Seria bom ver a cara de bobo do Beck se eu pudesse lhe contar que Carolin e Daniel se tornaram um casal.

Tocam a campainha. Com certeza é Daniel. Cara, estou nervoso! Pelo visto, Carolin também, pois se precipita para a porta, mas breca na frente do espelho logo ao lado, à direita, e se avalia criticamente mais uma vez, antes de abrir. Cheio de expectativa, vou atrás dela e reforço o comitê de recepção. Carolin abre a porta. Fico em pé nas patas traseiras. É Nina. Ah, não! O que ela veio fazer aqui?

— O que você veio fazer aqui?

— Isso é o que chamo de recepção calorosa! Obrigada, também vou bem e vou entrar.

— Olha, é que, na verdade, você não chegou em boa hora.

— Hum, estou vendo. Você realmente se produziu toda para seu encontro. Quem vem?

— Daniel. Vamos cozinhar.

— Ah, Daniel. Então posso ficar um pouco. Pensei que você tivesse um encontro amoroso.

Carolin suspira, depois dá um passo para o lado.

— O que há de tão urgente?

— 162 —

— Acho que o Marc Wagner não é para mim.

— Sei. E por que você chegou a essa conclusão tão repentina?

— Hum, já lhe explico. Posso pegar uma taça? — Ela aponta para a garrafa bojuda de vidro, na qual Carolin tinha acabado de verter outra garrafa. — Primeiro preciso beber alguma coisa. Minha noite ontem foi um fracasso total.

— Sim, mas, na verdade, eu queria...

— Obrigada, estou mesmo precisando. — Nina pega uma taça no armário, serve-se e fareja o líquido vermelho. — Hum, gostoso, é um bom vinho. Vão comemorar alguma coisa especial? Mais algum violino de cem mil euros que a Aurora comprou em leilão?

— Não, na verdade, eu só queria cozinhar numa boa com Daniel e tomar uma taça de vinho. — Carolin lança um olhar irritado para Nina, mas esta não o percebe, pois está muito ocupada com sua taça.

— Bom, então vocês têm sorte por eu passar aqui espontaneamente; do contrário, só iam falar de trabalho a noite inteira.

Percebo que Carolin quer dizer alguma coisa, mas, neste momento, a campainha volta a tocar. Daniel.

— Nossa, Carolin! Você está demais! — Ele a cumprimenta com um beijo na face esquerda e outro na direita. Nunca tinha visto esse cumprimento antes entre os dois. Eu sabia que minha teoria estava certa. Em seguida, ele vê Nina. — Ah, oi, não sabia que você também viria. — Ele parece decepcionado, e já aprendi muitas coisas sobre os humanos nesse meio-tempo para saber que ele está mesmo. Só Nina parece não perceber nada; ela acena alegremente para ele.

— Oi, passei espontaneamente. Estava a fim de uma noite entre mulheres, mas você pode ficar. — Ela ri.

Daniel se esforça para sorrir.

— 163 —

— Considerando o fato de que eu, ao contrário, vim porque fui convidado, sua oferta é muito generosa.

— Fique à vontade.

Nina sorri para Daniel. Aparentemente, ela não está a fim de bater em retirada.

— O que vamos cozinhar?

Ela vai para a cozinha, Carolin olha para Daniel e dá de ombros. Em seguida, os dois seguem Nina. Os três param na frente da geladeira.

— Preparei tudo para um *coq au vin*. Só temos de cortar as batatas enquanto o frango assa. Bom, sentem-se; vou pegar uma faca para cada um.

Carolin, você é boa demais para este mundo. Desse jeito, nunca vamos conseguir nos ver livres de Nina. E você e Daniel nunca vão ser um casal. E eu nunca vou ser um *superdachshund* que sempre soube que vocês iam ficar juntos.

Acontece o que eu temia: após meia hora, Nina ainda está no apartamento de Carolin. Não é de surpreender, pois, nesse meio-tempo, o frango começa a exalar um odor maravilhoso. É claro que ela quer provar um pedaço, não posso criticá-la por isso. Eu também já especulo para saber se vou ganhar uma lasquinha. Para melhorar minhas chances, coloco-me ao lado de Carolin, que, nesse ínterim, se senta no banco da cozinha. Deito minha cabeça no seu colo e olho para ela da maneira mais comovente possível. Infelizmente, sem muito sucesso, pois Carolin, Nina e Daniel estão a tal ponto mergulhados em sua conversa que nem notam minha presença.

— Quer dizer então que o doutor Wagner não é o cara dos seus sonhos?

Como é que se pode ficar falando o tempo todo de um veterinário? E ainda por cima com esse diagnóstico? Vocês me desculpem, mas já era previsível. Bom, Nina, se você tivesse me perguntado, eu lhe teria dito na hora. Nina se serve de outra taça.

— Já saímos três vezes. Ele sempre foi simpático e divertido, mas, fora isso, nada mais aconteceu. E hoje, nem simpático ele foi, porque infelizmente nossa excursão para a praia foi boicotada por várias famílias grandes com seus rebentos mal-educados. Foi de dar nos nervos.

— Nossa, e isso porque você é conhecida por adorar crianças! Realmente deve ter sido ruim.

Estou enganado ou Daniel está gozando da cara de Nina? Deve estar, pois ela reage com irritação.

— E daí? Nem todo o mundo sonha com um batalhão de crianças. Só porque sou mulher não sou obrigada a querer ser mãe.

Daniel levanta as mãos, em sinal conciliador.

— Tudo bem. Então, nada de crianças. Não é necessário.

— Bom, seja como for, entre mim e o Marc não acontece absolutamente nada. E isso não faz sentido. Afinal, não é um colega que estou procurando, e sim um namorado. Será que ele é gay?

Gay? O que será isso? Outra palavra para "tímido"?

Daniel dá uma risadinha.

— Nem todo homem que não quer nada com você automaticamente tem de ser gay. Veja o meu caso, sou a prova viva.

Nina olha brava para ele. Hum, deve significar outra coisa que não "tímido".

— Obrigada pela parte que me toca. E, não se preocupe, não vou dar em cima de você.

— Que bom; assim, fica tudo esclarecido — anuncia Carolin, enfaticamente feliz. — Sugiro que a gente coma alguma coisa agora.

Excelente ideia. Rapidamente, volto a fazer meu olhar de *dachshund* extremamente fiel. E, dessa vez, Carolin reage.

— Veja só, o Hércules também quer um aperitivo. Se eu soubesse que seríamos quatro, teria comprado mais.

— Espere aí, você não está querendo me comparar a um cachorro, está? Além do mais, ninguém me avisou que hoje haveria um evento gastronômico. Do contrário, eu teria confirmado a minha presença como se deve. Ou... — Nina para por um breve momento — ou vocês queriam ficar sozinhos?

Adivinhou!, quero gritar, mas nem Carolin nem Daniel respondem nada. Em vez disso, Carolin tira o assado do forno. Uma nuvem quente com um cheiro maravilhoso de frango vem pairando até mim. Hum, que delícia! Passo a língua nos beiços. Nina me vê fazendo isso e me olha pensativa.

— Diga uma coisa: será que cachorro pode comer *coq au vin*? Afinal, contém álcool.

Só faltava essa! Convidar-se e querer ficar com a minha parte. Que atrevimento! Rosno para ela.

— Ei, calma! Só não quero que você fique de ressaca amanhã!

Ressaca? O que é isso? E o que tem a ver com o frango? Vou dizer uma coisa: decididamente, estão conversando demais esta noite para o meu gosto. E tudo por culpa de Nina. Estava indo tudo tão bem! Sem essa imbecil, Daniel certamente já teria pegado na mão de Carolin de novo, e quem sabe até os dois já não tivessem se beijado. Decido intervir no andamento da noite. Mas só depois que eu também receber alguma coisa para comer!

De fato, Daniel, o bom e velho amigo dos cães, prepara um pratinho para mim. A melhor carne do frango, sem ossos nem nervos. O cheiro é magnífico, mas também um pouco incomum. Certamente por causa do líquido vermelho que Carolin despejou não só na outra garrafa, mas também em quantidade no assado. Será que isso é álcool? E por que faria mal? Ou seria este justamente o negócio que fez Carolin ir parar no hospital? Ah, tanto faz, o apetite vence a desconfiança, e depois da primeira mordida, fico como que encantado, de tão delicioso que é o gosto. Preciso me controlar para não engolir tudo de uma vez. Depois de cinco pedaços, o sonho infelizmente acaba; lambo todo o meu prato para não desperdiçar nem uma gota sequer do delicioso molho.

Infelizmente, os outros também gostam muito da comida; portanto, é ilusão achar que vai sobrar mais alguma coisa para mim. Mas não faz mal, pois agora vai começar o plano "Liberdade para Carolin e Daniel". Saio correndo da cozinha e vou até o vestíbulo, onde abocanho minha coleira. Com ela na boca, volto correndo e fico em pé bem na frente de Nina. Ela me olha surpresa.

— Por acaso você está querendo que eu vá passear com você?

Mas claro! Para confirmar, dou alguns pulos.

— Ah, não, estou tão bem sentada aqui. Peça para sua dona ou, melhor ainda, peça para o seu tio Daniel. — Ela sorri ironicamente para ele.

— Já entendi, vocês ainda querem continuar essa conversa *hardcore* entre mulheres. Venha, Hércules, vamos dar uma volta no quarteirão.

Não! De jeito nenhum! Isso é justamente o contrário do que eu queria! Rapidamente, solto a coleira e saio correndo da cozinha. Infelizmente, Daniel interpreta minha ação de modo errado e vem atrás de mim segurando a coleira, em direção à porta do apartamento. Rosno brevemente, mas não adianta: ele veste seu casaco, põe a coleira em mim e, dois minutos depois, estamos na calçada em frente ao prédio. Em silêncio, partimos em caminhada. Ao chegarmos ao parque, Daniel pigarreia.

— Pode ser estranho eu conversar a respeito justamente com um cachorro, mas, no momento, você é o único homem na redondeza, e estou precisando desabafar urgentemente. Pois, para ser honesto, eu tinha imaginado a noite de hoje um pouco diferente. Mais romântica. Mais íntima. E, principalmente: a dois. Por que diabos Nina tinha de aparecer justo no dia do nosso encontro? Você pode me explicar, Hércules?

Abano a cabeça, torcendo para que Daniel reconheça essa proeza da comunicação entre cão e ser humano.

— Ah, eu também não sei. Achei que, de algum modo, nesse meio-tempo tivesse surgido algo mais entre Carolin e eu. Mas, pelo visto, ela ficou bem feliz com a visita espontânea de Nina.

Dou um rápido latido.

— Ou não? Mas então por que ela não disse nada?

Fico triste e desanimado. Isso, meu caro Daniel, sinceramente também não sei dizer. Como você, acho que ela podia ter posto Nina para fora. Calados, caminhamos um ao lado do outro.

— Mas talvez seja culpa minha. Preciso mostrar mais claramente que, para mim, Carolin é mais do que apenas uma colega ou amiga. Do contrário, ela sempre vai me ver como o colega bacana que se chama Daniel. Preciso agir de uma vez por todas.

— 168 —

Boa ideia! Em todo caso, dou a maior força e, por isso, dou uns pulos na perna do Daniel.

— Você também pensa assim, não pensa? — Ele olha ao redor, depois dá uma risada. — E se alguém me vir agora, tendo uma conversa de homem para homem com um *dachshund*? Será que posso ser internado por causa disso? Realmente, parece coisa de louco. Pouco importa. Vamos terminar nosso passeio, depois vou colocar minha decisão em prática.

É assim que se fala! Imediatamente, acelero o passo. Já para casa!

Quando voltamos ao apartamento, Nina já foi embora. Carolin está arrumando a cozinha e nos cumprimenta alegremente.

— Ah, vocês voltaram! Gostou do passeio, Hércules? Com certeza a noite foi entediante para você, não foi? Muita conversa, não? Mas fiquei muito feliz que você tenha gostado do frango que eu fiz.

— Eu também gostei muito. Mais uma vez, obrigado pelo convite. Vamos tomar mais uma taça de vinho?

— Vamos, por que não? Só que já estou bastante cansada. Não vou conseguir ficar acordada até tarde hoje.

Ela pega duas taças novas no armário e as coloca ao lado da garrafa que ainda está sobre a mesa da cozinha. Daniel enche uma e a oferece para Carolin.

— Pronto. À nossa noite gastronômica a dois!

Ambos riem.

— Hum, pelo visto Nina estava decidida a ignorar todas as nossas indiretas. Mas ela entrou de cabeça nessa história com o veterinário, por isso hoje estava precisando urgentemente de apoio psicológico. Sinto muito, eu também tinha imaginado uma noite diferente.

— Tudo bem, posso conviver com a solidariedade feminina. Já estava achando que a visita de Nina tinha sido conveniente para você.

Carolin abana negativamente a cabeça e boceja.

— De jeito nenhum. Mas agora preciso mesmo ir dormir. Amanhã tenho uma reunião com um cliente de fora, e infelizmente já às oito da manhã. Vamos marcar outra hora para nosso evento gastronômico. E, dessa vez, vai ser em um lugar secreto.

Ela se levanta, e Daniel também. Ah, que ótimo. Pelo visto, isso é tudo quanto ao tema "preciso agir". Agora Daniel vai para casa e, mais uma vez, nada acontece. Que fiasco! Depois dessa, nem preciso contrariar o senhor Beck. Ele tinha mesmo razão. Daniel é legal demais. E devagar demais também.

Ambos estão no corredor, e Carolin abre a porta para Daniel. Por um breve momento, parece que ele vai passar por ela, mas depois ele hesita e volta a fechar a porta.

— Carolin, preciso lhe dizer uma coisa. Ou melhor, preciso fazer uma coisa.

Então, ele põe as mãos sobre os ombros dela, puxa-a para si e... a beija. Na boca. Com a mesma rapidez do beijo, ele a solta, murmura um "tchau" quase inaudível e vai embora.

QUINZE

Que droga! Na verdade, eu queria contar imediatamente ao senhor Beck sobre a noite de ontem. Eu já estava me deleitando com a cara dele, quando ele percebesse que eu é que tinha razão. Mas, infelizmente, o jantar não deu em nada. Pois, em vez de ir de manhã numa boa para o ateliê e dar minhas escapadas para o jardim, corro atrás de uma Carolin que carrega uma mala grande e, pelo visto, está com muita pressa. Agora ela está olhando para mim por cima dos ombros.

— Vamos, Hércules, acelere! Não fique fazendo amizade com tudo quanto é árvore!

Ela puxa com força minha coleira, e não gosto nem um pouco disso. Assim não. Não comigo. Como protesto, primeiro me sento.

— Hércules, o que é isso? Venha, estamos atrasados. Preciso entregar esse negócio pontualmente.

Outro puxão. Engato a marcha a ré. Carolin bufa irritada e põe a caixa grande no chão.

— Você está me saindo um *dachshund* mal-educado! Sua dona precisa trabalhar para poder comprar sua salsicha. Temos um compromisso, as pessoas estão esperando por nós.

Bah! Pouco me importa. Tivesse me deixado com Daniel, então, se atrapalho. Carolin reflete por um momento, depois se ajoelha até mim.

— Hércules, meu amor, seja um cão bonzinho e venha comigo agora. Prometo que não vai demorar. Só preciso entregar isto aqui, depois voltamos para casa, junto do Daniel. Por favor!

Estou enganado ou, ao pronunciar o nome "Daniel", sua voz ganha um tom bem quente? Talvez seja porque é o que desejo; porém, em todo caso, tranquiliza-me pensar que logo estaremos de volta. Desisto da minha resistência e dou um passo em direção a Carolin. Ela coça brevemente meu pescoço.

— Obrigada, querido. Também vou me apressar.

Logo em seguida, estamos diante de uma porta giratória de um grande edifício.

— Quer esperar aqui fora?

Não, não quero. Aperto-me bem contra a perna de Carolin.

— Tudo bem, então entre comigo. Mas me deixe soltar sua coleira, para você não se prender na porta.

Ela se agacha e solta a coleira do meu pescoço; em seguida, nos movemos com a caixa pela porta, o que não é muito fácil. Afinal, embora eu seja pequeno, sou comprido, e passar por uma porta giratória sem prender a cauda não deixa de ser um desafio. Os humanos não têm esse problema; do contrário, não teriam projetado uma engenhoca tão idiota como essa. O vidro toca de leve a ponta da minha cauda, mas logo já estamos do lado de dentro. Diante de nós encontra-se um hall gigantesco, no qual muitas pessoas correm de um lado para o outro. Em cada lado, à esquerda e à direita, há uma colunata que confere ao hall certa semelhança com o salão de baile do castelo Eschersbach.

Tenho certeza de que nunca estive aqui; no entanto, este lugar não me é estranho. Não só por causa do castelo Eschersbach, mas porque já estive com Carolin em um espaço semelhante. Nas paredes laterais, há grandes aparelhos, que parecem uma combinação de um armário com uma espécie de televisão, como a que Carolin tem na sala. Quando as pessoas ficam na frente desses armários e digitam alguma coisa embaixo da televisão, os armários começam a fazer barulho e a cuspir cédulas, que Carolin também sempre traz consigo. Pelo que já descobri, em troca delas se conseguem miúdos no açougue e um café no restaurante.

Mais adiante no hall, os humanos estão em pé, conversando uns com os outros, tanto na frente quanto atrás de mesas altas. Parece se tratar de uma espécie de ponto de encontro. Só que ainda não farejei nada comestível, o que é estranho, pois, normalmente, sempre há alguma coisa para comer quando os humanos combinam de se encontrar. Mas talvez aqui seja mais um lugar onde eles se reúnem para se divertir. Bom, se Carolin mantiver o prometido, de todo modo logo estaremos fora; portanto, nem vale a pena investigar a finalidade exata deste lugar.

Enquanto Carolin conversa com um homem mais adiante no hall, dou umas voltas, observo as pessoas e, por fim, sento-me à margem. Estou entediado. Ao que parece, quando os humanos conversam, eles perdem totalmente a noção do tempo. E se eu for até Carolin e puxar um pouquinho a perna da sua calça? Se bem que... no momento, já não a vejo mais. Onde ela se meteu? Talvez eu deva procurá-la; do contrário, isto aqui vai demorar uma eternidade.

Neste momento, ouve-se um estampido incrivelmente alto. Guincho de susto e aperto-me contra a parede atrás de mim. O que foi isso? Mais adiante, junto das mesas altas, começa um vozerio, e as pessoas correm para todos os lados. Em seguida, outro estampido, e alguém grita:

— Todos no chão, agora!

E, de fato, como se estivessem atendendo ao comando "sentado", a maioria das pessoas se joga imediatamente no chão. Pelo que minha mãe me contava de vez em quando, deve ser assim também no exercício que fazem com os cães para que eles aprendam a se sentar. Muito legal essa apresentação! Só me pergunto para que serve. E... onde está Carolin? Será que está deitada em algum canto? Devagar, vou me insinuando para a frente, esforçando-me para não perturbar essa apresentação. Na ponta do hall parece estar o homem que gritou. Em todo caso, ele é o único que ainda está em pé. E não é só isso: também está segurando alguma coisa e parece dar outros comandos. O que é isso, afinal? Tento me aproximar dele de mansinho pela lateral, sem chamar a atenção; preciso ver isso melhor.

Depois de me aproximar sorrateiramente até cerca de dois metros, o homem vira de repente em minha direção. Agora consigo reconhecer o que ele tem na mão: é uma arma. É desconcertante! Pelo estampido eu já deveria ter reconhecido. Francamente, como descendente de cães de caça famosos, isso não podia acontecer comigo. Contudo, ainda não entendi o sentido e a finalidade desse exercício, pois o homem não parece nem um pouco um caçador: está todo de preto e, além do mais, não dá para ver seu rosto, pois ele está com um gorro que o cobre do topo da cabeça ao pescoço e deixa apenas uma fenda livre para os olhos. Muito estranho.

Estou tão distraído com esse interessante cenário que não percebo um homem se arrastar de bruços ao meu lado, também para a frente. Só quando ele se levanta de um salto e se lança sobre o homem com o gorro preto é que percebo o que está acontecendo. Ambos lutam e vão parar no chão, onde continuam a lutar. Incrível! Em cinco minutos acontece muito mais coisa aqui do que no ateliê de Carolin em duas semanas. Aparentemente, o homem sem gorro se esforça para pegar a arma, enquanto o de gorro se defende com todas as forças. Ambos rolam de um lado para o outro, tão agarrados que mal dá para dizer a quem pertencem braços e pernas. Em seguida, outro estampido alto e repentino — parece que um tiro foi disparado. O homem sem gorro rola gemendo para o lado; o outro se levanta e se sacode. Depois, pega a arma, que nesse meio-tempo havia ficado no chão, vai com ela até seu agressor e mira!

Na hora entendo o que isso significa: um tiro de misericórdia. O cara de gorro quer matar o outro homem! Não!, é o que tenho vontade de gritar. Ele é um ser humano, não é um coelho! Suo frio. E depois, sem pensar mais, saio do esconderijo e pulo em cima do homem de gorro. É quase como se eu mesmo estivesse me observando, de tão irreal que tudo parece: dou um pulo alto e abocanho a perna da calça do homem, antes que ele tenha chance de disparar. O tecido preto da calça não é muito firme; logo sinto que ele se rasga. Em seguida, já estou preso pelos dentes à sua perna. O homem recua com um sobressalto, grita de dor e levanta rapidamente a perna. Solto-a e caio na sua frente. Ele tira o gorro e me fita com cara de bravo.

— Que diabos é isso? Alguém pode me explicar de onde saiu este cachorro?

De repente, de todos os lados correm pessoas até nós; o comando para ficar deitado no chão parece suspenso. Então vem a grande surpresa: o homem baleado, que até há pouco estava rolando de dor no chão, senta-se de repente e olha com pena para seu algoz.

— Pô, Jens, está doendo, cara?

— E como! — O que levou a mordida de mim levanta a calça. Na barriga da sua perna dá para admirar a linda marca deixada por mim. — Helen! Acho que vou precisar de uma bolsa de gelo ou coisa parecida.

Uma moça loira vem de trás de uma das colunas, e de um grupo de pessoas surge um homem mais velho, com cachos prateados, que tem certa semelhança com o velho Eschersbach. A moça se ajoelha diante do homem chamado Jens e observa a mordida; o senhor mais velho vira-se para as outras pessoas.

— Podem ir abrindo o bico: quem trouxe o cachorro para o set? Silêncio.

— Quem foi? — repete o dos cachos prateados.

Eu preferiria dar no pé, pois minha intuição diz que o dos cachos prateados está mesmo uma fera e que Carolin vai ter muito aborrecimento. Por que, ainda não sei; afinal, impedi um crime. Mas isso parece não interessar ninguém por aqui — todos agem como se fosse a coisa mais normal do mundo apontar uma arma para seus semelhantes. Mas antes que eu possa pensar em como sair com habilidade dessa situação, ouço a voz de Carolin:

— Fui eu. Fui eu que trouxe o cachorro.

Agora, finalmente a vejo. Ela também está ao lado de uma das colunas do lado esquerdo.

— Sinto muito, não percebi que o Hércules tinha escapado. Pensei que ele ainda estivesse ao meu lado e...

Ela ainda quer explicar mais alguma coisa, mas o homem a interrompe gritando:

— Você é louca? Tem ideia de quanto custa toda essa filmagem? Cada hora que passamos aqui é uma fortuna! E aí você vem com seu *dachshund* mal-educado. Espero que ele não tenha machucado Jens para valer. Sem ele, podemos esquecer nossa produção; ele é nosso ator principal! — Ele bufa mais uma vez, depois respira fundo e continua a falar em um tom um pouco mais calmo. — Quem é você, afinal?

Nesse meio-tempo, Carolin fica totalmente pálida e quase sussurra ao responder:

— Meu nome é Carolin Neumann. Vim trazer a caixa do violoncelo para a arma. Sinto muito mesmo pelo que o Hércules fez. Ele deve ter pensado que era um roubo a banco de verdade e quis proteger aquele senhor.

Isso mesmo! Não sou mal-educado. Sou apenas prestativo — e muito corajoso!

Nesse ínterim, o tal de Jens posta-se ao nosso lado e examina Carolin com curiosidade. Sem o gorro ele fica bem melhor. Tem os olhos azuis, que parecem ser tão importantes para um relacionamento; seus cabelos são bem escuros e estão bastante despenteados, talvez por causa do gorro.

— Não se preocupe, Roland. Estou bem. O cãozinho realmente me deu uma bela mordida, mas acho que vou superar. — Com essas palavras, ele pisca para Carolin, que lhe sorri de volta. Em seguida, curva-se até mim. — Ei, você pensou que eu realmente estivesse assaltando um banco? E quis defender o Uwe, não foi? Bom menino.

— 177 —

Assaltando um banco? Que diabos é isso? E por que o Jens e o Uwe parecem ser amigos? Agora há pouco eles estavam se pegando! Na minha cabeça, uma grande confusão só faz aumentar. Vá entender uma coisa dessas como cão. Em todo caso, o dos cachos prateados também parece já ter encerrado seu discurso. Ele bate palmas, rápida e energicamente.

— Bom, crianças, para que os ânimos se acalmem, meia hora de intervalo. Jens, fique um pouco com a perna levantada. Por favor, figurantes, em vinte minutos voltem à sua posição. Para me acalmar, vou tomar um chá Yogi. — Depois, ele me olha mais uma vez. — E esse cachorro tem que desaparecer daqui rapidinho!

Carolin faz que sim e se curva para colocar a coleira em mim.

— Bom, antes que você me arrume mais confusão, é melhor sairmos logo.

Fico ofendido. Afinal, ainda não sei exatamente o que fiz de errado. Mas como obviamente também é muito desagradável para mim ter causado tanto aborrecimento para Carolin, caminho comportado ao seu lado.

Ela ainda se vira rapidamente para Jens.

— Sinto muito mesmo, e espero que o senhor não tenha muita dor. Se eu puder fazer alguma coisa pelo senhor, por favor, me diga. Estou morrendo de vergonha por causa de toda essa situação.

— Não é para tanto, senhorita Neumann. Mas eu ficaria muito feliz e sentiria um grande alívio se fizesse uma coisa por mim.

Ai, ai, ai, provavelmente agora vem algo do tipo: "Leve este cachorro atrevido para o abrigo de animais".

Jens vasculha rapidamente o bolso de sua calça, depois coloca um pedaço de papel na mão de Carolin.

— Aceitaria sair para jantar comigo? Aí está o meu telefone. Espero sua ligação.

— Irado! Jens Uhland! Jens UHLAND! O jovem, talentoso e mais cobiçado ator da Alemanha quer sair com você para jantar! Não dá para acreditar! Irado, irado, irado!

Nina está realmente fora de si. O cara com o gorro parece ser importante. Desde que Carolin lhe contou no almoço o que aconteceu hoje de manhã, Nina não respirou direito uma única vez. Em vez disso, está falando sem parar. Segundo o senhor Beck, entre os humanos, sobretudo entre as mulheres, este é um sinal certo de grande agitação. Mas por que Nina está tão agitada, não consigo entender. Na verdade, não aconteceu nada de mais. Jens não sofreu nenhum dano permanente, o dos cachos prateados também parou de vociferar, e, por fim, voltamos ilesos para casa, ainda que sem a caixa do violoncello. No entanto, como antes, ainda não ficou claro para mim o que foi toda aquela cena com a arma e o tiro. Jens disparou claramente contra o outro homem — mas como é que, mesmo assim, ele saiu pulando feito um filhote de cervo? Tampouco entendi a explicação de Carolin: filme, set, filmagem? O que significa tudo isso? Já Nina parece estar interessada apenas em uma coisa: no tal do Jens. Que horror, essa mulher!

— E você já ligou para ele?

— Claro que não! Só faz três horas que saí de lá.

— Ah, é verdade. Mas você vai ligar, não vai?

— Bom, não sei ainda.

— Não sabe ainda? Não estou entendendo. Você é jovem e está solteira: o que mais há para pensar?

— Bom, só porque ele é uma quase celebridade, não significa que tem de ser meu tipo. Claro que o achei muito fofo, mas nada mais do que isso.

— O que não é pode vir a ser. E "muito fofo" é realmente o eufemismo do século. Jens Uhland é um verdadeiro gato. É lindo e engraçado. E também parece ter charme.

Carolin vira os olhos.

— Já lhe passou pela cabeça que, no momento, não estou absolutamente procurando um novo namorado?

— Não, acho isso um absurdo. Mas mesmo que não esteja... você não precisa procurar; pode simplesmente aproveitar a ocasião quando o cara certo aparece.

Tudo isso é muito interessante. Então Nina realmente acha que esse Jens entra na categoria "certo". Por que, não entendo. Muito pelo contrário. Eu o colocaria na categoria "criminoso armado". Mas, além de mim, ninguém parece ter percebido isso. Em vez disso, agora eu é que sou visto como *dachshund* pronto a usar de violência. E tem outra coisa que me incomoda muito: Carolin não tem nada que procurar um namorado. Pois já encontramos o candidato ideal. Daniel. Essa Nina já está me dando nos nervos: primeiro ela perturba o encontro íntimo com Daniel, e agora quer fazer a cabeça de Carolin sobre esse idiota do Jens. Impossível! Ela que vá cuidar da própria vida amorosa, assim terá o suficiente com que se ocupar.

Decido contrariar o projeto "Jens". Como já o mordi, de todo modo não vamos ser amigos íntimos mesmo. Se ele voltar a aparecer, simplesmente vou mijar nele. Pode apostar.

DEZESSEIS

Do ponto de vista de um *dachshund*, acontece algo muito estranho quando as mulheres passam horas na frente do guarda-roupa. Volta e meia tiram uma peça de dentro dele, seguram-na na frente do corpo e depois vão até o espelho para se verem. Tudo bem, nesse meio-tempo, aprendi que os humanos, dependendo da ocasião, trocam de pelo — mas segundo quais critérios isso acontece ainda é um enigma para mim. Por que ontem ela pôs um vestido florido e hoje uma calça preta? E, por falar em vestido, o comprimento também parece desempenhar um papel decisivo. Pois justamente agora Carolin está colocando três vestidos pretos, um ao lado do outro sobre a cama, que, na verdade, parecem totalmente iguais. A única diferença entre eles é o comprimento. Em silêncio, ela observa os vestidos, depois se vira para mim.

— O que você acha, Hércules? Curto, médio ou longo?

Não sei o que dizer. Claro que quero dar um bom conselho a Carolin, pois, se hoje à noite ela for se encontrar novamente com Daniel, a coisa tem de dar certo de uma vez por todas com os dois. E tenho certeza de que um passo decisivo rumo ao sucesso será dado se Carolin se sentir à vontade em sua pele, quer dizer, em sua roupa. No entanto, o comprimento de uma saia é algo sobre o qual nunca refleti na vida. Também, com o tamanho das minhas pernas, nem faria sentido — mesmo que houvesse saias para *dachshund*, elas teriam de ser, necessariamente, muito curtas. Mas o que será que uma mulher pretende dizer com o comprimento de uma saia? Caminho inseguro de um lado para o outro na frente da cama. O que será que é melhor: mostrar muita ou pouca perna? No que os humanos machos prestam atenção?

Naturalmente, entre os cães e, respectivamente, entre os *dachshund*, isso é muito mais simples. Existe a Federação Cinológica Internacional (FCI), que define um belo *dachshund*, pertencente ao padrão de raça nº 148/13.3.2001 D, nos seguintes termos: "Baixo; de pernas curtas; comprido, mas compacto; bem musculoso; cabeça em atitude atrevida e desafiadora, além de expressão atenta. Com uma distância do chão de mais ou menos um terço da altura da cernelha, o comprimento do corpo deve ter uma relação harmoniosa com a altura da cernelha de mais ou menos 1 para 1,8".

No que se refere à pelagem do *dachshund* de pelo duro, o Clube Alemão do Teckel, de 1888, tem conceitos muito claros: "O *dachshund* de pelo duro mostra um sobrepelo curto, denso, cerrado, de arame, com bastante subpelo. O focinho tem uma barba claramente definida, e as sobrancelhas são espessas. Nas orelhas, a pelagem é mais curta do que no corpo e quase lisa. Na cauda, a pelagem corresponde àquela do corpo, é cerrada e termina com pelos mais curtos".

Portanto, entre os *dachshund*, a coisa é bem simples. Como é que sei tudo isso? Bem, como cão mestiço, fui obrigado a ouvir o suficiente no castelo Eschersbach sobre o que não era bom em mim. Minhas pernas são claramente longas demais, e meu pelo é muito macio e crespo para um autêntico pelo duro. E embora o vovô me amasse intimamente, nunca perdoou a pulada de cerca de sua filha. Até então, todos os seus netos sempre haviam sido campeões.

Mas, voltando à verdadeira questão: como é a aparência do padrão válido para os humanos? Pois, que existe um, disso eu tenho toda a certeza. Do contrário, seria difícil explicar por que, por exemplo, Carolin faz tanto estardalhaço por causa da sua roupa antes de todo encontro com outros humanos. É totalmente irrelevante, e ela poderia muito bem sair do jeito que está. Mas, infelizmente, não conheço esse padrão. Pois, se conhecesse, saberia se pernas tão longas como as de Carolin devem ser cobertas ou, antes, realçadas. Sento-me nas patas traseiras e examino Carolin com atenção. Para o meu gosto, ela é um ser humano extremamente bonito. Mas será que os outros humanos também pensam assim?

— Ei, Hércules, você está com um olhar tão pensativo! Está difícil me aconselhar direito? Bom, a questão é que estou em dúvida entre este vestido preto e curto e este longo, preto-acinzentado, que estou vestindo. Não gosto muito da calça preta. Difícil, não é? Minha avó sempre dizia que a beleza está nos olhos de quem vê, ou seja, cada um tem um padrão de beleza.

Francamente, que raio de ditado é esse? Nisso o meu avô era especialista, e, pelo visto, a avó de Carolin não fazia a menor ideia do que estava dizendo; do contrário, não teria dito uma besteira dessas. Talvez de fato não haja entre os humanos um padrão claramente definido, mas algo semelhante deve existir. Não consigo imaginar que cada humano realmente decida por si mesmo o que acha bonito. Aliás, recentemente assisti com Carolin a um programa na televisão que era basicamente uma exposição de cães, só que, em vez deles, desfilavam mulheres. Como na exposição canina, as mulheres caminhavam uma por uma diante do juiz, em círculo, depois o juiz lhes dizia se eram bonitas ou não. Tudo bem, a escala de avaliação não ia de "excelente" a "insatisfatório", mas, quanto ao resto, era exatamente a mesma coisa. Aparentemente, as mulheres que eram bem avaliadas ganhavam alguma coisa — nesse momento, a juíza superiora dizia algo do tipo: "Você já pode fazer parte do elenco", e a mulher em questão ficava feliz da vida. Para as mulheres que tinham sido mal avaliadas, ela dizia que infelizmente sua nota não era suficiente. Então, elas choravam. Não era suficiente para quê? Não faço ideia. Talvez para a criação? Mas é só uma suposição. Bem, onde eu estava mesmo? Ah, sim: a beleza não está nos olhos de quem vê. Mesmo entre os humanos. É possível medi-la.

Bom, jeans ou saia? O que é melhor? Inclino a cabeça e tento imaginar Carolin em ambos, um ao lado do outro. Carolin me encoraja com a cabeça e segura novamente o vestido curto na frente do corpo.

— O que você acha? Com qual Jens vai me achar mais bonita?

JENS?! Não é com Daniel que Carolin vai sair? Essa má notícia literalmente me deixa com as patas bambas, e com um ganido queixoso, rolo para o lado.

— Hércules! — exclama Carolin. — Será que você está tendo outro daqueles ataques?

Ela deixa cair o vestido, ajoelha-se ao meu lado e passa a mão em minha cabeça. Então me vem a ideia: se eu ficar doente, com certeza ela irá cancelar o encontro com esse Jens. Então, novamente ponho em prática minha famosa performance do parque — com tudo a que tenho direito: choramingo, tremo, contorço-me de câimbras. Carolin parece horrorizada; em seguida, com um salto, sai correndo do quarto.

Ufa, breve pausa para tomar fôlego. Bem cansativa essa profissão de ator. Ouço Carolin ligar para Nina.

— Nina? Você tem o número particular do Marc Wagner? O Hércules está tendo outro daqueles ataques, e o horário de consulta já passou faz tempo... — uma breve pausa. — Obrigada, eu digo a ele.

Ela aparece no quarto com o telefone na mão. Nesse meio-tempo, fico deitado de costas e, de vez em quando, estremeço. Acho que a estou deixando muito impressionada.

— Doutor Wagner? Aqui é Carolin Neumann, o senhor sabe, a amiga de Nina que tem o *dachshund*. Sinto muito por incomodá-lo a essa hora, mas é que o Hércules acabou de ter um ataque e agora parece bem apático. Estou preocupada... — Ela volta a se ajoelhar ao meu lado. — Ah, claro, o senhor poderia fazer isso? É muita gentileza sua. Rua Helvetia, 12, um prédio grande, em estilo *art nouveau*. Exato, até mais.

Mal a conversa termina, e ela digita outro número.

— Jens? É Carolin. Olha, sinto muito e sei que vai parecer ridículo, mas é que o meu *dachshund* acabou de ter um ataque epilético, e o veterinário está vindo para cá. Será que podemos deixar para outra noite? Não fico tranquila em deixar o Hércules sozinho hoje. É mesmo? Obrigada, volto a ligar amanhã. Tchau!

Se eu não estivesse fazendo o papel de cão doente, este seria o momento para um grito triunfante. Infelizmente, isso revelaria minha encenação, então, é melhor desistir. Em vez disso, fico deitado, meio largado, no tapetinho ao lado da cama e, de vez em quando, choramingo. Carolin passa a mão em mim e sussurra uma melodia. Provavelmente para me acalmar. Em seguida, tocam a campainha: o doutor Wagner. Não é exatamente o homem que eu queria ver aqui; porém, antes que Jens atravesse meus planos para Carolin e Daniel, prefiro deixar que esse veterinário me faça mais alguns check-ups. Afinal, é por uma boa causa.

Carolin o faz entrar e logo o conduz ao quarto.

— Obrigada por ter vindo tão rápido. Veja como ele ainda está mal!

Wagner traz uma maleta, que coloca ao meu lado.

— Hum, vamos ver o que podemos fazer.

Ele se senta no chão ao meu lado e tira uma espécie de lápis da maleta. Com ele, aponta diretamente para os meus olhos — uma luz clara me ofusca.

— Os reflexos da pupila estão normais. — Ele volta a se levantar. — Bom, não parece que o Hércules teve um ataque epilético. Nesse caso, suas pupilas estariam bem dilatadas e, com a luz, não se reduziriam. Certeza nós só teríamos com um eletroencefalograma, mas não acho que seja necessário. Seja o que for que o Hércules tenha, parece ser outra coisa. Mas ainda tenho uma ideia.

Volta a vasculhar sua maleta, depois pega uma coisa de metal com dois fios e uma espécie de alicate e senta-se novamente ao meu lado. O alicate, ele o introduz nos próprios ouvidos, e a coisa redonda de metal, coloca sobre meu peito. Parece estar ouvindo alguma coisa.

— Bem, o coração também está totalmente normal. Seu ritmo cardíaco não parece ter sido afetado. — Tira o negócio dos ouvidos. — Distúrbios de ritmo cardíaco também podem desencadear ataques. É preciso imaginar que um distúrbio do ritmo leva a uma queda de pressão sanguínea no cérebro e, em seguida, pode ocorrer desmaio com convulsões. — Ele passa a mão em mim. — Bem, obviamente, o ataque já passou, mas, em geral, ainda demora um pouco até o ritmo voltar ao normal. Hércules, o que você anda aprontando?

Carolin me examina preocupada.

— Será que ele tem outra doença grave?

A voz de Carolin soa tão nervosa, que decido voltar a ficar bom. Também não quero exagerar. Assim, levanto-me e me sacudo rapidamente.

— Senhorita Neumann, pelo aspecto do Hércules agora, ele me parece totalmente saudável. Claro, na semana que vem, podemos fazer um check-up nele dos pés à cabeça, mas alguma coisa me diz que não há nenhum problema de saúde aqui. A senhora até pode chamar isso de instinto de veterinário, mas acho que o Hércules não está tão mal quanto pensamos. Provavelmente, a senhora está se preocupando à toa.

Grrr, traidor — pare de ficar investigando! Certamente Carolin vai ficar uma fera se perceber que tudo não passa de fingimento. Decido dar por encerrado o número do ataque. Acho que Wagner está muito na minha cola.

— Mas o senhor não disse que conhece a criação de onde vem o Hércules? Eu ficaria muito tranquila se o senhor pudesse se informar.

— Sim, ainda bem que a senhora me lembrou. Na semana que vem vou mesmo passar por lá e vou me informar. Mas, mesmo assim, acho que a senhora deveria partir do princípio de que o Hércules não tem nada grave. — Volta a se levantar do chão e pega sua maleta. — Bem, já vou indo, então. Certamente a senhorita vai sair hoje. Pelo que vejo, acabou de fazer uma prova de roupas.

Carolin ri e também se levanta.

— Tem razão. Mas, se quiser, fique para uma taça de vinho. Afinal, o senhor sacrificou seu horário livre por nós, e eu gostaria muito de agradecer por isso.

Wagner hesita. Vamos, cara, dê o fora! Carolin só está querendo ser gentil. Na realidade, ninguém aqui dá importância à sua presença!

— Mas a senhora tem compromisso, não quero incomodar.

Muito perspicaz, Wagner! Até logo!

— Pelo contrário! Me deixará feliz se ficar. E, de todo modo, já cancelei meu encontro por causa do Hércules.

— Bom, se é assim, fico feliz por poder substituir seu encontro.

Ah, não! Mal nos livramos de um e já temos outro para ficar na cola! Bom, pelo menos Wagner não é um perigo para Daniel, mas esta também é sua única vantagem. Carolin sorri para ele.

— Aliás, meu nome é Carolin.

— Ah, sim, obrigado! O meu é Marc.

Carolin faz que sim com a cabeça.

— Eu sei.

Ambos riem, um pouco timidamente, eu acho.

— O senhor, quer dizer, você não quer ir para a sala? É logo na entrada. Vou trocar rapidinho de roupa.

— Por mim, não é necessário. Acho que você está encantadora assim.

Carolin ri sem graça.

— Tudo bem, se você me aguenta de calça jeans e pulôver largo, então fico assim.

— Aguento com prazer, sem problemas.

E, em vez de Wagner pegar sua maleta e bater em retirada, nem dois minutos depois ele já está sentado no nosso sofá da sala. De mau humor, deito-me bem na frente e observo Carolin pegar duas taças no armário. Ela está simpática demais. Por que não deixou Wagner ir embora? Em vez disso, agora vai começar essa "história de tomar um vinho". Realmente, não gosto de dizer isto, mas às vezes os humanos são de uma chatice sem limites. Por exemplo, quando tomam vinho: logo Carolin vai verter de novo uma garrafa na outra. Depois, vão encher duas taças com o conteúdo da segunda garrafa. Se eu tiver sorte, eles vão terminar de beber rápido, e logo ficaremos livres do doutor Wagner. Infelizmente, essa evolução é extremamente improvável. Muito mais provável é que ambos passem uma eternidade sentados no sofá, jogando conversa fora sobre coisas que, supostamente, são importantes na vida. Em resumo: falar em vez de fazer. Se o doutor Wagner fosse Nina, a conversa seria quase exclusivamente sobre homens. Pelo menos seria interessante para mim de algum modo, pois talvez eu descobrisse alguma coisa sobre as chances do Daniel com Carolin. Mas com o Wagner provavelmente ela vai preferir conversar sobre o outro assunto do qual os humanos gostam tanto de se ocupar: o trabalho. Ou então, outro assunto que também é muito apreciado: o passado. Bocejo. Ou ainda um favorito: a combinação de ambos. Trabalho e passado. Só a pergunta sobre o que o outro queria ser quando criança e por que acabou não sendo já preenche tranquilamente uma hora. Não entendo por que se perde tanto tempo com coisas que já não podem ser mudadas. Seja como for, nisso os humanos são verdadeiros mestres. E se? Uma pergunta que nenhum cão em sã consciência jamais se faria. Em outras palavras: *tomar vinho* parece ser sinônimo para um método bastante ineficiente de fazer a noite passar quando, como a maioria dos humanos, se está confortável demais para dar uma boa corrida pelo parque mais próximo.

Suspiro intimamente e deito a cabeça nas patas dianteiras. Enquanto as vozes de Carolin e Wagner se dissipam em um leve murmúrio de fundo, reflito sobre como posso tornar a coisa mais firme com Daniel. E se eu atraísse os dois para uma espécie de armadilha, para que eles finalmente ficassem juntos? Talvez depois o resto acontecesse por si só. Mas como?

Preciso urgentemente conversar com o senhor Beck. Os gatos são conhecidos como mestres estrategistas, e certamente ele terá uma ideia de como isso poderia acontecer. É realmente trágico — nos últimos dias, os dois estavam quase chegando lá. Não fosse Nina ter aparecido, eles já poderiam ser um casal faz tempo. Mas, desde aquela noite, Daniel e Carolin mal se viram, só rapidamente no ateliê, e quase sempre na presença de algum cliente. Desse jeito, é claro que não vai dar em nada. Pois, uma coisa aprendi nesse meio-tempo, mesmo sem as lições do senhor Beck: no que diz respeito ao acasalamento, os humanos realmente parecem ser uma espécie muito tímida. Em todo caso, aquela efervescente tensão entre Daniel e Carolin logo se evapora quando outros humanos aparecem. No parque, observei a mesma coisa: os casais que se beijam geralmente ficam um pouco afastados ou se sentam em um banco em que mais ninguém está sentado. No carro, os humanos gostam de se beijar; no supermercado, quase nunca. No café onde Carolin e Nina costumam se encontrar para tomar café da manhã e que sempre está lotado até o último lugar, nada de casais se beijando. Talvez um beijinho aqui ou ali, mas, definitivamente, nada que realmente se pareça com um acasalamento, tal como Beck e eu observamos antes com Thomas e a outra mulher. Nesse ponto, nós, cães, somos claramente mais decididos. Em todo caso, um *dachshund* macho que descubra a fêmea da sua vida do outro lado da rua não vai se deixar deter por alguns transeuntes. Realmente estranho. Afinal, a timidez não parece ser uma tendência dos humanos.

Nesse ínterim, Carolin e o doutor Wagner de fato chegaram ao tema trabalho. Eu bem que disse: aos poucos, já adquiri certa noção de como são os bípedes. Wagner está justamente aborrecendo Carolin com uma descrição detalhada da sua carreira profissional:

— Então ficou claro para mim que eu preferia ser veterinário. Portanto, acabei trocando a medicina pela veterinária. Embora, na verdade, eu tenha prometido a mim mesmo que nunca faria o mesmo que meu pai. Bom, e agora assumi até mesmo seu consultório e moro, exatamente como ele em outros tempos, na mesma casa. No início, era uma sensação estranha, mas nesse meio-tempo posso dizer que foi a melhor decisão da minha vida. Minha profissão me faz feliz.

E quem está interessado nisso? Eu, pelo menos, não. Tomara que Carolin faça esse chato metido a besta entender que já está na hora de ir embora. Tudo bem, tenho de admitir que não sou totalmente inocente no que se refere à sua presença, mas a principal finalidade da visita do doutor Wagner já foi cumprida: logo depois que o encontro desta noite com Jens foi cancelado, Wagner se tornou mais do que dispensável. Ele que termine logo sua taça de vinho e corra para seu cesto. Em sentido figurado, claro. Certamente, Carolin deve estar pensando em como tirá-lo do apartamento da maneira mais elegante possível.

— Acho incrível você ter seguido sua voz interior. É o que se deveria fazer com mais frequência. E, por falar em frequência... mais uma taça de vinho?

Devo ter ouvido mal. Mais vinho? Pelo visto Wagner não está dando nos nervos de Carolin como nos meus. Em todo caso, já não dá para explicar isso como pura cortesia. Será que ela está achando interessantes as histórias dele?

Carolin volta a encher as duas taças, depois se senta ao lado do doutor Wagner.

— Também moro em cima do meu ateliê. Nina sempre diz que ficaria irritada se vivesse e trabalhasse sob o mesmo teto, mas eu acho o ideal.

O doutor Wagner concorda com a cabeça.

— Também acho. Como você teve a ideia de montar o ateliê? Afinal, não é exatamente uma profissão como qualquer outra. Ou também é algo que vem de família?

Carolin abana negativamente a cabeça.

— Não, absolutamente. Meu pai é advogado, e minha mãe, dona de casa. Mas desde os tempos de escola eu já sabia que queria ser *luthier*. Sabe, adoro música, já toquei violino e queria fazer algo artesanal. Então, fiz um estágio em um ateliê de *luthier* e cheguei à conclusão: é isso!

Carolin parece realmente radiante, e Wagner a observa. O que é isso, ele a olha como a raposa ao ganso! Ele não pode estar pensando em dar o bote aqui na minha Carolin, quer dizer, na Carolin do Daniel!

Ele pigarreia.

— Tive uma ideia. Você gostaria de ir comigo a um concerto na semana que vem? Estou com dois convites para a sala de concertos e ainda não tenho companhia.

Carolin hesita. Claro, não é fácil dar um fora logo de cara em quem salvou seu cachorro.

— Bem, eu...

Vamos, Carolin! Já está mais do que na hora de nos livrarmos desse cara.

— Adoraria!

DEZESSETE

— Rapaz, você não pode agir assim precipitadamente. Esqueça. Tudo bem, a acolhida é diferente do que eu esperava. Mas não vou me deixar desanimar assim tão rápido. Afinal, eu não seria Carl-Leopold von Eschersbach se a objeção insípida de um gato idoso me tirasse logo do sério. Estamos sentados em nosso local preferido, embaixo da árvore, e acabei de fazer a Beck uma breve atualização dos erros e das confusões dos últimos três dias no que se refere a Carolin e os homens.

— Acredite em mim, senhor Beck, o terreno é fértil entre os dois! Você não os viu e, seja como for, Daniel a beijou. Isso tem de significar alguma coisa.

— Sim. Isso significa que Daniel está apaixonado por Carolin. O que não significa, necessariamente, que ela também esteja apaixonada por ele. Se estivesse, teria sido ela a beijá-lo, e não o contrário.

Aos poucos, começo a ficar realmente irritado com o Beck.

— Você está se apegando a minúcias. Que diferença faz se ele a beija ou ela o beija? Dá no mesmo, os dois se beijaram.

— Dá para perceber que você não tem a menor noção das coisas. Existe uma ENORME diferença. Vou lhe dizer uma coisa: Daniel é um pobre coitado. Fica o tempo todo suspirando pela Carolin, de longe, mas, quando tem uma oportunidade, até Nina atravessa seu caminho.

— Foi realmente uma falta de sorte. Ele não podia fazer nada. E é por isso que temos de ajudá-lo. Ele precisa de mais uma chance, uma oportunidade para ficar sozinho com Carolin.

— Santo Deus, entenda de uma vez, Hércules: um cara que depende de um gato gordo e de um cão mestiço de pernas curtas para conquistar uma mulher é um caso sem esperança. Um perdedor. Um zero à esquerda. Já lhe disse isso.

Sinto a raiva subir à minha cabeça. Minha voz soa totalmente rouca quando repreendo Beck:

— Retire imediatamente o que disse! Imediatamente! Do contrário, nossa amizade termina aqui!

— Credo! Está bem, sinto muito. Peço desculpas pelo "cão mestiço".

— Não é a isso que me refiro.

— Tudo bem, também peço desculpas pelas "pernas curtas". Satisfeito agora?

— Refiro-me ao "perdedor". Daniel não é um caso sem esperança. É um cara muito legal que, coincidentemente, é importante para mim. Ele é meu amigo.

O senhor Beck revira os olhos.

— Ah, vocês, cães! Sempre com essa *bobagem de meu amigo humano!* Vamos falar claramente agora: o cão não é o melhor amigo do ser humano e vice-versa. Daniel é um ser humano. E o melhor amigo do ser humano é outro ser humano. E só porque um ou outro humano não encontra outro humano como amigo não quer dizer que ele pode travar amizade com um animal. Quando um humano conversa com você e lhe conta uma porção de coisas pessoais, ele não está se dirigindo a você, mas a ele próprio. Está falando consigo mesmo, entende? Mas para não se sentir maluco nem sozinho, ele conversa com você. No fundo, nesse momento, você é mais ou menos como aquele pequeno colega de plástico do periquito idiota. Um substituto. Nada além disso. Portanto, não me venha cantar de galo com essa história de "não fale assim do meu amigo Daniel"; é simplesmente ridículo.

Se eu pudesse chorar, este seria um bom momento. E se eu gostasse de ir às vias de fato, também. Eu nunca poderia imaginar que o senhor Beck pudesse ser tão maldoso. Mas uma coisa ficou clara para mim: ele até pode ter algum conhecimento sobre os humanos, mas não é por isso os conhece bem. É claro que um humano pode ser um amigo. O modo como Daniel conversa comigo não tem nada a ver com o pássaro de plástico com o qual o lamentável periquito do segundo andar se estressa o dia todo. É comigo que Daniel conversa, não consigo próprio. Eu sei disso — eu sinto isso. Tudo bem, os humanos podem ser terríveis; basta pensar em Thomas. Mas, ao mesmo tempo, eles têm algo que os torna singulares para mim. E preciosos. Têm sentimento, compaixão. São capazes de ficar felizes e tristes com os outros. E bravos, quando o amigo se irrita. E são capazes de amar. Até mesmo um cãozinho como eu. Nunca vou me esquecer das lágrimas da Emilia quando o Von Eschersbach me colocou na caixa de papelão. Ela sabia que não voltaria a me ver. Carolin é minha amiga. E Daniel é meu amigo. Sei muito bem disso. Agora os dois têm de se tornar um casal. E eu vou cuidar disso, com ou sem o Beck. Nesse caso, provavelmente sem. Assim, viro-me e simplesmente deixo o Beck lá, sentado.

— Ei, garoto, não vá embora assim! Não falei por mal! — exclama Beck por trás de mim, mas finjo que não o ouço e continuo andando. Beck vem atrás. — Também gosto do Daniel, mas é preciso ser realista. Ei, volte aqui, Hércules! — Já estou quase na porta do terraço.

— Carl-Leopold! Sinto muito!

Tudo bem, ele parece estar falando sério. Paro. Que ninguém diga que sou teimoso e rancoroso. O senhor Beck anda ao meu redor e se senta na minha frente.

— Não queria magoar você. Se você tem todas essas pessoas morando no seu coração, é claro que é um problema seu. Com certeza elas também o querem bem. Talvez eu esteja com um pouco de inveja.

Inclino a cabeça. Bem, isso soa melhor.

— Mas em uma coisa eu insisto: se Carolin não estiver apaixonada pelo Daniel, nós dois não poderemos fazer nada. Nessa questão, o coração humano é pouco influenciável, e argumentos racionais só são acessíveis até certo ponto. Ou seja, mesmo que nós dois saibamos que Daniel seria o cara ideal para Carolin, nesse caso, não podemos fazer grande coisa. Ainda que a gente consiga arranjar muitas ocasiões para os dois ficarem juntos.

Hum, isso parece muito esclarecedor. Mesmo assim, ainda não quero desistir.

— Tudo bem, mas ainda não sabemos se Carolin não está mesmo apaixonada. Por isso, acho que temos, pelo menos, de tentar. Se não der certo, eu me rendo, prometo!

O senhor Beck suspira.

— Cara, você é teimoso mesmo. Acho que todos esses quase encontros com atores e veterinários já são um indício mais do que claro de que não vai dar certo, mas, por mim, tanto faz. Vamos tentar mais uma vez. Qual é o plano?

— Ainda não tenho nenhum — confesso humildemente. — Por isso perguntei a você. Porque você é um grande estrategista.

O senhor Beck sorri e estica-se todo na minha frente.

— É, isso sou mesmo. Vou pensar a respeito.

No ateliê não há nada de especial acontecendo hoje. Daniel e Carolin estão mais ou menos calados junto de suas mesas, parafusando ou aplainando algumas peças de madeira. Um tédio. Além disso, tenho a sensação de que o clima entre os dois já não está envolvente como antes, e sim bem tenso. Hoje Carolin ainda não olhou direito para Daniel nem uma única vez; já ele, ao contrário, a examina sempre furtivamente, quando acha que ela não está olhando. Muito estranho. Talvez o Beck tenha razão e devêssemos esquecer nosso plano antes de investir nele de fato.

Daniel pigarreia.

— Ei, Carolin — ele sai de trás de sua mesa e se dirige a ela. Aha! Finalmente vamos ao que interessa!

— Sim?

— É... Você ainda tem colofônia? Não estou encontrando mais aqui.

Argh! Mas o que é isso? Colofônia? Embora eu não saiba o que é, tenho absoluta certeza de que não é um código para: "Amo você. Posso lhe dar um beijo?".

— Ainda tenho, sim. Aqui está.

Plonc! Com um tilintar abafado, um pequeno bloco marrom e translúcido cai da latinha que Carolin estava entregando para Daniel sem olhar direito para ele. Agora, ambos estão no chão. Carolin se ajoelha para pegar o bloco e a latinha. Daniel também se agacha. Por um momento, ambos ficam bem próximos. Quase cara a cara. *Vamos, Daniel! Faça alguma coisa!*, é o que eu gostaria de gritar. Infelizmente, é claro que nada mais me resta a não ser pensar bem alto. E, de fato, a telepatia entre *dachshund* e homem funciona: Daniel pega a mão de Carolin e a segura.

— Carolin, está tudo bem?

Carolin olha rapidamente para Daniel, depois volta a olhar para o chão.

— Está, por quê? — murmura ela.

— Você está me evitando.

— Nem um pouco; imaginação sua.

— É por causa do que aconteceu recentemente?

— Não sei do que você está falando.

— Ora, vamos pelo menos falar a respeito: é porque eu beijei você?

— Não, quer dizer, eu...

Daniel suspira.

— Eu sabia. Eu sabia que havia sido um erro.

Daniel solta a mão de Carolin e se senta ao lado dela no chão. Por um momento, ambos ficam em silêncio; depois, Daniel a cutuca de lado.

— Ei, Carolin, vamos, não leve tão a sério. Você não tem de me explicar nada. Está tudo bem. Foi coisa de momento, você estava linda, e eu, já um pouco alto. Não consegui evitar.

Carolin faz que sim.

— Sim, foi um momento muito bonito. Mas agora...

— Agora, à luz do dia, a coisa parece meio diferente, eu sei — Daniel termina a frase dela. — E você se pergunta se é uma boa ideia ficar comigo, seu colega e sócio.

Carolin faz que sim.

— Não, provavelmente não — continua Daniel. — Embora seja uma bela ideia, você e eu como casal. Pelo menos, por um instante.

— E você não está chateado comigo?

— Não, também já pensei a mesma coisa. Bom, e agora pare de ficar se esgueirando por aqui toda sem graça. É uma ordem!

Daniel ri, e, por fim, ainda que com um pouco de hesitação, Carolin também dá risada.

Quanto a mim, preferia chorar. Meu belo plano! Quer dizer, quase plano! Seria tão legal ter Daniel e Carolin como meus donos. Uma verdadeira pequena família. E o pior é que agora a busca vai recomeçar desde o princípio, e o perigo de pegarmos um idiota como Thomas não está nem um pouco excluído. No entanto, eu realmente tinha certeza de que Daniel era o homem perfeito para Carolin. Ah, mas o que significa esse "tinha"? Eu *tenho* certeza de que ele é o homem certo. Mas, nesse ponto, o senhor Beck tem razão: se o coração de Carolin não reconhecer isso em algum momento, então não faz sentido. Cabisbaixo, caminho devagar na direção da porta do terraço, para contar minha derrota ao Beck. Se ele for meu amigo de verdade e se seu pedido de desculpas foi realmente sério, talvez ele me console.

Contudo, antes que eu saia, tocam a campainha do ateliê. Na verdade, quando isso acontece, sempre gosto de correr para a porta e cumprimentar os visitantes, mas meu astral está tão baixo que não consigo recobrar o ânimo para tanto. Provavelmente é de novo a boba da Aurora querendo flertar com Daniel. Tocam novamente, e, é claro, já estou bastante curioso. Por outro lado, o sol lá fora está bonito, e a ideia de ficar embaixo da árvore com o senhor Beck e me queixar a ele do meu sofrimento, enquanto a grama faz cócegas em minha barriga, também é muito atraente. Mas, por fim, a curiosidade vence, e saio correndo em direção à porta.

Carolin já abriu. Em nosso corredor está um homem com uniforme marrom, entregando-lhe um pacote.

— É a senhorita Neumann? Preciso da sua assinatura aqui.

Carolin coloca o pacote no chão para poder assinar. Curioso, farejo a caixa. Hum, tem um cheiro gostoso. O que tem aí dentro? Quando Carolin leva o pacote para sua mesa no ateliê, corro atrás.

— Era para você? — Daniel quer saber.

— Era.

— E o que é?

— Não faço ideia. Não encomendei nada.

— Então de quem é?

— Vamos ver... é do... — ela se interrompe — é do Jens Uhland.

Daniel dá de ombros.

— Não conheço. É algum cliente?

— De certa forma, sim. Faz parte do elenco do filme para o qual emprestei recentemente a caixa do violoncelo.

— Sei. Bom, talvez você tenha esquecido alguma coisa lá.

— É, pode ser.

Custo a acreditar. Afinal, eu estava junto e tenho certeza de que saímos de lá com tudo o que levamos. Quer dizer, menos a caixa do violoncelo, mas tenho certeza de que ela não cabe nesse pacote. É grande demais e também tem um cheiro bem diferente. Nem um pouco gostoso como este aqui. O que será que há aí dentro? Fico em pé nas patas traseiras e chego à altura do joelho de Carolin. Ela se surpreende.

— Ei, meu amor, o que foi? Você está tão agitado!

— Talvez esse Jens esteja lhe mandando um quilo de coca, e o Hércules tem todo o talento para ser um supercão farejador de drogas. — Daniel ri com ironia. — A gente sabe como são esses caras do cinema. Tudo barra-pesada.

Carolin abana a cabeça.

— Um quilo de coca? Um pouco caro para mandar a alguém que ele mal conhece. Mas o que pode ser? — Com uma faca, ela corta a fita adesiva da tampa da pequena caixa. — Tem um cartão. Vamos ver.

Ela lê e começa a rir. Daniel vai até sua mesa e tenta ler por sobre os ombros de Carolin. Ela está para dar um passo e se afastar dele quando Daniel rapidamente tira o cartão da mão dela.

— Ei, o que é isso? Já ouviu falar em privacidade? Isto certamente não é para você. — Carolin parece irritada, mas Daniel dá risada.

— É, minha querida, mas também não é para você. Aqui está escrito com toda a clareza: "Caro Hércules!".

O quê? O cartão é para mim? Imediatamente, corro até Daniel. Nunca na vida recebi um cartão. Que emoção! Mas também um pouco estranho, pois, quem é que escreve para alguém que não sabe ler? Sento-me na frente do Daniel e olho para ele com expectativa. Ele entende o gesto e começa a ler em voz alta.

— "Caro Hércules, espero que você esteja melhor hoje. Para ajudá-lo a se recuperar logo, providenciei para você uma salsicha de primeira, que certamente é muito gostosa. Mande notícias quando você estiver bom. Abraços, Jens."

Uau, esse cara deve ser um humano muito legal, apesar da arma. Estou entusiasmado! Não é de admirar que a caixa cheire tão bem. Tenho de provar essa salsicha agora mesmo.

— Por que esse Jens achou que o Hércules pudesse estar doente?

— Ah, é que ele teve outro ataque. — A voz de Carolin parece estranha.

— Enquanto vocês estavam no banco?

— É, isso mesmo. Por isso tiveram até que interromper a filmagem.

Ei! Não é verdade! O que Carolin está contando?

Daniel olha preocupado.

— Hum, isso não parece bom. Você voltou a falar com o doutor Wagner? Ele ia se informar com o criador.

— É mesmo, eu tinha me esquecido. Vou ligar depois para o consultório.

Bom, pelo visto, ela também não quer falar para Daniel da ação de salvamento do doutor Wagner — isso está ficando cada vez mais misterioso. Duas mentiras deslavadas em apenas duas frases. Essa não é a Carolin que conheço. E, ainda por cima, mentindo para Daniel. Tudo bem, ela pode não o querer como marido, mas ele não deixa de ser amigo dela! Por que ela está fazendo isso?

Essa ocasião me faz lembrar as inúmeras citações do velho Von Eschersbach sobre o tema "falsidade". Para ele, a falsidade era um dos maiores defeitos de caráter do ser humano, se não o maior. A mentira viria claramente da voracidade e da sofreguidão. "O logro e a mentira são sinal de fraqueza!", pregava ele com frequência. "O corajoso é honesto; a falsidade é irmã da covardia." Resumindo nas palavras simples de um *dachshund*: pessoas ruins mentem; as boas dizem a verdade.

Portanto, naturalmente é preciso perdoar as pessoas ruins por elas pensarem em dizer uma inverdade de maneira consciente. Isso é muito inteligente, e não estou certo de que algo assim me ocorreria espontaneamente. Mas de nada adianta: os falsos podem ser inteligentes, mas não deixam de ser ruins. Ao mesmo tempo, isso significa para mim que Carolin não mentiu exatamente, pois não há dúvida de que ela é uma pessoa muito legal. Mas, se ela não mentiu, o que foi aquilo? Será que ela sofre de alguma doença e não consegue se lembrar direito do que realmente aconteceu com Jens e o doutor Wagner?

Contudo, antes que eu possa continuar a refletir sobre esse difícil tema, Carolin coloca à minha frente uma tigela com uma porção de salsicha em cubinhos, que começo a devorar na hora — divino! Precisamos avaliar melhor esse Jens. Talvez tenha sido um erro sabotar o encontro dele com Carolin. Seja como for, ele parece ser um grande conhecedor de cães ou, pelo menos, um amigo deles. Abocanho mais dois pedaços. Que delícia! Por outro lado, se os dois tivessem se encontrado ontem à noite, eu não teria ganhado essa salsicha deliciosa. Pensando bem, não foi um erro. No máximo, um pequeno mal-entendido.

— Vamos ver se entendi o que você disse: a história com Daniel foi definitivamente para o brejo, e o novo e promissor candidato se chama Jens, que é um conhecedor de cães?

— Exato.

— Para mim, isso prova, no máximo, uma coisa.

— O quê?

— Que você é subornável. Agora há pouco você estava se lamentando porque Daniel é seu amigo; disse que temos de ajudá-lo de todo jeito, e mais isso e mais aquilo. E agora? Bastou um ator qualquer lhe mandar um pedaço de salsicha, e Daniel já era. Quem foi que espalhou no mundo o boato de que os cães são fiéis? — O senhor Beck abana a cabeça com desdém. — Pensei que você quisesse me falar de um plano interessante e, em vez disso, sou obrigado a ouvir essa porcaria de história sobre salsicha. Meu tempo é muito precioso para esse tipo de coisa.

— Mas, mas... — gaguejo humildemente — você mesmo disse que não acredita que alguma coisa possa dar certo entre Daniel e Carolin, e eu estava justamente querendo lhe dizer que você tinha toda a razão. Por que agora você está bravo comigo?

— Talvez eu esteja decepcionado por ter razão? Talvez, em algum momento, eu tenha torcido para que você tivesse razão e para que um gato e um *dachshund* conseguissem fazer mais do que eu jamais imaginara. De certo modo, você me entusiasmou com seu otimismo. Eu também ficaria feliz se desse certo de os dois formarem um casal. E agora isso!

Abaixo a cabeça.

— Sinto muito — sussurro.

— Não me entenda mal, você não tem culpa se Daniel e Carolin não se tornarem namorados. Mas sair logo correndo para esse Jens!

— Não é para menos! Fiquei mesmo feliz por ele ter se preocupado comigo. E foi a primeira vez na minha vida que um humano me escreveu uma carta!

— Santo Deus, como você é ingênuo! Ele não estava nem um pouco preocupado com você! Ele só queria impressionar Carolin! Nada mais do que isso. E, assim, já garantir o próximo encontro.

— Você acha?

— Mas é óbvio! O que Daniel disse a respeito? Com certeza não é nada agradável receber um fora e ver que já tem outro na fila. Ele deve ter ficado chateado ao saber que ontem Carolin ia sair com o Jens.

— Pois é, na verdade, foi muito estranho: Carolin não contou a Daniel que tinha um encontro com Jens e que o programa gorou por causa da minha *doença*. Ela disse que eu já tinha tido um ataque no banco e que Jens ficou sabendo.

— Sei, uma mentirinha inocente.

— Mentira inocente?

— Pense bem, Carolin não quis magoar Daniel com essa história de salsicha para cachorro. Afinal, ele é o melhor amigo dela.

— Então, nesse caso, é permitido mentir? Embora a falsidade seja algo ruim? Pelo menos é o que meu antigo dono sempre dizia.

— De modo geral, ele tem razão. Uma mentira inocente não deixa de ser uma mentira. Mas, às vezes, os humanos também mentem porque não querem ferir alguém. Então, não é tão ruim assim. Entra, antes, na categoria "paliativos".

Aos poucos, minha cabeça começa a zunir. Mentiras, mentiras inocentes, paliativos — quem é que entende tudo isso?

— Mas por que Daniel ficaria magoado? Afinal, ele mesmo disse que seu beijo não foi uma boa ideia. Ele até disse que agora estava tudo bem.

O senhor Beck abana a cabeça.

— Hércules, pensei que, nesse meio-tempo, você já conhecesse os humanos melhor. Trata-se aqui de uma questão do coração. Nenhum humano gosta de admitir que está completamente apaixonado. Preferem fingir que não há problema algum. Já lhe expliquei isso uma vez:

o outro nunca pode saber quanto você o ama. Essa é uma regra pétrea. Do contrário, você está perdido.

Temo que, nesse ponto, o senhor Beck tenha novamente razão. Não me surpreende nem um pouco que, em matéria de amor, predomine um caos entre os humanos. Suas regras são totalmente absurdas. Um cão jamais chegaria a um disparate desses.

DEZOITO

Hoje o dia está completamente monótono e sem nada de espetacular. Ótimo! Fico deitado na minha caixa, no ateliê, de vez em quando vou dar uma olhada no jardim, depois volto para tirar uma soneca na mencionada caixa. Para a felicidade ser perfeita, a única coisa que falta é uma tigela cheia de miúdos ou coração de galinha até a borda. Por um momento, reflito se devo ignorar a sensação de fome que começa a surgir — na verdade, estou com muita preguiça para ir agora até Carolin e pedir minha próxima refeição. Mas minha barriga começa a roncar tão alto que já não consigo dormir direito. Assim, levanto-me, corro até Carolin, que está sentada à sua mesa, e a cutuco com o nariz.

— É hora da sua comidinha? — Carolin olha para o relógio. — Só que você vai precisar de um pouco de paciência. Ainda temos algumas coisas para fazer.

Ah, não! Estou com fome! E agora! Cutuco Carolin de novo. Ela ri e coça meu pescoço.

— Espere um pouco, Hércules. Logo vamos fazer uma coisa de que você também vai gostar. E depois também tem algo para comer.

Ei! Não quero fazer nada! Quero meus miúdos agora, depois quero deitar. Ontem, sim, poderíamos muito bem ter feito alguma coisa.

Passei o tempo todo com vontade de tomar ar fresco, farejar em busca de coelhos e caçar moscas. Mas, em vez disso, nem sequer consegui liberar Carolin para um breve passeio no parque, de tão ocupada que ela estava. "Amanhã é sábado, vou ter mais tempo, prometo." Como se isso consolasse um cachorro. O melhor momento é o presente. Mas os humanos simplesmente não entendem isso.

Volto me arrastando para minha caixa. Há pouco eu ainda estava de bom humor, mas, de repente, ele foi embora. Com a cabeça no meu travesseiro, murmuro magoado para mim mesmo. Sempre fazemos o que Carolin quer. Isso é tão injusto! Nesse meio-tempo, a sensação na minha barriga cresceu de um apetite saudável para uma verdadeira fome de leão. Começo a choramingar um pouco. Carolin deve ser informada de que está chegando perto demais da fronteira que a separa da tortura aos animais.

— Não me venha com esse dramalhão! — ela diz impiedosamente de sua sala. — Já estamos indo. Só temos de pegar uma coisa no apartamento e depois vamos embora. Em cerca de trinta segundos, nosso motorista deve parar na porta do prédio.

Nosso motorista? Parece interessante. Faz vários meses que não ouço essa palavra, e imediatamente ela me desperta lembranças dos velhos tempos. Pois, evidentemente, no castelo Eschersbach também havia um motorista. Aliás, só a muito contragosto o velho Von Eschersbach se sentava ao volante. "Meus olhos ficaram ruins; eu seria um perigo para a sociedade", costumava explicar quando esperava que seu carro parasse à porta para levá-lo ao encontro de outros caçadores. Nesse momento, a maioria dos seus colegas poderia se perguntar se realmente tinha sido uma boa ideia ir com Von Eschersbach à caça. Contudo, que eu saiba, nunca aconteceu nada. Provavelmente esse seu número com o motorista era apenas uma forma aristocrática de presunção.

Tocam a campainha, e Carolin passa por minha caixa para abrir a porta. Lá está ele: Jens!

— Bom dia, Carolin. Bom dia, Hércules! — cumprimenta-nos.

Tenho de admitir que, sem o gorro preto e a arma, ele realmente parece muito simpático.

Beija Carolin na face esquerda e na direita.

— E então? Tudo pronto para o nosso piquenique?

— Claro, só preciso buscar rapidinho a cesta lá em cima. Deixei algumas coisas na geladeira e também vou pegá-las.

Ela sobe as escadas, e eu fico sentado ao lado do Jens.

— E aí? Em forma de novo? — pergunta-me. Olho curioso para ele. — E a salsicha que eu mandei? Estava boa?

Tudo bem, segundo o senhor Beck, esse número da salsicha foi puro suborno, mas, como sou um *dachshund* educado e a salsicha realmente estava gostosa, abano um pouco a cauda. Em seguida, ocorre-me que, onde há uma salsicha, possivelmente poderá haver duas, e abano a cauda com mais entusiasmo.

— Eu sabia, garoto! — Ele se inclina para mim e coça um pouco atrás das minhas orelhas. Nesse momento, Carolin desce as escadas com uma cesta enorme.

— Que bom que vocês estão se entendendo. Afinal, o último encontro de vocês não foi muito harmonioso.

Jens ri.

— Ainda estou com uma mancha roxa no lugar em que o Hércules mordeu. Mas vamos passar uma borracha nisso; afinal, ele só quis salvar você. Além do mais, agora finalmente estou bem protegido contra raiva. Fiquei sabendo que minha última vacinação tinha sido há muito tempo. Portanto, no final, até que foi bom. E, pelo visto, meu presentinho também foi muito bem recebido.

Carolin concorda com a cabeça.

— É, o Hércules levou mais ou menos vinte segundos para devorar a salsicha. Ele adorou.

Ai, meu Deus! Se eles continuarem a falar de salsicha para cachorro, vou ter um colapso. Nesse meio-tempo, já estou bem tonto de fome. Tomara que não demore muito até eu receber alguma coisa para comer. Pelo cheiro da cesta que Carolin foi buscar no apartamento, deve haver coisa gostosa aí dentro. Involuntariamente, começo a babar.

— Então, podemos ir?

— Opa, vamos lá! — exclama Carolin alegremente e abre a porta. Jens passa por ela e se dirige ao carro, que está estacionado bem na frente do prédio.

— Por favor, entrem! — Animado, abre a porta do passageiro.

— Venha, Hércules! — exclama Carolin, mas hesito. O carro é meio estranho. De certo modo, perigoso. No começo, não entendo o que exatamente me incomoda. Mas quando Carolin me levanta para me colocar no automóvel, fica óbvio. O carro não tem teto!

Vinte minutos mais tarde, minha hesitação em subir em algo tão veloz, do qual se poderia cair, desaparece. Estou sentado no colo de Carolin, inspiro o maravilhoso ar do verão, e minhas pequenas orelhas voam ao vento. Um sonho! Jens e Carolin conversam animados. Sobre o que, não sei dizer direito, pois o zunido do vento nos meus ouvidos é tão grande que não estou ouvindo bem. Mas pouco importa. Nesse momento, tenho a sensação de estar voando, e é simplesmente maravilhoso. As árvores à beira da estrada passam rapidamente, dissipando-se em uma sebe verde-clara; o céu sobre nós é azul e amplo. Eu poderia passar horas viajando assim. Poderia. Pois, infelizmente, minha barriga está doendo um pouco; por isso, espero que chegue logo o momento de Carolin tirar do porta-malas a cesta cheia de delícias.

De fato, Jens vai diminuindo a velocidade, e a parede verde volta a se transformar em árvores isoladas. Por fim, ele para.

— Pronto, chegamos. Espere, vou ajudá-la!

Jens salta do carro, dá a volta nele e abre a porta de Carolin. Muito atencioso, devo dizer. Pulo do colo de Carolin; em seguida, Jens lhe dá a mão e a ajuda a descer. Hum, o cheiro aqui é bom. Odor de floresta, de água e, de certo modo, um pouco selvagem. Munidos da cesta de piquenique, marchamos por uma pequena floresta, localizada em um declive. Alguns degraus nos conduzem a uma clareira, onde paramos por um momento.

— Olhe — Jens aponta para a frente —, não é uma vista maravilhosa?

— É, sim! Que lindo o rio Elba cintilando ao sol!

Parece bonito, mas, caso alguém se interesse: infelizmente, não consigo ver nada. Minhas pernas curtas me deixam exatamente na altura das urtigas, que vicejam à esquerda e à direita dos degraus da escada. Será que nenhum dos dois vai me levantar? Também quero ver! Fico em pé nas patas traseiras.

— Acho que o Hércules está realmente ficando com fome — Carolin interpreta totalmente errado meu desejo. — Geralmente, às 11 horas ele já comeu alguma coisa.

— Estamos perto. Lá na frente já começa a praia.

Tudo bem, também são boas notícias. Finalmente, alguma coisa para comer. Mas o que é "praia"? Ao final do segundo patamar, a floresta termina por completo, e atravessamos uma pequena trilha. Agora, eu também consigo ver de onde vem o cheiro da água: à nossa frente há um rio bem grande. Um rio realmente enorme, a julgar pelo tamanho do navio que passa por nós. Gigantesco! Nunca tinha visto algo parecido! Parece uma enorme casa boiando. Agitado, dou uns latidos. Carolin ri.

— Está surpreso, hein, Hércules! Até agora fomos só ao Alster. O Hércules conhece, no máximo, alguns veleiros.

— Então já estava mais do que na hora de ele ver um navio de verdade. Não se pode viver em Hamburgo sem conhecer o Elba! — exclama Jens, quase em tom de reprovação. Continuamos a caminhar até a margem do rio e chegamos a uma caixa de areia enorme. Dou uma freada brusca, pois, para mim, areia nas patas se tornou um sinal infalível de que logo uma mãe humana vai aparecer em um canto para me dar uma bela bronca. Mas é estranho, não vi nenhuma borda de madeira cercando a caixa de areia. Por via das dúvidas, fico sentado.

— Não vá me dizer que seu cachorro nunca esteve em uma praia? Ele parece estar com um pouco de medo.

— Não, de fato, ainda não esteve. Não faz muito tempo que o tenho e, até agora, só fui com ele ao parque ou ao Alster. Ainda não passamos férias juntos. Portanto, esta é sua estreia.

Jens dá um passo até mim e me levanta.

— Dê uma boa olhada ao redor, rapaz. Em um dia como este, certamente Hamburgo é a cidade mais bonita do mundo, e esta é sua parte mais bonita. Você precisa se acostumar com a areia nos pés; assim, você logo vai perceber como aqui é legal. Daqui, você pode andar em todas as direções, até onde quiser. Mas quando vir a primeira ovelha no dique, é melhor voltar, senão é capaz de se perder de nós.

Ele me coloca de novo no chão. Andar até onde eu quiser — uma ideia maravilhosa. Mas primeiro preciso de uma coisa: isso mesmo! Comer!

Além da cesta, Carolin trouxe uma toalha que agora está esticando sobre a areia. O rio está tão longe que as ondas não podem nos atingir, ainda que passe um grande navio. Em seguida, Carolin abre a cesta e vai tirando as coisas. Hum, que delícia! Já vejo uma pequena tigela com coração para mim. Ela a coloca um pouco de lado, e logo me precipito até ela. Enquanto engulo meu almoço, vejo com o canto dos olhos que Carolin serve uma porção de coisas: salsicha, queijo e até um bolo ela trouxe. Jens coloca no chão a mochila que até então trazia nas costas.

— Bom, e para comemorar o dia, também trouxe uma coisa bem legal. — Tira um pedaço de pano da mochila e o desenrola; duas taças de haste longa aparecem. Então, ele pega novamente a mochila e traz à luz uma garrafa verde, que já começa a abrir. Com um alto *plop*, a rolha salta, e Jens verte o líquido nas taças. É amarelo-claro e faz uma espuma muito bonita.

— Aqui está seu champanhe! Uma bela bebida para uma bela mulher!

Carolin ri um pouco sem graça, depois pega a taça que Jens lhe oferece.

— Obrigada. E, principalmente, obrigada pela boa ideia!

— Sou eu que agradeço! Que bom que nosso encontro deu certo. E agora, a um belo dia!

Brindaram com suas taças.

— Sim, a um belo dia.

* * *

Voltamos tarde da noite para casa. Estou cansado, mas com excelente humor. Pela primeira vez na vida nadei em um rio, o que é muito mais cansativo do que em um lago. Quase apanhei um peixe. Andei até ver as ovelhas. Jens jogou pelo menos cem mil gravetos para eu ir buscar. Além da ração, ainda me deliciei com salsicha e torta de morango. Refestelei-me na toalha aconchegante do piquenique, tirei uma soneca e fiquei olhando Jens e Carolin conversar. E, em certo momento, estávamos os três deitados na toalha, olhando juntos para o céu. Vimos a lua surgir e o sol se pôr, afundando devagar no grande rio. Foi um dia perfeito.

Agora me largo cheio de areia no sofá do nosso apartamento e estou simplesmente feliz. Carolin coloca a cesta vazia de piquenique na cozinha e vai até uma caixinha ao lado do telefone, que conta quem ligou quando não estávamos em casa. *Você tem duas novas mensagens. Primeira nova mensagem.*

— Oi, querida, é Nina! E aí? Como foi? Estou tão curiosa! Me ligue assim que chegar.

Segunda nova mensagem.

— Oi, Carolin, é o Marc Wagner. Você sabe, seu veterinário de confiança. Só queria saber se nosso encontro na quarta-feira está de pé. Que tal comermos uma coisinha antes do concerto? Às quartas, sempre termino o expediente um pouco mais cedo e poderia buscá-la. Me ligue.

Não há mais mensagens.

Marc Wagner — eu já tinha me esquecido completamente dele. E, no que se refere à procura eficiente por um namorado, Carolin poderia muito bem cancelar o encontro. Jens dá uma impressão muito boa;

— 214 —

hoje, não pude constatar nenhuma falha. Ele tem um cheiro bom, estava penteado e vestia roupa limpa — para que, então, perder tempo com o antipático do Wagner? E com certeza Carolin também gostou; fazia tempo que eu não a via tão alegre e descontraída. Portanto, vamos lá: ligue para o Wagner e cancele! Mas Carolin parece indecisa. Pensativa, observa a caixinha preta e, em seguida, pega o telefone.

— Oi, Nina. Eu sei, já é tarde, mas será que posso dar uma passada aí? Mesmo? Obrigada, que legal. Preciso urgentemente bater um papo com alguém.

Ah, que ótimo. Obviamente nem lhe passou pela cabeça que ela também poderia conversar comigo. Sair de novo agora não era exatamente o que eu estava querendo. Estou tão confortável, deitado aqui no sofá! Mas, quando Carolin se levanta, também me ponho de pé; afinal, não quero ser um desmancha-prazeres.

— Hércules, pode ficar deitadinho aí. Ainda vou dar uma passada na casa de Nina, mas você fica aqui.

Como assim? Por acaso elas têm segredos comigo? Pulo do sofá. Também não estou tão cansado assim!

— Não, de verdade, Hércules. Você pode muito bem ficar uma horinha sozinho. Veja só, você está cheio de areia, e não estou a fim de lhe dar banho agora. E com certeza Nina não vai ficar nem um pouco entusiasmada se eu chegar com um cachorro todo sujo. Portanto, fique bonitinho, deitado no seu cesto. Você já teve experiências suficientes por hoje.

Hmpf. Ela realmente não quer me levar. Mas não estou tão sujo assim. Essa Nina é uma boba.

Quando Carolin fecha a porta do apartamento atrás de si, deixo-me cair desanimado no meu cestinho. De certo modo, é uma maldade passarmos o dia todo juntos e depois não poder acompanhá-la. Sinto-me tão... rebaixado. Até há pouco, eu era um igual; agora, sou apenas o animal doméstico. Que horror! Além do mais, já não estou nem um pouco cansado.

Por um momento, ainda fico deitado em meu cestinho; depois, levanto-me e vou para a cozinha. Talvez ainda haja comida na minha tigela e eu belisque um pouco. Von Eschersbach sempre diz que o tédio engorda os *dachshund*. Acho que ele tem razão. Infelizmente, minha tigela está tão limpa que consigo ver minha imagem refletida nela como em um espelho. Portanto, comer tampouco é uma alternativa. Volto para a sala. Ao passar pela porta do apartamento, sinto um cheiro familiar. Senhor Beck! Ele deve estar bem na frente da porta, provavelmente a caminho de um passeio noturno. Bater um papinho com ele seria a diversão perfeita! Dou um latido alto.

— E aí, companheiro? — ouço sua voz através da porta. — Tudo bem?

— Mais ou menos. Estou morrendo de tédio, e Carolin simplesmente me deixou sozinho em casa.

— É mesmo uma falta de sorte. Estou indo para o parque. Queria sua companhia, mas, sem Carolin, não temos como abrir a porta.

— Pois é, que chato. Eu também adoraria ir junto. Mas dificilmente vou conseguir passar pela fenda para correspondência.

Ouço o senhor Beck rir.

— Não, deixe para lá. Você vai acabar ficando entalado, e isso deve ser muito desconfortável.

— Pois é, também não me ocorre nenhuma outra ideia. Então, o jeito é ficar aqui mesmo e continuar a me entediar. Mande lembranças minhas para o parque e os coelhos.

— Hum. Pode deixar.

O ambiente volta a ficar silencioso. Mas quando estou me virando para voltar ao meu cestinho, sinto de novo e nitidamente o cheiro do senhor Beck.

— Ei, Hércules! Acabei de ter uma ideia. Certamente é algo para o destemido *dachshund*.

Quem, então, senão eu!

— O que é? — quero saber.

— Você ainda se lembra da nossa estratégia com a calcinha?

— Como poderia esquecer?

— Ainda se lembra de como entrei naquele apartamento? Pela fresta da janela. Agora, corra ao quarto de Carolin. Talvez tenhamos sorte, e a porta do terraço esteja entreaberta. Aí dá para você sair.

Só mesmo um gato poderia ter uma ideia dessas.

— Beck, sua confiança na minha capacidade física me deixa honrado, mas não vai dar. Mesmo que a porta esteja entreaberta, nunca vou conseguir passar por ela. Embora você — me desculpe pelo que vou dizer — seja gordo, consegue se esgueirar de um jeito pelas frestas que simplesmente não consigo. Com certeza vou ficar entalado.

— Você não tem ambição mesmo. Vamos pelo menos dar uma olhada. Vou pelo jardim até o terraço de vocês; depois, checamos a situação. Seria muito legal fazermos um passeio noturno sem nenhum humano por perto.

O senhor Beck, ou melhor, seu cheiro, desaparece. Esse gato! Isso nunca vai dar certo. E, por mais que eu esteja entediado, também não é o caso de arriscar meu pescoço. Por outro lado... obviamente, vaguear sozinho à noite pelo parque é uma ideia tentadora. Suspiro intimamente e, em seguida, vou para o quarto.

De fato, a porta do terraço está com o vão de cima entreaberto. Só que a fresta só começa a se alargar bem acima da minha cabeça. Neste momento, o senhor Beck pula do muro coberto de hera para o nosso terraço.

— Bem, as perspectivas são boas! — exclama contente.

— Como assim, boas?

— A porta está com o vão de cima entreaberto. É excelente.

— Sim, mas aqui embaixo não consigo passar e não alcanço a parte de cima. Podemos esquecer.

— Você não consegue pular?

— Não, como?

— E se você se agarrar à cortina?

— Senhor Beck, o senhor está claramente fazendo uma ideia errada das minhas garras. Não consigo me prender a lugar nenhum com elas, como você faz. Elas são muito planas e lisas para isso.

— Bom, então vai ser difícil.

— Foi o que eu disse.

Por um momento, ficamos sentados, olhando-nos pela porta do terraço. Então, para variar, tenho uma boa ideia. Dou uma olhada no quarto e, de fato: no canto, há uma cadeira na qual à noite Carolin sempre deixa suas roupas antes de ir para a cama. É bastante maciça e também tem um espaldar alto. Se eu usá-la como escada, então talvez dê certo. Vou até a cadeira e tento empurrá-la até a porta do terraço. Nossa, que pesada!

— Você consegue ou devo entrar?

— É melhor você ficar onde está. Ou eu consigo sozinho, ou esquecemos a excursão juntos.

Apoio-me com todo o peso do meu corpo contra a cadeira. Finalmente ela se move um pouco. Apoio-me mais uma vez contra a perna esquerda; ela avança mais. Depois, contra a direita, e novamente contra a esquerda — de pouquinho em pouquinho, vou empurrando com o peito a cadeira pelo quarto. Um trabalho muito cansativo, mas, no fim, acabo conseguindo. A cadeira está bem na frente da fresta da porta do terraço.

Pulo no assento. De fato. Daqui de cima a coisa parece muito mais promissora. Na verdade, já dá quase para passar.

— Vamos! O que você está esperando? — apressa Beck.

— Sem estresse! Preciso me concentrar.

Sem um pequeno salto não vai dar certo; afinal, não quero ficar entalado. Mas, para saltar, preciso dar um pouco de impulso, e na cadeira isso é impossível. Droga, eu só precisava ser um pouquinho mais alto; aí, sim, seria bem mais fácil.

— Hércules, veja se você consegue alcançar a maçaneta com o focinho. Talvez você consiga abrir toda a porta se conseguir abocanhar a maçaneta. Depois, você só precisa puxar para baixo.

O que significa esse "só"? Estamos no circo, por acaso? Para um pequeno *dachshund*, abrir uma porta trancada é algo que claramente talvez se possa classificar como "façanha".

— Tente, não pode ser tão difícil assim!

É fácil falar estando sentado em seu traseiro gordo. Por outro lado... talvez a ideia não seja tão ruim. Em todo caso, é melhor do que ficar entalado na fresta ao saltar. Portanto, fico em pé nas patas traseiras, consigo, de fato, alcançar a maçaneta da porta, abocanho-a e volto a cair no assento. Com um recuo, a maçaneta move-se para baixo — e a porta se abre! Sensacional! Eu, Carl-Leopold von Eschersbach, acabei de abrir a porta do terraço!

Contudo, minha euforia durou apenas um breve momento. Pois, embora dois segundos depois eu já estivesse ao lado do senhor Beck no terraço, logo percebi que nosso plano magnífico não havia sido concebido até o fim. Como diabos vou descer deste terraço?

DEZENOVE

Sou um herói, um super-homem, um *superdachshund*!

— Você viu esse salto? Não foi fenomenal? Uma verdadeira sensação?

— Sim, foi bom.

— Bom? Foi PERFEITO! Tirei de letra, meu caro. — O senhor Beck parece não entender direito que esta foi a façanha atlética do século para um cão de caça. — Por acaso você já viu algum outro *dachshund* saltar do primeiro andar? Eu diria que, depois dessa, passo até por um gato.

Beck abana a cabeça.

— Bom, como eu disse: foi bom. Mas, em primeiro lugar, isso está mais para um apartamento térreo um pouco elevado e, em segundo, você aterrissou no cesto de roupas da velha Meyer. Se eu não o tivesse achado, você estaria até agora lá, chorando.

Posso com uma coisa dessas? Esse gato gordo! Não conheço outro *dachshund* que tenha realizado uma manobra tão ousada. Sem contar a proeza de ter passado por entre as grades da balaustrada do terraço, rumo ao abismo certo. E, depois, o próprio salto: infalível no cesto de roupas com as toalhas de rosto da senhora Meyer. E isso no escuro! Bom, se a Meyer não tivesse deixado o cesto do lado de fora, na verdade teria sido mais complicado. Mas, de todo modo, a ação foi corajosa. Afinal, eu poderia ter tido a infelicidade de aterrissar ao lado do cesto e ter quebrado todas as patas.

— Bom, se você já se recuperou o suficiente do seu feito heroico, podemos ir, não?

Bravo, fulmino Beck com o olhar, que infelizmente ele não consegue ver, pois já está escuro. Por outro lado, também é chato continuar agachado aqui em meio a toalhas de rosto. Assim, em um ato de verdadeira grandeza, decido perdoar o senhor Beck, embora ele não tenha me pedido desculpas.

Pulo do cesto e vou atrás do Beck, que já tomou a direção do portão do jardim. Um vento leve sopra em meu nariz e tem certo cheiro de aventura. Ainda que o senhor Beck seja um gato bobo, em uma coisa ele tem toda a razão: um passeio sem Carolin é a melhor ocasião para finalmente ir à caça. Logo sinto aquela comichão agradável no nariz, e minha cauda balança automaticamente para cima. Tenham cuidado, coelhos! Carl-Leopold von Eschersbach está na área — e vai pegá-los.

Já no parque, pela primeira vez, nem sinal dos coelhos. Será que já estão todos dormindo em suas tocas? Pouco importa, vou desentocá-los. O senhor Beck é mais especializado em pássaros; assim, não interferimos no terreno um do outro. Com o nariz rente ao chão, percorro a trilha de cascalho. Após alguns metros, sinto um cheiro muito promissor: por aqui deve ter passado um coelho há pouco, provavelmente a caminho de sua toca. Estou muito agitado! Em uma toca certamente há outros colegas; vou conseguir apanhar um ou outro. De fato, o cheiro vai ficando cada vez mais forte. Deixo a trilha e vou para o gramado, na direção de uns arbustos grandes. Deve ser bem aqui! Revolvo a grama com o nariz, sempre em busca da abertura da toca. Finalmente encontro um tufo de grama bem na minha frente; atrás dele há um buraco profundo. Agora o cheiro está bem intenso; não consigo conter um grito de alegria. Hurra!

— Ei, tudo em ordem com você, Hércules?

De repente, o senhor Beck está em pé na minha frente.

— Tudo ótimo! Acabei de descobrir a primeira toca de coelho da minha carreira de cão de caça!

— Mas você sabe que uma toca de coelho como essa é bem estreita, não sabe?

Mas que pergunta mais idiota.

— Claro que sei. E agora me desculpe, tenho de entrar em ação.

Em vez de me deixar em paz na toca, o senhor Beck senta-se bem na minha frente. Que irritante ele é!

— Tomara que, com todo o seu instinto de caça, você tenha claro em mente de que não é um *dachshund*.

Respiro fundo.

— E daí? Você está vendo como o Eschersbach estava enganado? Posso não ter pedigree, mas encontrei a toca na hora. Portanto, todas as reservas a meu respeito não passam de invencionice. Sou um cão de caça de cabo a rabo. Agora, será que você poderia se afastar um pouco?

— Me desculpe, você está me entendendo errado. Não queria entrar em uma discussão com você sobre sua árvore genealógica. O que eu quis dizer simplesmente é que você é um pouco maior do que um *dachshund*. Só falta você ficar entalado na toca. Eu não saberia como tirá-lo de dentro dela. E, a essa hora, também não há muitos ajudantes por aqui.

— Que besteira! Ficar entalado! Para que você acha que servem minhas garras? Posso não conseguir me agarrar na hera, mas para cavar elas são excelentes. Portanto, não se preocupe. E agora preciso voltar ao trabalho, do contrário os coelhos vão embora enquanto ficamos discutindo aqui.

Enfio o nariz no fundo do buraco e começo a alargar um pouco a entrada da toca. Que sensação maravilhosa! Finalmente encontrei minha verdadeira vocação. Só é pena que não estou em companhia de um caçador entusiasmado, e sim de um cético senhor Beck.

Após alguns minutos, já estou quase totalmente embaixo da terra. Nesse meio-tempo, o cheiro dos coelhos ficou tão forte que meu nariz está bastante tenso e parece ter o dobro do tamanho. A comichão espalhou-se por todo o corpo, e estou tão agitado que meu coração bate em disparada. Mais um pouco e os apanho! Imagino até que já estou ouvindo os coelhos. Provavelmente estão sentados, imobilizados pelo pavor em sua cova e nem pensam em fugir. A coisa toda está parecendo fácil. Com toda a força, faço pressão com as patas e o nariz na direção da suposta cova — então, a terra acaba cedendo à minha frente e, de repente, fico dependurado com toda a metade dianteira do corpo em um buraco. *Yes!* Estou na cova!

Em seguida, a grande decepção: embora esteja totalmente escuro, meu nariz logo me revela que os coelhos já bateram em retirada. O cheiro já não está tão intenso como há alguns minutos. Que droga! Devo tê-los perdido por pouco! Tudo culpa do Beck! Se eu tivesse começado a escavar logo, certamente ainda teria apanhado os camaradas aqui embaixo. Mas eles acabaram tendo tempo suficiente para cavar outro buraco e fugir. Que raiva! Não me resta alternativa a não ser procurar outra toca.

Engato a marcha a ré. Melhor dizendo: tento engatar a marcha a ré, pois, na verdade, não é nada fácil quando se está com as patas dianteiras suspensas no ar como estou agora. Tento retirar-me com as patas traseiras, para assim também encontrar apoio com as dianteiras. No entanto, por mais que por trás eu empurre o chão, nada acontece. Estou entalado como no gargalo de uma garrafa e não consigo ir nem para a frente nem para trás. Ainda tento algumas vezes, depois sou obrigado a fazer uma pausa, pois já estou com muito calor. Além do mais, está muito abafado aqui embaixo. Meu nariz começa a formigar novamente. Mas não porque um ou outro coelho tenha voltado. Não, o que sinto agora é medo. Como é que vou sair daqui agora?

Tomara que o senhor Beck ainda esteja lá em cima. Lato o mais alto que consigo nessas circunstâncias. Será que ele consegue me ouvir? Ele mesmo disse que já não enxerga bem. Talvez sua audição também já não seja tão boa. Isso seria uma catástrofe. O calor está cada vez maior, quase insuportável. Calma, Carl-Leopold! Não entre em pânico! Seja como for, alguém sabe onde você está. O senhor Beck vai acabar estranhando se você não voltar à superfície. Ele não vai voltar para casa sem você. E se eu o tiver aborrecido e ele já tiver ido embora? Com minha lengalenga tola de cão de caça, certamente eu o irritei bastante. Continuo a latir. Caríssimo senhor Beck, todas as bobagens que já lhe disse não foram por mal, juro. Você é um amigo muito querido. No fundo, meu único amigo. Socorro!

— Hércules? Está tudo bem aí embaixo?

Aleluia! Ele está me ouvindo!

— Não, estou preso!

— Como? Não consigo entender direito o que você está dizendo.

— ESTOU PRESO!

Acesso de tosse, preciso vomitar. Vamos, senhor Beck, faça alguma coisa!

— Droga, eu bem que imaginei. Essa história de apanhar coelho na toca foi uma verdadeira ideia de jerico. Como é que vamos tirar você daí agora? — Ele se cala. — Você está muito embaixo?

— Não, mais ou menos. O túnel continua um pouco mais para cima.

— Vou ver se consigo encontrar ajuda em algum lugar.

— Não, por favor, não me deixe sozinho! Estou com medo!

— Preciso ir buscar alguém que consiga desenterrá-lo daí. De preferência, um humano. De outro jeito não vai dar; eu certamente não vou conseguir. Fique bem quieto, senão você vai consumir muito ar. E tente relaxar.

Relaxar? Muito engraçado. Queria ver quão relaxado ele ia ficar no meu lugar. Mas, obviamente, ele tem razão. Precisamos de ajuda.

— Tudo bem, mas vá depressa!

— Claro, vou o mais rápido que puder. Aguente firme!

Provavelmente, faz apenas poucos minutos que o senhor Beck saiu, mas parece uma eternidade. O silêncio aqui embaixo é absoluto, um silêncio de morte. Estou com um medo horrível, mas tento seguir o conselho do Beck e manter a calma. Como é que eu pude ser tão imbecil e vir parar nesta situação? O Beck tinha toda razão. E eu sou um idiota. Pelo menos para caçar, sou totalmente inadequado. Como meu avô sempre dizia: a paixão é péssima conselheira. E falso orgulho também. Por que não me contento em ser um animal doméstico bonitinho? De vez em quando, um pedaço de salsicha. Talvez correr atrás de uma pomba. Nada muito arriscado. Querido deus dos *dachshund*,

— 226 —

caso você exista, por favor, faça com que o senhor Beck encontre alguém para me ajudar. Prometo que, daqui para a frente, vou sempre andar com a coleira, nunca mais vou fugir de casa à noite e, sobretudo, vou ser o cão mais obediente do mundo. E nunca mais atentar contra a vida de um coelho.

Bem em cima de mim, ouço de repente uma trepidação abafada. Passos humanos! Só pode ser o salvamento! Pelo visto, minha oração ao deus dos *dachshund* foi ouvida, e o senhor Beck encontrou alguém.

— Ei, Hércules! Você não vai acreditar em quem eu trouxe!

Definitivamente, este não é o momento para adivinhações, mas desisto de fazer essa observação e, na verdade, já estou fraco demais para gritar.

— O Willi. Encontrei o Willi. Embora ele tenha xingado nós dois, veio comigo. Dê mais um latido para ele entender o que queremos dele.

Reúno todas as minhas forças e lato o mais alto que consigo.

— Ah, então é isso! — ouço a voz grave de Willi murmurar de cima. — Seu amiguinho está preso aí embaixo, certo?

Embora eu não consiga ver o que o senhor Beck está fazendo agora, espero que, de alguma forma, ele esteja confirmando a suposição do Willi.

— Então vou tentar desenterrá-lo. Espero que ele não esteja muito no fundo, pois sem pá, só com as mãos, vai ser difícil.

Sinto outra trepidação em cima de mim. Willi parece ter-se ajoelhado. Inicialmente, não ouço mais nada por um momento, depois a terra sobre mim começa a tremer. Willi está cavando. Graças ao deus dos *dachshund*!

Ouço Willi gemer e suspirar. Cavar parece ser uma atividade cansativa para os humanos. Não é de admirar; afinal, sem garras, certamente não é fácil colocar a terra de lado. Mas o tremor está cada vez mais próximo, e, de vez em quando, também cai um pouco de terra do teto da cova em cima do meu nariz.

— Cara, você encontrou um lugarzinho excelente para sua excursão no subsolo! A terra aqui é meio barrenta; cansa pra burro cavar! — praguejaWilli. Depois não diz mais nada; continua a cavar em silêncio.

— Está dando para aguentar, Hércules? — quer saber o senhor Beck.

— Está! — exclamo rapidamente, pois, nesse meio-tempo, mal consigo respirar direito.

— Você realmente pode se dar por feliz de eu ter encontrado o Willi sentado no seu lugar de sempre e ainda não ter bebido muita cerveja. Não demorou muito para fazê-lo entender o que eu queria.

Justamente quando estou para responder para o senhor Beck que, apesar de toda a rapidez, para mim está ficando cada vez mais apertado aqui embaixo, sinto uma corrente de ar na cauda.

— Finalmente! — exclama Willi. — Cheguei ao túnel. Agora falta pouco!

Embora eu não consiga ver nada, Willi já alcançou meu traseiro. Ouço sua respiração ofegante quase atrás da minha nuca. Agora ele liberou por completo minhas patas traseiras e passa a mão em minhas costas.

— Puxa vida, rapaz, você apronta cada uma! Agora vou cavar mais um pouco com cuidado para liberar sua cabecinha; aí você fica livre.

Cada vez mais terra cai em meu nariz, mas como sei que é porque o Willi está cavando bem ao lado do meu focinho, fico tranquilo. Pronto! Willi tira mais uma porção de terra, e finalmente sou libertado. Sacudo-me e olho para cima. Puxa! Estou sentado em uma cova bastante profunda. Com cuidado, Willi me levanta e me senta na borda do grande buraco que ele cavou para mim. Em seguida, ele também sobe e se senta ao meu lado.

— Pronto, agora o Willi precisa de uma pausa para recuperar o fôlego. Estou mesmo um pouco tonto por causa de todo esse esforço. Já não estou acostumado a essas coisas na minha idade, ha, ha!

O senhor Beck vem correndo até nós, e, assim, ficamos os três sentados sob a luz fraca dos postes um pouco afastados do parque.

— Você teve sorte que seu companheiro me encontrou, amigão. Senão, você não saía mais dali. Nossa, estou morto de cansado. E me sentindo um pouco mal. Bom, não é de admirar; do jeito que estou destreinado. — Willi passa a mão pelos cabelos desgrenhados. Em seguida, respira fundo e fita ao longe. — Mas agora está ficando estranho. Estou me sentindo mal, assim, de repente. Estou me sentindo tão... — Ele deixa a última frase suspensa no ar e cai de lado na grama. E fica deitado. Ai, meu Deus! Essa não!

— O que está acontecendo com ele?

— Seja o que for, não parece coisa boa. — O senhor Beck se aproxima do Willi e cutuca seu rosto com a pata. Ele não se mexe. — Droga, Willi, não faça uma coisa dessas!

Também ando ao redor, reflito rapidamente e pulo no tronco do Willi. Se ele não reagir é porque é sério.

É sério: mesmo quando vou para a frente e lambo seu rosto, ele não se move. Em compensação, está respirando muito rápido e irregularmente. Percebo que estou entrando em pânico.

— Beck, acho que o Willi está muito mal. O que vamos fazer agora?

— Merda! — deixa escapar Beck. — É tudo culpa sua! Se você não tivesse entrado nessa toca idiota e se o Willi não tivesse de desenterrá-lo, ele não estaria deitado aqui. Pelo visto, foi muito esforço para ele. Precisamos de ajuda urgentemente!

Fico cabisbaixo. Beck tem razão. É tudo culpa minha. E não se vê mais ninguém em canto algum.

— Você viu mais alguém quando foi buscá-lo? — pergunto ao senhor Beck, mas ele abana negativamente a cabeça.

— Não vi vivalma. Nem mesmo casais de namorados. Simplesmente ninguém.

Willi dá um gemido lamentoso. *Pense bem, Carl-Leopold, pense bem. Quem pode ajudar a essa hora?* Então, finalmente, um lampejo.

— Já sei! — lato agitado. — Coloquei o Willi nessa situação e vou tirá-lo dela. Não saia do lado dele, para que ele não fique tão sozinho. Até já!

E, antes que o senhor Beck pudesse dizer alguma coisa, saio voando.

VINTE

Saindo do parque, pego a ruazinha até o fim. Depois, atravesso à esquerda, até a grande árvore da esquina, que tem o cheiro bem marcante do *dobermann* preto que muitas vezes já admirei de longe. Atravesso uma rua maior, sem carros a essa hora. Corro o mais rápido que consigo, sem perder a orientação. Na próxima esquina, fico inseguro no começo, mas então sinto o cheiro da padaria por onde também já passei com Daniel e Carolin. Exatamente, por aqui ainda estou no caminho certo. Essa rua é muito longa, preciso percorrê-la até uma curva fechada. Quando finalmente chego a ela, já estou de língua de fora.

E, por fim, sinto o mau cheiro quase familiar de um produto de limpeza. Cheguei ao meu objetivo: do outro lado da rua, na diagonal, fica o consultório do Wagner. Obviamente, as janelas do consultório estão escuras, mas o andar de cima felizmente está iluminado. O doutor Wagner deve estar em casa e acordado. Sem hesitar, sento-me na calçada diante da casa e começo a latir alto. Ininterruptamente. Uma hora alguém vai me ouvir. O importante agora é não desistir. Devo essa ao Willi.

Até que não demora muito. Logo uma janela se abre no segundo andar, e uma mulher olha para fora.

— Mas que raio de barulheira é essa? Seu vira-lata idiota, dê logo o fora daqui!

Sem me deixar impressionar, continuo a latir e, aos poucos, vou ficando um pouco rouco.

— Caia fora ou chamo a polícia!

Por mim, tudo bem. Para variar, agora uivo um pouco. A mulher volta a fechar a janela. Por um instante, nada acontece. Não tem problema. Persista, Carl-Leopold, persista. Trata-se do Willi!

Então, ouço um barulho, e a porta do edifício se abre. A mulher sai na rua — e vem com o doutor Wagner! Estão conversando enquanto caminham em minha direção.

— Não sei de onde a senhora tirou que poderia ser um paciente meu, mas vou dar uma olhada onde está o problema.

— Por que outra razão um cachorro se comportaria dessa forma aqui? Bom, obrigada por dar uma olhada.

Ambos param na minha frente. Wagner olha fixamente para mim. Eu olho de volta. Espero que ele me reconheça; do contrário, talvez chamem mesmo a polícia.

— De fato. Conheço este animal. Pertence a uma amiga minha.

Epa, também não é assim. Carolin não é sua amiga! Mas não quero continuar nesta situação. Pulo no Wagner e cumprimento-o abanando a cauda. Wagner me acaricia rapidamente e olha pensativo para mim.

— O que aconteceu com vocês agora, Hércules?

Se eu pudesse contar, não precisaria fazer esse carnaval todo. Pulo mais uma vez nele e puxo-o pela manga. A mulher, que há pouco estava furiosa, olha achando graça.

— Parece que é para o senhor acompanhá-lo.

— 232 —

— É, parece que é isso mesmo, não? É alguma coisa com Carolin?

Pulo para cima e para baixo. Tudo bem, é mentira, mas o importante é que ele venha comigo. E, com Carolin, provavelmente o atraio com mais facilidade. Logo ele vai ver por si próprio que não se trata de uma bela moça, mas de um velho feio.

— Onde está Carolin, afinal? Em casa?

Dou três passos para a frente, depois me viro de novo para o Wagner e balanço a cauda. Wagner abana espantado a cabeça; depois, pega o celular no bolso e digita um número. Mantém o celular junto ao ouvido e espera alguém atender. Após um instante, afasta-o do ouvido e volta a colocá-lo no bolso.

— Hum, não estou conseguindo falar com ela, só cai na secretária eletrônica. Tudo bem, Hércules, então é bom que eu siga você. Espere só um momento; vou rapidinho pegar meu casaco.

A mulher olha para Wagner totalmente perplexa.

— Ei, era só uma brincadeira! O senhor não pode estar acreditando que o cachorro está mesmo lhe pedindo para acompanhá-lo?

— Estou sim, dona Loretti. Este cachorro não está brincando, não. Está falando sério.

Então, ele se vira e volta a entrar no prédio. Fico entusiasmado. Wagner pode até ser um idiota. Mas é especialista em cães.

Um instante depois, já está novamente ao meu lado.

— Bom, Hércules, estou muito ansioso para saber a razão do seu aparecimento teatral.

Volto a balançar a cauda e começo a andar, olhando rapidamente por sobre os ombros. Wagner está vindo direitinho atrás de mim. No caminho de volta, já não preciso refletir aonde realmente tenho de ir, o que facilita muito as coisas. Já estamos passando pelo prédio

— 233 —

de Carolin, e o doutor Wagner faz menção de se dirigir à entrada do edifício. Dou um breve latido — não é aí!

— Sei, então não é aqui. Onde, então? — Wagner olha para mim de modo interrogativo, e eu continuo a andar na direção do parque. Não vá desistir agora, estamos quase conseguindo. Finalmente, dirijo-me diretamente ao senhor Beck, que, conforme o combinado, está sentado ao lado do Willi. Este continua deitado na grama como eu o deixara. O senhor Beck me olha perplexo.

— Puxa vida, que ideia brilhante! Você trouxe o veterinário!

Agora o doutor Wagner também se aproxima de nós.

— O que aconteceu aqui? Vocês encontraram este homem aqui? E me buscaram para ajudar? É realmente inacreditável. — Ele se ajoelha ao lado do Willi. — Oi! O senhor consegue me ouvir? Olá!

Willi não reage. Wagner levanta seu pulôver e coloca o ouvido sobre o peito de Willi. Em seguida, começa a massageá-lo. Não, na verdade, começa a apertá-lo. Parece bastante brutal. Espero que o Wagner saiba o que está fazendo! Após um momento massageando e apertando o Willi, Wagner volta a colocar o ouvido sobre seu peito. Pelo visto, alguma coisa parece estar funcionando melhor, pois agora o Wagner sorri satisfeito. Ele se senta e pega seu celular. Em seguida, digita um número.

— Alô? Aqui quem fala é Marc Wagner. Acabei de encontrar no parque Helvetia um homem inconsciente, entre 50 e 60 anos de idade. É difícil fazer um exame mais exato, mas acho que ele teve um infarto. Em todo caso, seus batimentos cardíacos estavam muito irregulares; após a massagem no tórax, ele parece estar melhor.

Ele ouve com atenção. Alguém do outro lado da linha parece estar lhe dizendo alguma coisa.

— Não, não exatamente. Sou veterinário. Acabei de colocá-lo na posição lateral estável; a massagem cardíaca já não é necessária. Vocês nos encontrarão bem na frente do parquinho. Até já!

Wagner desliga; depois, olha sério para o senhor Beck e para mim.

— Acho que este homem teve um infarto. Em todo caso, parece algo grave. Que bom que vocês procuraram ajuda. — Ele passa a mão primeiro na minha cabeça, depois na do senhor Beck. — Muito bem, meninos! — Ele se cala por um momento. — Embora eu esteja bastante certo de que ninguém vai acreditar nessa história extraordinária. Talvez só a sua dona, Hércules. Aliás, onde está ela? E por que você está andando sozinho à noite pelo parque? — Ele me examina pensativo. — Pena que você não possa falar.

Volta a pegar o celular e digita um número.

— Alô? Nina? Aqui é o Marc. Diga uma coisa, por acaso você tem o número do celular da sua amiga Carolin? Hum. Sim.

Esperto esse Wagner — pelo visto, ele ligou para Nina.

— Não, só queria contar uma coisa que pode ser do interesse dela. Portanto, se você puder me fazer o favor... — Novo silêncio. — Ah, oi, Carolin! Que coincidência! Você está na casa de Nina. Sim, olhe, vai parecer estranho, mas estou aqui sentado com o Hércules no parque Helvetia. Você não quer dar uma passadinha aqui?

Os paramédicos colocam o Willi em uma maca. Wagner ainda conversa rapidamente com um dos médicos de humanos que acabou de examinar Willi.

— Também acho que foi um infarto. Ele teve sorte de o senhor estar passando por aqui, colega.

— Bem, normalmente meus pacientes são bem menores ou bem maiores e, na maioria das vezes, muito peludos, mas, em caso de emergência, também atendo os sem pelo mesmo. — Ambos riem.

— Bem, vamos levar este senhor para o hospital universitário. Até logo!

Marc Wagner se despede com um aceno de cabeça, depois se vira para Carolin e Nina, que, nesse meio-tempo, estão em pé ao nosso lado.

— Muito boa noite, senhoritas!

No início, Carolin não diz nada; em vez disso, pega-me no colo.

— Hércules! O que você está fazendo aqui? Que diabos aconteceu? Wagner sorri meio de viés.

— Bem, interpretei da seguinte forma o que aconteceu: o Hércules estava passeando com o gato no parque e acabaram encontrando aquele sem-teto. Espertos como são, perceberam que estavam diante de uma emergência. Então, o Hércules foi buscar o único médico que conhece, ou seja, eu.

Nina desata a rir.

— Desculpe, Marc, mas você não percebe como parece loucura o que acabou de contar? O *dachshund* e o gato queriam salvar um mendigo e, por isso, foram atrás de você? Por acaso você bebeu?

Que atrevimento! E por que parece loucura? É a pura verdade! Que estranho, Nina parece realmente brava com o doutor Wagner — em todo caso, soa bem irritada. Só me pergunto por quê.

Wagner se defende.

— Por que essa virulência, Nina? O que você acha que aconteceu? Que sequestrei o Hércules do apartamento de Carolin, peguei o gato e, em seguida, ataquei aquele pobre senhor? Ou que nossos dois ami-

— 236 —

gos aqui agrediram o homem? Só posso contar o que eu mesmo vi, que foi o Hércules aparecer diante do meu consultório e latir até eu sair. Depois, ele me trouxe até aqui, onde já estava o homem, aparentemente sendo vigiado pelo gato. Mas como os dois saíram do prédio de Carolin e vieram para o parque e o que aconteceu com o homem, disso eu não faço ideia. Acho que ele teve um infarto. Em todo caso, bêbado ele não parecia estar; não senti nenhum cheiro de álcool. Ah, e, aliás, eu também não estou.

Nina fica sem palavras. Carolin me aperta contra si.

— Só não consigo entender como o Hércules saiu do apartamento, mas por sorte ele encontrou você. Conheço o homem que passou mal. Um dia ele apareceu na frente do prédio e parecia bastante confuso. Obrigada por tê-lo ajudado. Vai se saber o que teria acontecido se você não tivesse vindo.

Nina olha para ambos e ri — de maneira um pouco maliciosa, como me parece.

— Por quê? O que deveria acontecer? Qualquer outra pessoa poderia ter chamado o médico de emergência. Duvido que Marc tenha ajudado muito com seus estudos de medicina veterinária.

Marc Wagner dá um sorriso ainda mais largo.

— Minha cara Nina, se algum dia você se encontrar inconsciente em um parque, também vai torcer para que ao menos um veterinário a encontre.

É isso mesmo! Melhor do que ser encontrada por uma psicóloga, eu pensaria. Ainda que eu não saiba direito o que seja isso.

— Bom, senhoritas, o essencial já foi dito. Agora vou voltar para casa. Boa noite para vocês.

Acena amigavelmente para Nina e para Carolin e caminha em direção à saída do parque. Porém, a cinco passos de distância, vira-se novamente.

— Ah, Carolin, quarta-feira à noite, às sete? Passo para buscar você, está bem? Até mais!

Carolin faz que sim e se despede com um breve aceno. Nina não diz nada. Em todo caso, não enquanto ainda estamos no parque. Em compensação, no caminho para casa, ela fala bem mais.

— Marcou um encontro com ele? Com o Marc? Por que não me contou?

— Eu queria contar, mas...

— Quer dizer que você passa na minha casa para falar do seu maravilhoso dia às margens do Elba com o Jens, de como foi romântico e de como vocês se entenderam bem, e não diz uma palavra sobre seu encontro com Marc?

— Sim, mas... — começa novamente Carolin, mas Nina não a deixa terminar.

— E eu que pensei que seu cachorro idiota realmente estivesse mal. Mas você só queria o telefone do Marc! Por acaso você se perguntou como me sinto ao saber de uma coisa dessas? Uma verdadeira merda, pode acreditar. Uma verdadeira merda!

— Eu queria lhe contar. Por isso fui à sua casa. Mas então Marc ligou, e não deu tempo.

— Quer que eu acredite nessa história? Que faça bom proveito! Só ficamos batendo papo por uma hora. Obviamente é muito pouco tempo para contar algo tão sem importância.

— Mas você foi logo perguntando do Jens; não se interessou por outra coisa.

– 238 –

— Claro que não. Como é que eu ia saber que ainda havia outra coisa para me contar?

— Ele me convidou para ir a um concerto, só isso.

— Ah, que bonito! E quanto interesse pela arte!

— Além do mais, você disse que ele não era seu tipo. Eu não podia imaginar que não era verdade.

— De fato. Imaginar, você não podia. Mas podia saber se, nos últimos tempos, tivesse me perguntado como eu estava. Em vez disso, só falamos de você. E da sua dor de cotovelo. E, recentemente, quando passei na sua casa e precisei de uma amiga de verdade, de repente para você foi muito mais importante fazer um jantar idiota com o seu colega Daniel, e até senti que estava incomodando. Que bela amiga! Muito obrigada! Vou me lembrar disso da próxima vez que você precisar de alguém para conversar. — Ela se vira e vai embora pisando firme.

Carolin fica para trás comigo.

— Ai, que droga. Bem que imaginei que isso ia deixá-la aborrecida. Pelo visto, a história com o doutor ainda não está resolvida. — Ela suspira. — Bom, vamos para casa, meu amor. Lá você vai poder me explicar direitinho como veio parar aqui.

Com muito prazer. Mas, em contrapartida, alguém poderia me explicar o que exatamente aconteceu entre Nina e Carolin? Até então, Nina achava o veterinário tão idiota quanto eu no início. E por que ela ficou brava? E, sem levar isso em conta, como fica agora a situação com Jens? Passamos um dia tão legal com ele! Será que Carolin sabe o que quer? Suponho que não.

Ao chegarmos ao apartamento, corro, culpado, para o quarto e sento-me diante da cadeira e da porta aberta do terraço. Com os olhos arregalados, Carolin olha para mim e para as provas A e B, alternadamente.

— Não vá me dizer que você abriu esta porta sozinho! É inacreditável. Você podia se apresentar no circo. Mas como é que depois você saiu do terraço? Por acaso você pulou? — Lanço-lhe um olhar cândido e fico em pé nas patas traseiras. — Hércules! Ficou louco? Você não é um gato! Não tem sete vidas!

Ahn? Sete vidas? Os gatos têm sete vidas? Isso naturalmente explicaria algumas coisas no comportamento do senhor Beck. Ou será que é mais um modo de falar dos humanos?

Carolin fecha a porta do terraço e puxa a cortina.

— Estou exausta, meu amor. E um pouco triste. Por causa de Nina e do Marc. E um pouco feliz. Por causa do Marc e do Jens. Que confusão! Tomara que eu consiga colocar ordem novamente em tudo isso. O que você acha? Mas agora vou para a cama. Seja como for, hoje não vou mais conseguir resolver esse problema. Boa noite, Hércules!

Vou para o meu cestinho e me enrolo na minha coberta. Também estou cansado. Mas, ao mesmo tempo, minha cabeça está zunindo. Primeiro, Daniel; depois, Jens. Ou talvez o doutor Wagner? Como se explica que ainda há algumas semanas não havia candidato para ser meu futuro dono e agora há três? E nenhum deles fui eu que escolhi, embora eu tivesse um plano ótimo.

No meu cérebro cansado de cão, expande-se uma inegável conclusão: o gosto de mulheres jovens e pequenos *dachshund* por homens parece ser muito diferente.

VINTE E UM

Quando passamos pela porta, Willi se ergue surpreso na cama.

— Puxa, vocês vieram me visitar! Que legal!

— Claro, e espero que isso não o canse demais, mas a enfermeira disse que não tinha problema.

— Não, fico feliz. Não estava contando com isso. A senhora é a moça do ateliê de violinos, não é?

— Isso mesmo. Meu nome é Carolin Neumann. — Ela estende a mão para Willi, que a aperta brevemente.

— Muito prazer. Meu nome é Wilhelm Schamoni, mas todos me chamam de Willi. E como se chama seu amiguinho aí embaixo? — Aponta para mim.

— Este é o Hércules.

Carolin puxa uma cadeira para perto da cama do Willi, senta-se e me põe no colo. Willi estica o braço e me faz carinho. Ufa! Pelo visto ele não está bravo comigo. Estou aliviado.

— Você é mesmo uma graça! E ainda por cima salvou o Willi, não foi?

Carolin ergue as sobrancelhas.

— Ah, como sabe disso? Viu quando o Hércules chegou com o doutor Wagner?

— Não — ressoa uma voz atrás de nós —, acabei de contar ao Willi.

Carolin vira a cabeça. Marc Wagner está apoiado no vão da porta, sorrindo para nós.

— Pelo visto, tivemos a mesma ideia. Também pensei que uma visitinha faria muito bem ao Willi.

— Ah, oi, Marc.

Que estranho, Carolin não parece muito eufórica. Pensei que ela gostasse dele. Pouco importa; no que me diz respeito, tento melhorar o clima abanando a cauda.

— Então, está feliz por me ver? — Marc me faz um cafuné. — Você é um pequeno cão herói, não é verdade?

Bem, *cão herói* é um pouco demais para mim. Já fico feliz que o Willi não ache que sou culpado de tudo. Mas ele está de fato sorrindo bem-humorado.

— Foi um dia maluco. Ontem, o Hércules e eu nos salvamos um ao outro. Antes que eu tivesse o infarto, tirei o Hércules de uma toca de coelho. Ele ficou entalado e não conseguia sair. Mas só percebi isso porque, de repente, o gato gordo apareceu ao lado do meu banco no parque. Se bem que, no início, fiquei me perguntando se não estava ficando meio louco. Afinal, foi a segunda vez que tive a sensação de que o gato queria me levar para algum lugar. Mas era verdade. Incrível, não? É impressionante o modo como os animais ajudam uns aos outros. Parecem ser verdadeiros companheiros.

Marc Wagner concorda com a cabeça.

— Pois é, muita gente subestima os animais. E confesso que ontem também fiquei surpreso. A situação tinha quase algo de *Lassie*.

Lassie? Quem ou o que é isso? Carolin e Marc dão risada, e até mesmo o Willi dá uma gargalhada fraca, mas alegre. Deve mesmo ser engraçado.

A porta se abre e uma mulher de jaleco branco entra.

— Bem, senhor Schamoni, agora, infelizmente, preciso pedir para suas visitas saírem. Daqui a pouco vou examiná-lo de novo e, além do mais, o senhor precisa descansar bastante. — Ela se vira para nós, e seu olhar rígido gruda em mim. — Não são permitidos animais aqui dentro! Por favor, não volte a trazer o cachorro.

Carolin olha com cara de culpada.

— Ah, sinto muito, já estamos indo. Mas, como foi o Hércules que encontrou o senhor Schamoni ontem, achei que, excepcionalmente...

A mulher abana a cabeça.

— Não, nada de exceções. A senhora pode voltar amanhã, mas sem o cachorro.

Carolin coloca-me no chão e se levanta.

— Bom, Willi, então lhe desejo melhoras! Talvez ainda passe de novo para vê-lo.

— Sim, eu ficaria imensamente feliz! — Aperta de novo a mão de Carolin para se despedir.

Marc Wagner também lhe estende a mão.

— Tchau, Willi, melhoras!

— Obrigado mais uma vez pela visita. Apareçam de novo.

Willi despede-se com um breve aceno. Em seguida, estamos novamente no corredor do hospital.

— Vamos tomar um café?

Carolin hesita.

— Hum, não sei. Andar com cachorro dentro de um hospital não é uma coisa muito bem-vista.

— Então vamos para a saída principal. Conheço um café duas esquinas mais para a frente.

E, assim, pouco tempo depois os dois estão sentados a uma agradável mesa de madeira, enquanto me ajeito embaixo do respectivo banco. Primeiro conversam sobre coisas sem importância; depois, curiosamente, a voz de Carolin ganha um tom melancólico.

— Marc, eu queria cancelar nosso encontro na quarta.

Ah, não! Com certeza isso não é um bom sinal — e justo agora, quando estou começando a me acostumar com esse veterinário! Droga. Marc também não fica entusiasmado com essa mudança repentina.

— Mas por quê? Achei que você estivesse feliz por ir ao concerto.

— E estava.

— É por causa de Nina, não é?

— Não. Quer dizer, um pouco, talvez. Bem, na verdade, é sim.

Marc abana a cabeça.

— Pensei nisso depois que vocês apareceram no parque. Mas não entendi direito. Não houve nada entre Nina e eu. Tudo bem, saímos algumas vezes, mas só isso.

— Pelo visto, Nina vê as coisas de outro modo.

— Percebi. O motivo para mim é um enigma. Sinceramente, nosso último encontro foi um desastre; depois, ela não me procurou mais. — Marc pega a mão de Carolin. — Por favor, não cancele. Eu só queria conhecê-la em uma ocasião particular. Não apenas quando uma urgência nos reúne. Eu realmente acho você muito simpática, e prometo me comportar da maneira mais exemplar e como um cavalheiro.

Não haverá razão para reclamar. — Ele levanta a mão. — Palavra de escoteiro!

Carolin sorri, mas retira a mão da dele.

— De verdade, Marc. Fiquei muito feliz com seu convite. Mas, nos últimos tempos, minha vida anda muito atribulada e complicada, e eu não queria cair logo de cara em outro problema. Nina é minha melhor amiga, ela me ajudou quando eu estava muito mal, e não faz muito tempo. Também acho você muito simpático, mas talvez este não seja o momento mais adequado para nos conhecermos melhor.

Auuuh! Essa idiota da Nina! Ainda tem homem suficiente circulando pela cidade. E o senhor Beck já constatou que, até agora, ela nunca teve dificuldade para conhecer uma porção deles. Por que diabos ela tem de atravessar nosso caminho? Pelo visto, Marc pensa exatamente a mesma coisa. Ele parece muito perturbado, como se o velho Von Eschersbach tivesse acabado de lhe dar uma chicotada.

— E será que não posso fazer alguma coisa para ajudar? Eu poderia conversar com Nina.

Carolin abana enfaticamente a cabeça.

— Não, por favor, não faça isso de jeito nenhum. Não é só Nina. Passei a noite acordada pensando em tantas coisas. Depois, por volta das quatro da manhã, ficou claro para mim: preciso ter mais paz na minha vida. E descobrir o que é importante para mim. Descobrir quem sou na verdade. Por favor, não fique bravo comigo, não posso fazer diferente.

Marc olha com tristeza, mas não diz mais nada. Ambos ainda ficam sentados lado a lado em silêncio por um momento; depois, Carolin se despede, e deixamos o pobre doutor Wagner sozinho, sentado no café.

* * *

— Ela disse que precisa descobrir quem é na verdade. Dá para entender isso? — Já em casa, queixo-me para o senhor Beck. — Alguma vez você já ouviu uma bobagem dessas? Ela é Carolin Neumann, quem mais? Certamente também tem uma espécie de árvore genealógica, de onde deve constar, acredito eu, seu nome e todas as suas referências. Ou os humanos não têm isso?

Realmente estou perplexo. Nunca que poderia pensar isso de Carolin.

— Agora se acalme, garoto. Você entendeu mal. É claro que Carolin ainda sabe como se chama.

Ele também deve estar me achando um idiota. Eu sei o que ouvi!

— Não, não e não! Ela disse literalmente: "Preciso descobrir quem sou na verdade". Literalmente, senhor Beck, literalmente! Não sou surdo.

Então, de repente, ocorre-me outro pensamento: será que a pobre Carolin tem o mesmo problema que eu? E, de certo modo, também não tem pedigree? Ou seja qual for o nome que se dê entre os humanos quando não se conhece o pai? Levando-se isso em conta, obviamente é compreensível que ela seja muito cuidadosa ao escolher o parceiro. Ela pode não saber direito quem seria adequado para ela. Mas quando explico ao Beck essa nova teoria, ele se joga no chão e fica sem fôlego de tanto rir.

— Hércules, você é uma figura! Agora veja se entende de uma vez por todas que existem algumas diferenças básicas entre os humanos e os cães. Os humanos são seres pensantes!

Ah, muito obrigado! Como se eu também não pensasse! Rosno um pouco.

— Já vi que você entendeu mal de novo e ficou ofendido. É claro que nós também pensamos. Mas o ser humano, ou melhor, um ou outro ser humano, reflete sobre si mesmo. Isso significa que está sempre pensando sobre si próprio. Quem sou eu? De onde venho? Para onde vou?

— Bom, mas devo dizer que isso não parece nada especial.

— Estou falando em sentido figurado! Carolin quer saber o que a constitui como ser humano. O que a distingue das outras pessoas. O que é importante para ela mesma. Essas coisas.

Santo Deus, sempre acabo voltando à minha tese inicial: a de que andar ereto não faz bem para o cérebro.

— Pena que não consigo falar com os humanos. Se conseguisse, eu simplesmente diria para Carolin o que ela tem de especial, e ela não teria de pensar a respeito por muito tempo. É tão óbvio: ela é um ser humano adorável, que se preocupa com os outros humanos ao seu redor, com Nina, Daniel e até com o Marc. E também se interessa pelos animais; do contrário, não teria me tirado do abrigo. Bom, acho que é suficiente. Mais do que isso ela não precisa saber sobre si mesma para se sentir bem. Agora só precisa do homem certo para tudo ficar em ordem. Mas, se continuar a agir assim, logo vamos perder todos os candidatos e ter de começar desde o princípio. Mas, dessa vez, vou elaborar outro plano.

O senhor Beck suspira.

— Nada disso, acredite em mim, Hércules. Enquanto Carolin sentir que precisa encontrar a si mesma, podemos arrastar os caras mais legais que não vai adiantar nada. Pelo jeito, alguns humanos só conseguem ficar bem a dois quando também conseguem ficar bem sozinhos. E, para isso, talvez Carolin realmente precise de tempo. Portanto, vamos ter paciência.

— Espero que, para variar, você esteja errado. Mas ainda há uma chance: Jens. Pelo menos, nossa excursão até o rio foi simplesmente maravilhosa; talvez surja alguma coisa entre os dois.

— Sim, talvez. — O senhor Beck concorda com a cabeça, circunspecto, mas seu olhar revela que ele não acredita nisso.

VINTE E DOIS

— Por acaso você pode me dar um motivo razoável para não ter me contado a respeito? — Daniel parece aborrecido. — Não entendo você, Carolin. Recentemente nos sentamos aqui, e fui totalmente sincero com você. Eu poderia esperar o mesmo da sua parte, não acha? — Ele está aborrecido *mesmo*.

No entanto, o dia de hoje começou de maneira totalmente inofensiva. Quando chegamos ao ateliê, encontramos um grande ramalhete de flores sobre a bancada de Carolin. Ela fica feliz — até ver Daniel, que está em pé, de cara amarrada, junto à sua mesa. Em seguida, tudo acontece muito rápido, pois se descobre que o ramalhete foi enviado por Jens. E que Daniel está com ciúme. Muito ciúme.

— Eu não queria magoar você.

— Bom, parabéns. Foi uma ideia ótima. Caso lhe interesse: agora você me magoou de verdade. Se você tivesse me dito antes que estava interessada em outra pessoa, teria sido muito mais fácil para mim. Mas agora estou me sentindo um perfeito idiota.

Carolin engole em seco.

— Mas por quê? Eu só...

— Porque meti os pés pelas mãos, dizendo que *talvez não seja uma boa ideia ficarmos juntos* e que *talvez seja melhor continuarmos assim*. Banquei o compreensivo. Cara, como sou idiota! Não quero nem pensar, porque fico mal.

— Pode voltar a se acalmar; afinal, não foi para tanto. Também gostei da nossa noite gastronômica. E o fato de eu não conseguir imaginar alguma coisa entre nós nada tem a ver com o Jens. Só o vi uma vez. O que eu teria para lhe contar de tão importante? Não houve nada.

— Não aja assim. Você sabe muito bem o que estou querendo dizer. Eu não tinha nenhuma chance. E eu queria ter sabido disso. Achei que fôssemos amigos.

Nas bochechas de Carolin, formam-se manchas vermelhas.

— Mas é claro que somos amigos! E imagino que a situação seja difícil para você. Para mim também é, e não acho que sou a vilã nessa história!

— Eu não afirmei isso.

— Ah, não? Mas eu achei que sim.

— Ah, não, mas que merda! — Daniel bate tão alto com o punho na mesa que chego a pular de susto embaixo da bancada. Então ele se afasta correndo da sua mesa, sai da sala e bate as portas atrás de si. Carolin e eu ficamos para trás. Ela se curva até mim e me levanta.

— Que barulheira, não? — Faz um afago em mim. — É, parece que, aos poucos, todos os meus amigos estão se aborrecendo comigo. Que bom que ainda tenho você.

Olho para Carolin com os olhos arregalados. É claro que fico honrado por ser considerado um amigo tão importante quanto Daniel e Nina. No entanto, espero que as coisas voltem logo a entrar nos eixos por aqui. Gosto de harmonia. Carolin parece conseguir ler meus pensamentos.

— Não fique preocupado. Prometo que vamos todos voltar a nos entender. E, para que isso aconteça o mais depressa possível, vou ligar agora mesmo para Nina e marcar um encontro com ela. Acha que o plano é bom? — Abano a cauda. — Aha. O plano é bom. Então, é o que vou fazer.

Aparentemente, Nina também está precisando urgentemente conversar com Carolin. Pois mal esta liga para ela e já estamos a caminho do nosso café de sempre, na esquina. Ao chegarmos, Nina já está lá e acena para nós. Bastante amigável, pelo que imagino.

— Oi, Nina! Que bom que deu certo de nos encontrarmos — Carolin a cumprimenta.

— Pois é, feliz coincidência. Dois pacientes meus tinham acabado de desmarcar a consulta. Quando você ligou, eu estava pensando: o destino quer que finalmente a gente tenha uma conversa.

Ambas riem. Bom, realmente parece uma reconciliação. A garçonete vem à nossa mesa.

— Não sei o que você acha, mas, por mim, nosso encontro merece duas taças de champanhe.

Nina concorda.

— Isso mesmo. Situações especiais requerem medidas especiais. Pode nos trazer duas taças, por favor?

Para mim também, é o que eu gostaria de dizer. Pois, se é algo especial, eu também queria experimentar. Mas a mim cabe apenas uma tigela de água como opção, que nesse café fazem a gentileza de colocar logo à porta.

Duas taças com um líquido claro são trazidas.

— Bom, minha querida, a nós! — Nina brinda com Carolin.

— Sim, a nós!

Ambas dão um longo gole.

— Sinceramente, estou feliz por você ter ligado. Aos poucos, me senti incomodada. Mas amanhã também pegaria o telefone para ligar para você. Ainda não consigo acreditar que, no fundo, brigamos por causa de um cara. Tsc, tsc. — Ela abana a cabeça.

Carolin sorri.

— É, mas o que mais me deixa chateada é que, nos últimos tempos, eu realmente só fiquei falando da minha infelicidade. Você tem razão. E também sinto muito. Vou melhorar! — Ela levanta a mão direita. — Prometo!

— Bom, mas olhando para trás, também sou obrigada a dizer que reagi de modo muito exaltado. Afinal, eu realmente tinha dito a você que o Marc não é para mim. Também não sei por que recentemente, no parque, perdi a cabeça. Certamente foi por orgulho ferido.

— Sinceramente, Nina, se eu soubesse que o Marc ainda significava tanto para você, não teria me metido nessa história de jeito nenhum. E, caso isto a tranquilize, cancelei o encontro com ele.

— Ah! — faz Nina como se tivesse levado um susto. — Mas você não devia ter feito isso! Pelo menos, não por minha causa. Admito que fiquei chateada, mas, se vocês se deram bem, posso conviver com isso. É um caso de força maior.

— Não, não foi por sua causa. Em todo caso, não foi só por sua causa. É claro que, depois do desentendimento com você, pensei muito sobre o Marc. E, então, de repente tive a sensação de que tudo isso é muita coisa para mim, de que primeiro preciso de paz depois do caos das últimas semanas. Realmente, no momento, não há lugar para outro homem. Mesmo sendo alguém tão legal como Marc.

O que devo dizer? O senhor Beck simplesmente tem razão. É sempre espantoso como esse gato gordo consegue analisar bem a situação.

Nina olha pensativa.

— Normalmente, neste momento eu lhe daria razão. Mas talvez você devesse pensar mais uma vez. Infelizmente, homens legais não nascem em árvores, isso eu posso lhe dizer. São artigos raros.

— Só que, no momento, tenho o problema oposto: muitos homens interessantes. É por isso que agora vou fazer uma pausa até saber o que realmente quero.

— Sei. Conceito interessante esse. Só espero que eles não vão todos embora. Quem são os outros? Bom, Jens. Mas este é mesmo um gato. Quem mais?

— Lembra aquela noite em que eu queria cozinhar com Daniel? Na verdade, eu tinha pensado em alguma coisa romântica. Não lhe contei até agora porque achei que você fosse rir da minha cara. Mas é que, nos últimos tempos, tem rolado um certo clima entre a gente. E achei que valeria a pena experimentar.

Nina arregala os olhos.

— Você queria começar alguma coisa com Daniel?

— Bom, mas essa ideia não é tããão absurda assim. Daniel é um cara atraente, é engraçado, simpático e romântico...

— E você o conhece há mais ou menos cem anos! Não, não é ele. E imagine só o que aconteceria se desse errado.

Carolin concorda com a cabeça.

— Pois é, já deu para provar um aperitivo hoje. Daniel ficou sabendo que me encontrei com Jens. Quer dizer, eu mesma lhe contei, porque Jens mandou rosas para o ateliê. Bom, ele ficou tudo, menos entusiasmado.

Aha! Agora estou entendendo. Hoje de manhã eu estava um pouco confuso. Mas, aparentemente, a entrega de presentes, como salsicha para cachorro ou flores em quantidades maiores faz parte do ritual de acasalamento dos humanos.

— Não me surpreende. Que Daniel seja apaixonado por você, nunca tive dúvida. Mas que você tenha pensado seriamente a respeito... ah, não! Vamos ser francas: Daniel é simpático demais!

Uma coisa é certa: se algum dia o senhor Beck precisar de um novo dono ou de uma nova dona, Nina seria a mulher perfeita para ele. Raramente vi um ser humano e um animal terem tantas vezes a mesma opinião quanto os dois. Só é pena que não se pode dizer que Nina seja uma amiga dos animais. Portanto, esse "time dos sonhos" não vai dar em nada.

— Você está sendo cruel. Coitado do Daniel!

— Que bobagem! Daniel precisa deixar de ser mole. Senão, não vai conseguir nada com mulher nenhuma. Mas o que eu acho muito mais interessante é o seguinte: você vai se encontrar de novo com Jens ou ele também foi excomungado pelo seu desejo de autoconhecimento?

Carolin suspira.

— Bom, hoje à noite vou me encontrar com ele e provavelmente lhe dizer que não quero continuar a vê-lo.

Nina fica sem fôlego.

— Você enlouqueceu? Um cara bacana como ele? Depois do dia romântico que vocês passaram às margens do Elba? Me deixe sentir seu pulso, porque você não deve estar bem.

— Por quê? Já lhe expliquei qual é o problema. É claro que o passeio foi legal, além de ter sido muito romântico e excitante. Mas, acima de tudo, curti a situação. Se vou conseguir me apaixonar de verdade por Jens, isso eu não sei.

Nina abana a cabeça.

— Bom, então, pelo menos passe o número do meu telefone para ele, quando lhe der a má notícia. Estou pronta para entrar em cena. — Ambas riem.

— A propósito: tem uma coisa que me interessa. — Carolin examina Nina por cima da armação dos óculos. — O que exatamente faltou em Marc?

— Ah, é uma história idiota. Eu diria que estraguei tudo. — Nina respira fundo. — Quer dizer, na verdade, já no segundo encontro percebi que, embora o Marc seja muito charmoso e divertido, ele não parecia muito entusiasmado. Isso me frustrou bastante. Bom, e no nosso último encontro acabamos brigando por causa de uma observação idiota da minha parte.

— É mesmo? Você não me contou nada.

— Eu queria lhe contar naquela noite em que cozinhamos juntas com Daniel. Mas então ele ficou tão pouco tempo fora com o cachorro que acabei não tendo "espaço" suficiente. Além do mais, essa história ainda me constrange um pouco.

— Parece ser alguma coisa cheia de segredos. Vamos, pode ir contando tudo!

— Naquele dia, também estivemos às margens do Elba. O tempo estava lindo, então quisemos passar o dia na Strandperle, você sabe, aquela pequena lanchonete à beira do rio.

Carolin faz que sim com a cabeça.

— Claro, todo mundo conhece.

— Bom, de todo modo, meu humor já não estava lá essas coisas porque nosso último encontro não tinha sido como eu havia imaginado. Eu estava insegura. E, nessas situações, sou um pouco cruel.

— Sim, eu sei. Não é de hoje que conheço você.

— Bom, seja como for, estávamos sentados no deque, e Marc foi até a lanchonete buscar salsicha e salada de batata para nós. Então, chegou uma família e se sentou bem ao nosso lado, com dois pirralhos remelentos. Um bebê, que berrou o tempo todo, e um pentelho de talvez 2 ou 3 anos, que não parava de correr de um lado para o outro entre as pessoas, levantando um redemoinho de areia. Ou seja, uma fofura.

Carolin ri.

— Já posso imaginar o que vem depois. Sei muito bem quanto você gosta de criança.

— Pois é, você é bem diferente, você gosta de criança, eu sei. Mas nem todo o mundo cai logo de amores ao ver dois pestinhas. A gente mal conseguia conversar de tão alto que o bebê gritava. Depois, o outro moleque ainda tropeçou e colocou outra pá de areia na minha salada de batata. Aí não me aguentei e falei com toda a franqueza para os deseducadores do deque vizinho o que achava dos filhos deles. Bom, talvez eu tenha exagerado um pouco. Mas meus nervos estavam mesmo à flor da pele.

— E Marc não concordou com a sua reação, certo?

Nina assente com a cabeça.

— É o que se pode dizer. Ele realmente ficou chocado e me criticou, dizendo que eu devia me acalmar. Afinal, eram crianças pequenas e não fizeram por mal. Me disse isso na frente das outras pessoas. Foi um momento muito constrangedor. Levantei e simplesmente deixei Marc e toda a salada de batata com areia para trás. Quando cheguei à rua, peguei o primeiro ônibus. Bem, resumindo, essa é toda a história. Desde esse dia, só voltei a saber de Marc quando ele me ligou ontem à noite, procurando por você.

— Ai, meu Deus! Que história terrível! E ele não ligou mais?

Nina abana a cabeça.

— Não. E eu também não. Bom, talvez eu devesse ter ligado primeiro, mas não consegui. E aí o vejo de novo e fico sabendo que ele marcou um encontro com você. Foi um pouco demais para mim.

— Imagino e sinto muito. Eu realmente não fazia ideia.

A garçonete volta à mesa.

— Vão querer mais alguma coisa?

Carolin e Nina se olham e riem. Em seguida, respondem em uníssono:

— Sim, por favor, mais duas taças de champanhe!

VINTE E TRÊS

Não estou certo se, como cão, posso sentir uma coisa dessas. MAS: caso esse sentimento não seja reservado exclusivamente aos bípedes, então estou frustrado. E muito.

Estou deitado no meu lugar preferido no jardim, o tempo está bonito e os pássaros gorjeiam. Acabo de ter uma refeição deliciosa, e hoje Carolin já passeou comigo. Também predomina certa harmonia no ateliê: pelo menos Daniel e Carolin voltaram a conversar. E, apesar disso, estou com vontade de chorar. É o que estou fazendo agora. Assustado com meu choro, o senhor Beck me faz companhia.

— O que há com você? — Quer saber. — Está com alguma dor?

— Estou. Com dor na alma.

— Por quê?

— Nada está dando certo. Me esforcei tanto para encontrar um homem para Carolin. E ela estraga tudo. Agora ela também vai dar um fora no Jens. Assim, voltamos à estaca zero.

O senhor Beck se senta ao meu lado.

— Bom, mas veja por este lado: você queria um homem para Carolin porque, solteira, ela estava muito infeliz. Mas agora ela achou melhor primeiro tentar passar um tempo sozinha. Ou seja, ela já não está infeliz. E você já não precisa procurar ninguém. Está tudo certo.

— Não! Não está nada certo. Porque *eu* estou infeliz. Quero um dono. Sabe, o dia que fui ao rio Elba com Jens e Carolin foi maravilhoso. *Assim* é que deveria ser: um cão com um casal feliz. E desde que descobri isso, torço para que Carolin se apaixone logo. Não precisa ser Jens. Mas pode muito bem ser ele. Sabe, acho que quero uma família de verdade. Uma matilha.

O senhor Beck suspira.

— Vocês, cães, não aprendem mesmo! Por que vocês sempre se apegam aos humanos? Isso só traz aborrecimento! Um humano jamais poderá ser sua família, Hércules. Isso é um absurdo, entenda de uma vez por todas!

— Mas eu queria que fosse!

— Então continue frustrado. Não vai ser sua última experiência de frustração com os humanos, isso eu garanto. — Com essas palavras, o senhor Beck dá meia-volta e se afasta novamente.

Que fique quieto no seu canto. Seja como for, não me consolou muito.

Ponho-me sentado e decido ignorar os sábios conselhos do senhor Beck. É claro que um cão pode ser parte de uma família humana. Tenho até certeza de que um gato também poderia; basta querer. Mas isso me traz de volta à minha reflexão inicial: como eu mesmo vou conseguir ter uma família? Mas talvez para Jens e Carolin ainda esteja em tempo. Afinal, hoje à noite vão se encontrar. Quem sabe se não consigo criar uma boa atmosfera? Seja como for, a própria Carolin disse que adorou o dia que passou com Jens. Em todo caso, preciso dar um jeito de ir a esse encontro, custe o que custar! Portanto, passo o resto da tarde de sobreaviso. Só me falta Carolin sair de casa sem mim!

De fato, hoje ela termina o expediente um pouco mais cedo e sobe para se trocar. Sigo-a de perto e não me afasto dela nem quando ela entra no banheiro.

— Ei, Hércules! O que há com você hoje? Está tão agarrado em mim. — Ela me afugenta do banheiro e fecha a porta.

Tudo bem, quando ela sair, vai ter de passar por mim, a não ser que saia pela janela.

É claro que ela não faz isso e, após um tempo, volta a aparecer, agora com um vestido preto e curto, sobre o qual recentemente discutimos. Além disso, traz os cabelos presos em uma pequena montanha em cima da cabeça. Alimento minhas esperanças — afinal, se Carolin teve tanto trabalho para se produzir, talvez ainda queira reconsiderar a história com Jens.

Tocam a campainha, e, logo depois, Jens está diante da nossa porta. Carolin o cumprimenta com um beijo na face, depois se inclina até mim.

— Bom, Hércules, hoje você vai ficar aqui. Comporte-se direitinho e, principalmente, não pule da sacada!

Nem pensar! Não quero ficar aqui. Corro para Jens e fico em pé nas patas traseiras. Ele ri achando graça.

— Parece que seu amiguinho quer nos acompanhar de qualquer jeito. Pelo visto, depois de ter ganhado a salsicha, ele se apegou a mim.

— Está fora de questão. Ele vai ficar quietinho aqui.

Puxa vida! Como você é sem coração! Mas não vou deixar isso barato. Quando Carolin abre a porta do apartamento, saio correndo, passo por ela e desço as escadas do prédio. Ao chegar embaixo, tenho sorte: a senhora Meyer está justamente entrando no prédio; consigo passar por ela e sair. Lá fora está o carro sem teto, que me sorri e me convida para entrar. Se eu não tivesse pernas tão curtas, poderia logo pular dentro dele, mas preciso esperar por Jens e Carolin.

— Mas que cachorrinho mal-educado! — Carolin vem até mim, ralhando. — Quando digo que é para ficar em casa, é para ficar em casa!

Ela me pega, mas, antes de conseguir colocar a coleira em mim, corro para Jens e arranho suas pernas, abanando a cauda. Além disso, tento latir da maneira mais amigável possível. Jens se inclina e me levanta.

— É, garoto, eu bem que levaria você, mas hoje a sua dona está bastante rigorosa. Estou quase com um pouco de medo dela.

Carolin ri.

— Contra dois homens que se unem, acho que não posso fazer nada. Por mim, podemos levá-lo, então.

— Está vendo que sorte, meu camarada? Vamos lá.

Ele me coloca sentado no chão do lado do passageiro, depois ambos entram no carro e vamos embora. Vale a pena ter persistência!

Quando chegamos ao restaurante, pergunto-me por que Carolin não queria me trazer. Afinal, trata-se de um jardim, e já à primeira vista vejo dois cães embaixo de outras mesas: um velho bóxer e uma dama *retriever* muito bonita, que acena afavelmente para mim com a cabeça quando tomamos lugar na mesa vizinha. Deito-me de modo que possa enxergá-la bem. Talvez eu não devesse ficar sempre pensando apenas no coração de Carolin, mas, para variar, também no meu próprio. Por outro lado, é claro que, justamente hoje, tenho de aguçar os ouvidos se quiser captar o que Carolin diz. Afinal, quero intervir quando ela começar com esse papo-furado de "preciso ficar um pouco sozinha".

No entanto, a conversa ainda gira em torno da escolha dos pratos e das bebidas. Carolin pede uma água e Jens dá risada.

— Achei que, para comemorar esta bela noite, fôssemos pedir algo mais efervescente. E não estou me referindo ao gás da sua água mineral.

— Você não vai acreditar, mas hoje de manhã já tomei duas taças de champanhe com Nina. Foi quase um ritual de reconciliação; estávamos um pouco chateadas uma com a outra. Por isso, prefiro começar com uma bebida não alcoólica.

— Como quiser. Não quero convencê-la a nada. Por que vocês brigaram?

— Ah, foi uma história boba. Acabei me encontrando, mais ou menos sem querer, com alguém de quem ela estava muito a fim. Ela ficou chateada.

— Mais ou menos sem querer? Parece interessante. Como pode ser?

— Bem, é que não foi realmente planejado como um encontro. Foi mais... ah, nem eu mesma sei. Seja como for, Nina ficou brava.

— Sei, sei, um encontro não planejado. Logo percebi que você é uma mulher cobiçada.

Ele ri e pega a mão de Carolin. Ela hesita, mas, antes que realmente consiga retirar a sua, dou um pulo e começo a latir. Carolin inclina-se até mim.

— Pst, Hércules, o que você tem?

— Talvez seja por causa de outro cachorro?

— Hum, na verdade, o Hércules não é de latir. Certamente alguma coisa o assustou.

Sim, é claro que alguma coisa me assustou. Justamente a perspectiva de que Carolin logo afugente o próximo candidato. Seja como

— 262 —

for, embora de um jeito meio espalhafatoso, contornei a situação muito bem. Só espero que não continue assim a noite toda.

Continua assim a noite toda. Sempre que tenho a sensação de que Carolin está tomando o rumo errado, fico inquieto. E isso acontece a cada dez minutos. Carolin já está ficando bem irritada.

— Mas o que é que você tem? — sibila para mim. — Eu queria que você ficasse em casa, e teria mesmo sido melhor. Você está se comportando muito mal! Se continuar assim, vamos trancá-lo no carro.

Tudo bem, isso seria ruim. Talvez eu tenha de maneirar um pouco. Volto a me deitar bem quietinho embaixo da cadeira. A cadela *retriever* da mesa ao lado me examina com interesse.

— O que foi, garoto? Está com a bexiga cheia?

— Eu não. Por quê?

— Porque você não para de saltitar.

Que vergonha! Essa bela fêmea pensando que tenho incontinência urinária. É claro que não posso deixar que ela pense isso de mim.

— Bem, estou inquieto porque quero proteger minha dona de um grande erro.

— Do cara que está sentado na frente dela? Ele não parece tão ruim assim. Tem uma voz simpática.

— Também acho. Mas o problema é o inverso. Temo que ela queira se livrar dele.

— Ah, sei. Bom, ela deve ter seus motivos.

— Não acho. Ela gosta dele, mas primeiro quer encontrar a si mesma. É completamente absurdo, não acha?

— Garoto, posso lhe dar um conselho?

— Por favor.

De uma fêmea tão atraente, só posso esperar uma boa dica nessa ocasião. Talvez ela já tenha estado na mesma situação de Carolin.

— Fique longe dos problemas dos humanos. Só dão aborrecimento. E esse showzinho que você acabou de fazer parece ridículo.

Bum! A observação caiu como uma bomba. Quase se poderia dizer que a dama está de conluio com o senhor Beck. Ofendido, volto a me retirar para baixo da cadeira de Carolin. Está bem, então! Façam como quiserem. Mas depois não digam que não avisei.

Passo o resto da noite amuado embaixo da mesa. Contudo, ela tampouco faz menção de dar a má notícia a Jens. Será que pensou melhor? Quando ambos finalmente se levantam para ir embora, Jens faz uma sugestão que me agrada muito.

— O que você acha de darmos uma volta com o Hércules? Da última vez fomos ao Elba, agora poderíamos lhe mostrar o Alster, que tal? Afinal, ele ficou bem quietinho nesta última hora. Sua bronca parece ter mesmo funcionado. Ele merece uma recompensa. Assim, como *reforço positivo*. O que acha?

— Sim, por que não? Uma boa ideia.

Meu coração bate rapidamente. Não há dúvida de que Carolin pensou melhor, agora tenho certeza. Do contrário, teria agradecido e recusado.

O lago chamado Alster fica bem perto do restaurante. Vagamos pelo caminho largo, junto à margem. Normalmente, eu sairia correndo para fazer um reconhecimento da área, mas é claro que também quero ouvir sobre o que os dois conversam. Desse modo, fico junto deles. E, em seguida, Jens coloca seu braço sobre os ombros de Carolin! Meu coração fica a mil por hora, de tão agitado que me sinto. Como será que Carolin vai reagir?

A princípio, ela não faz nada. Bom sinal. Ambos continuam a caminhar, e eu, sempre atrás.

— Sabe — começa Carolin a dizer, mas logo em seguida emudece. Ai, ai, ai! Então não é um bom sinal?

— O quê? — Jens para. Agora, ambos estão olhando um para o outro, e ele pega as mãos dela.

— Bom, acho você muito legal, Jens. Mas creio que não estou pronta. E tenho medo de lhe dar falsas esperanças.

— O que está querendo dizer?

— Bom, passamos um dia romântico às margens do Elba, e a noite de hoje também foi maravilhosa, exceto pelos ataques do Hércules. Mas acho que talvez agora você esteja esperando mais do que no momento eu posso dar. E não quero decepcioná-lo. Por isso, acho melhor falar logo com clareza. Acho que não consigo me apaixonar agora. Antes de pensar de novo em um relacionamento, primeiro preciso descobrir algumas coisas sobre mim mesma.

Jens solta suas mãos.

— Ah, sei.

Ele não diz mais nada. Ai, caramba! Eu preferiria me esconder embaixo de algum arbusto, de tão desagradável que é a situação para mim.

— Você está chateado?

— Não. Só estou surpreso.

— Sim, acredito. É claro, eu também poderia ter pensado nisso antes.

— Não, não é nesse sentido que estou querendo dizer. Estou surpreso por você ter pensado seriamente em um relacionamento e se preocupar por eu querer algo do tipo.

— E você não quer?

Jens ri.

— Não, claro que não. Afinal, já tenho namorada.

COMO É QUE É? Pelo visto estamos diante de um Thomas n° 2.

— Sim... mas... eu não sabia disso. — Carolin parece totalmente perplexa. Com razão.

— Ei, garota, por acaso você não lê as revistas de fofoca?

— Não, para ser sincera, não.

— Tudo bem — diz Jens em tom condescendente —, não faz mal. Mas, se você as lesse, saberia que há quatro anos estou com a Alexa von Schöning, uma modelo de muito sucesso.

— Sim, mas... o que você queria comigo, então? Por que você saiu comigo?

— Porque acho você uma gracinha. E porque gosto de me divertir. A Alexa sabe disso, ela não se importa. É claro que também achei que você soubesse.

Que bom que não posso falar. Pois me faltam palavras. Esse aí é pior que Thomas! Nem fica com a consciência pesada. Carolin também perdeu a fala.

— Você ficou muda. Agora que sabe que tenho namorada, não há nada de mais querer se divertir um pouco, não é? Você não precisa se preocupar, porque não quero nada sério. Viria bem a calhar para você. — Carolin não diz nada, só olha para ele fixamente.

— Ei, Carolin, dê um sorriso! — Jens a cutuca.

Rosno para ele. Tire os dedos desta mulher, e agora!

— Cara, agora o cachorro está bravo mesmo. O que ele tem hoje? Achei que gostasse de mim.

— É — diz Carolin quase sem voz —, também achei que eu gostasse de você. A gente se engana. Gostaria de ir para casa agora.

— Tudo bem, então vamos. Mas não sei por que você está ofendida. Afinal, não aconteceu nada. O que, aliás, é uma pena. — Jens dá uma risadinha, e Carolin olha bem brava para ele.

Voltamos no carro aberto. Minhas orelhas voam ao vento, o que me dá uma sensação maravilhosa. De resto, a atmosfera não é nada boa. Estou me sentindo um perfeito idiota. E pensar que quis que Carolin ficasse com esse sujeito! Inconcebível! Pelo visto, não conheço mesmo os humanos. Bom, Carolin também não, mas este não passa de um fraco consolo.

Jens para na frente do prédio. Carolin quer se despedir logo, então Jens se inclina para a frente e fica bem perto dela.

— Carolin, falando sério agora. Você e eu... a gente tem tudo a ver. Vamos pelo menos tentar. Vou ser sincero: sinto desejo por você. O fato de agora você resistir um pouco só deixa a coisa mais interessante.

Carolin não diz nada e põe a mão na maçaneta da porta. Então, Jens a agarra de repente, puxa-a de volta para o assento e começa a beijá-la na boca. Carolin grita e tenta empurrá-lo, mas Jens segura firme suas mãos e continua a beijá-la.

Fico totalmente chocado. Isso não pode ser verdade.

Mas o susto não dura muito: do chão do automóvel, pulo entre os dois e mordo exatamente o local que, da última vez, fez milagres. Ele grita e tenta me bater. Mas, ao fazer isso, obviamente tem de soltar Carolin. Ela aproveita a ocasião, abre a porta, me pega e pula do automóvel. Jens se curva de dor. Carolin bate a porta do passageiro e corre na direção do prédio, mas depois pensa melhor e vira-se mais uma vez para o carro.

— Mande lembranças para a Alexa. Ela não precisa ficar preocupada. Que eu saiba, a vacina antirrábica dura tranquilamente uns dez anos.

VINTE E QUATRO

— Ah, aí está o cão herói! — Nina vem até mim, abaixa-se e, com um grande gesto, me dá um pedaço de salsicha. — Você fez muito bem, e espero que o senhor Uhland ainda tenha de lembrar por muito, muito tempo de você. Parabéns!

Devo admitir que acho essa reação totalmente adequada. Também o fato de que, na última noite, pude dormir na cama de Carolin parece-me a recompensa apropriada para um *dachshund* corajoso como eu. Satisfeito, mastigo a salsicha enquanto Nina ouve novamente Carolin descrever os detalhes da noite anterior. De vez em quando sai um "Inacreditável!" ou "Não é possível" e, volta e meia, uma das duas me faz carinho. Aliás, nesse meio-tempo, estou deitado entre as duas no sofá de Carolin e todo esticado. Que maravilha! Adoro quando coçam minha barriga! A vida pode ser tão bela! Talvez a gente nem precise de um homem.

— Você contou isso para Daniel?

— Não, e acho que nem vou contar. Fizemos as pazes, e ele diz que está tudo bem. Mas, mesmo assim, os ânimos estão meio tensos. Não vou aborrecê-lo com uma descrição do meu grandioso encontro que não deu certo.

— Hum, tem razão. Mas, com toda certeza, tudo vai voltar ao normal.

Nesse momento, ouve-se a campainha.

— Está esperando outra visita?

— Não, só convidei você. Que estranho.

— Talvez seja da floricultura, com um ramalhete de desculpas por parte do senhor Uhland.

— Às nove da noite? É pouco provável. Além do mais, com certeza esse cara não tem consciência pesada.

Tocam mais uma vez. Carolin se levanta e vai até o interfone.

— Alô?

Agora estão batendo à porta.

— Sou eu, Daniel. Já estou na frente da sua porta.

Carolin lança um olhar para Nina, que nesse meio-tempo também foi para o corredor com um ar interrogativo, depois abre. De fato, é Daniel. Só que ele está diferente do que de costume. De certo modo, está triste. E decidido.

— Oi, Carolin. Desculpe por incomodá-la tão tarde, mas preciso falar com você de todo jeito.

Só então ele vê Nina.

— Ah, oi!

— Oi, Daniel! Tudo bem com você?

— Sim, claro. Só que preciso conversar sobre uma coisa importante com Carolin. Você se importaria de nos deixar a sós? Sei que não é muito educado, mas é realmente importante.

Percebo que os pelos da minha nuca começam a se eriçar. O tom na voz do Daniel não promete coisa boa. Nina parece pensar o mesmo. Ela lança um olhar interrogativo para Carolin.

— Tudo bem, Nina.

— Bom, então vou levantar acampamento. Tchau para vocês, até mais.

Depois que ela vai embora, Daniel pendura seu casaco no vestíbulo e se senta no sofá. Carolin o acompanha, mas se senta na poltrona da frente.

— O que há de tão importante? — ela quer saber.

— Vou direto ao assunto: no mês que vem, vou sumir por um trimestre.

— O quê?

— É. Há algum tempo a Aurora me perguntou se eu não queria acompanhá-la em uma turnê. Seria para eu testar alguns violinos que ofereceram a ela.

— Quer passar três meses viajando com a Aurora? Não pode estar falando sério!

— Estou sim. Preciso ir embora. Sabe, achei que fosse conseguir superar aquela história entre nós dois. Mas me enganei. Não consigo, está doendo muito ver você todos os dias. Por isso preciso de distância.

Carolin engole em seco.

— Sinto muito. Não sabia que estava sendo tão ruim.

— Não se preocupe, eu também não sabia. Além do mais, não é culpa sua se você não está apaixonada por mim como estou por você. A vida é assim.

— Você vai voltar? Quero dizer, depois dos três meses?

— Para ser sincero, ainda não sei. Mas não quero pensar nisso agora. É claro que vou continuar pagando minha parte no ateliê, não se preocupe.

Carolin se levanta e se senta ao lado do Daniel. Então, pega sua mão e a aperta com firmeza.

— Daniel, realmente esta é a última coisa que me preocupa. Estou triste que seja assim, pois você é meu amigo mais próximo.

— Eu sei. Mas justamente agora mal estou conseguindo suportar ser seu colega de trabalho.

Já estou no vigésimo sono quando alguém sacode meu cestinho. Olho para cima. É o velho Von Eschersbach! Bravo, ele me fulmina com seu olhar.

— Vamos, levante, seu imprestável! Você já passou muito tempo no conforto aqui. Decidi que Carolin precisa de distância de você. Pelo menos três meses. Então, pegue seu osso e caia fora!

Meu coração começa a bater acelerado. Quero me esconder. Mas onde? Von Eschersbach me pega, não há como escapar. Amedrontado, uivo e tento me encolher embaixo da minha coberta, mas ele já me apanhou. Ah, não! Vou acabar voltando para o abrigo de animais!

— Hércules, acorde! Você está sonhando!

Com cuidado, olho para cima e vejo os olhos de Carolin, que me observa espantada.

— Meu Deus, você fez uma barulheira! Sonhou de novo com a caça aos coelhos?

Caça aos coelhos? Se ela soubesse. Saio com um pulo do meu cestinho e me encolho bem junto de Carolin.

— Está tremendo, pobrezinho. Deve ter sido mesmo um pesadelo, não? Mas fique tranquilo. Eu também não estou conseguindo dormir direito. Essa história do Daniel me deixou mal. Por que tudo tem de ser sempre tão complicado? — Ela suspira. Eu também. Afinal, eu também já tinha constatado que tudo é sempre complicado entre os humanos. Como consolo, lambo os dedos dos seus pés. Ela ri. — Faz cócegas, Hércules!

Pegando-me pela barriga, ela me coloca em seus braços.

— Tenho uma ótima ideia para passarmos o resto da noite mais tranquilos. Hoje você vai poder de novo dormir comigo. Também não estou a fim de ficar sozinha. Provavelmente estou deseducando você por completo, mas agora não quero nem saber.

É isso aí. É melhor nem saber mesmo!

Ao passar para a cama de Carolin, logo me acomodo em um dos travesseiros. Carolin volta a se deitar e me faz carinho.

— Sabe, talvez tenha sido bobagem toda essa história de me encontrar. Quero dizer, um dia achei que era o correto a fazer, mas agora já não estou tão certa. Bom, Jens foi um fracasso total. Mas Daniel foi embora. Foi um erro deixá-lo ir? Queria que você pudesse falar, Hércules. Adoraria saber sua opinião. Por outro lado, o que eu poderia ter feito? O que Daniel quer simplesmente não é possível. Não estou apaixonada por ele. Eu mesma torci para que desse certo. Mas não funcionou.

Por um momento, ela fica em silêncio, de modo que chego a pensar que adormeceu. Mas, depois, continua a falar.

— E, para Marc, provavelmente também já nem adiante eu ligar. Puxa vida, acho que estraguei tudo. No entanto, ele me parece interessante. Por que fui dizer a ele que não queria mais vê-lo?

Pois é, de fato. Por quê? Não foi uma boa jogada. Eu bem que disse, ou melhor, teria dito se pudesse falar. Mas, seja como for, nenhum humano me ouve mesmo.

— Marc é legal, você não acha? — Para confirmar, dou uma lambida em sua bochecha. — Hi, hi, Hércules! Acho que você gosta dele. Eu também gosto. Para ser sincera, sobretudo essa história com Nina me deixou perturbada. Afinal, ela é minha melhor amiga. E ter a sensação de que ela ainda está apaixonada por ele não foi nada bom. Você entende?

De repente, volto a nutrir esperanças quanto ao meu plano de uma vida feliz em família. Talvez ainda alcancemos o objetivo. Como exatamente, não sei, mas agora isso não é tão importante. Em todo caso, mal não há de fazer se eu me posicionar como entendedor das mulheres. Assim, talvez Carolin fale um pouco mais sobre Marc. Portanto, esforço-me para olhar Carolin nos olhos com o máximo de fidelidade.

— Nossa, este sim é um autêntico olhar de *dachshund*. Você acha que a história com o Marc foi um erro, não acha? Bom, mas ele exagerou um pouco com Nina. Coitada. Tudo bem, ela não é muito amiga de crianças, mas repreendê-la na frente de todo mundo? Também não foi uma boa atitude, não é? — Pisco de novo e a farejo. — De certo modo, isso o torna um tanto antipático.

Brrr, de jeito nenhum! Abano a cabeça e rosno um pouquinho.

— Bom, então não temos a mesma opinião. Acho que essa atitude o torna um tanto antipático. Nesse sentido, talvez eu tenha tomado a decisão correta. Acho que, depois de Thomas, minha necessidade de homens coléricos já foi mais do que satisfeita.

Opa! Mas o que ela está dizendo? Como saber exatamente o que Marc disse para Nina e, principalmente, o que Nina disse para Marc? Pensando bem, de todos, Marc é, de longe, o mais adequado para nós. Portanto, na minha opinião, Carolin deveria ligar para ele o mais rápido possível e deixar de lado essa história de encontrar a si mesma. Mais tarde ela pode até recuperá-la. Dou-lhe mais um cutucão de lado. Nenhuma reação. Inacreditável. Carolin realmente adormeceu. Bem no meio da nossa interessante conversa.

Mas eu não consigo pegar no sono. Ainda não. Os pensamentos vibram na minha cabeça. O que as coisas que aprendi nas últimas semanas sobre os humanos me dizem sobre Carolin e os homens? Em primeiro lugar: ela acha Marc simpático. Em segundo: no entanto, não quer falar com ele, pois, ao mesmo tempo, ficou incomodada com a conversa no café. E, em terceiro: por isso, ela se convence de que, de todo modo, não daria certo. Exatamente, deve ser isso! Disso resulta, em quarto lugar: que tenho de fazer com que Marc fale com ela. Mas como vou fazer isso? Como é que faço uma coisa dessas?

VINTE E CINCO

— Quer dizer que a sua teoria é que Marc é o homem certo para Carolin e que ela só não está querendo dar o braço a torcer. Pois, nesse caso, ela teria de conversar com ele, e isso é constrangedor para ela. E, por isso, ela arranjou uma desculpa para justificar o que, supostamente, não é adequado para ela. Hum. — O senhor Beck olha muito pensativo. — Caramba, você aprendeu bastante. O que, aliás, não é de espantar, pois você teve um excelente mestre.

— Sim, você é demais. Mas o que acha que eu deveria fazer agora? Afinal, a questão é muito complicada. Infelizmente, não posso ir até Marc e dizer simplesmente: "Ei, ligue de uma vez para ela!". Por outro lado, receio que, se ele não aparecer, nunca vai acontecer nada entre os dois.

O senhor Beck concorda com a cabeça.

— É, complicado mesmo. De fato.

Ficamos em silêncio. Então, o senhor Beck recomeça:

— Pensando bem, você pode fazer uma coisa: vá até o consultório dele e torça para que Marc tome isso como um sinal.

— Como um sinal? Sinal de quê? De que um *dachshund* o está perseguindo?

O senhor Beck ri.

— Está vendo só? Ainda não aprendeu tudo sobre os humanos. É o seguinte: quando os humanos desejam muito alguma coisa, tendem a enxergar um sinal em tudo. O que, na maioria das vezes, não é sinal de nada. Portanto, vamos supor que o humano queira ter filhos. Então, com certeza, em pouco tempo ele vai tropeçar em um carrinho de bebê e achar que isso é um sinal que anuncia a chegada dos próprios rebentos. Na realidade, só é sinal de que alguém colocou um carrinho de bebê no seu caminho.

— Ah, sei.

De certo modo, não estou entendendo muito bem o que o senhor Beck está querendo dizer. O que um carrinho de bebê tem a ver agora com Marc e Carolin? Devo ter mostrado um olhar constrangido, pois o senhor Beck abana a cabeça e assume um ar de superioridade.

— É muito simples, Hércules: se Marc estiver com saudade de Carolin e vir você, para ele isso será um sinal de que deve entrar em contato com ela.

— Sim, mas esta também seria minha intenção. Portanto, seria proposital.

O senhor Beck bufa impaciente.

— Claro. Mas Marc não sabe disso. Ele não vai imaginar que um *dachshund* tem um plano. Em você, ele só vê um simples animal. E, por isso, vai acreditar que é um sinal. Entendeu?

Para ser sincero, não, mas não ouso admitir.

— Quer dizer então que devo ir agora até Marc e torcer para ele me ver de alguma forma?

— Isso mesmo. É o que você deve fazer.

Ao chegar diante do consultório, percebo que nosso plano tem uma imperfeição decisiva: nesse horário, a rua é muito barulhenta; provavelmente Marc não vai ouvir um cão que ladra. Além disso, dificilmente ele estará em casa; é muito mais provável que esteja trabalhando no consultório. Mesmo que eu entre lá, não vou conseguir passar pela mulher do balcão. E, sem um dono para me acompanhar, é de esperar que ela me coloque para fora. Desde minha caçada ao Bobo e à Branca de Neve, certamente gozo de uma reputação duvidosa junto a ela.

Portanto, sento-me por um instante na calçada, diante da entrada do prédio, e fico pensando. Volto para casa? Peço para Beck vir me ajudar? Não, minha única oportunidade é entrar na sala de espera e ser visto por Marc.

Quando uma mulher carregando uma gata se dirige à entrada do edifício, ponho-me a postos. Ela toca a campainha, a porta é aberta e eu me infiltro seguindo as duas. A gata me observa achando graça.

— Qual é, tampinha? Veio escondido ao veterinário? Sua dona não acredita que você está doente?

Abano a cabeça.

— Não, saí praticamente em missão secreta. E se é para falar de doença, eu diria que se trata de uma doença do coração. Mas não minha, e sim da minha dona. E do senhor doutor também.

— Sei, sei. Então ele está apaixonado. Essa notícia vai cair como uma bomba neste consultório. Imagine que a metade dos pacientes é arrastada para cá porque as donas querem conversar com o veterinário. Eu mesma, por exemplo, tenho consultas com muito mais frequência desde que Marc Wagner assumiu o consultório do pai.

Obviamente, isso me deixa feliz. Afinal, Carolin merece o melhor, e não estamos aqui para levar artigo encalhado. Entretanto, também fica claro para mim que devo agir rápido. A concorrência já está à espreita.

Diante do balcão, a dona da gata para, a fim de anunciar seu bichano. A jovem do outro lado olha primeiro para a gata, depois para mim.

— Ah, agora a senhora também tem um cachorro, senhora Urbanczik?

Ela abana a cabeça.

— Não, por quê?

— Aquele cachorrinho entrou com a senhora. — Ela aponta para mim.

— Nossa, nem notei! Ele deve ter me seguido. Mas não é meu cachorro.

A moça de jaleco olha para a sala de espera.

— É de alguém este cachorro?

Nas cadeiras de plástico enfileiradas estavam sentadas três pessoas. Em silêncio, todas negam com a cabeça. Portanto, se Marc não aparecer logo, meu plano vai por água abaixo. Pois, com certeza, a assistente vai me colocar para fora. Faço meu olhar mais pidão.

— Hum, esse cachorro não me é estranho. Mas, sem dono, não consigo identificar a maioria dos animais. — Ela reflete. — O que fazemos agora com você? Também não quero colocá-lo na rua. Mas, se você estiver sozinho, talvez tenhamos de levá-lo ao abrigo de animais até seu dono ser encontrado.

OPA! Abrigo de animais? Nem pensar! Droga, pelo visto, eu mesmo me entreguei. Puxa vida, como é que vou sair desta? E onde, afinal, está o doutor Wagner? Nesse momento, a porta da sala se abre. Já estou para agradecer ao meu criador, mas, em vez do Marc Wagner, aparece uma menina. Hoje, nada está dando certo. A menina me olha. Ela tem grandes olhos azuis, cabelos castanhos cacheados e muitos pontinhos marrons no nariz.

— Você é o próximo? Como se chama?

— Não sabemos como ele se chama. Parece que ele simplesmente entrou aqui — explica-lhe a assistente. — Vou ligar agora mesmo para o abrigo de animais.

— Ah, não! — exclama a menina. — Ele é tão fofo! — Ela se abaixa até mim e me coça atrás das orelhas. — Eu fico com ele. Espere, vou perguntar ao papai.

A assistente sorri.

— Mas, Luisa, não é tão simples assim. Tenho certeza de que este cachorrinho já tem dono ou dona há muito tempo; certamente darão por sua falta. O abrigo só vai cuidar dele até os donos aparecerem.

A menina, que se chama Luisa, torce a boca.

— Ele é tão bonitinho! Quero ficar com ele! — diz e dirige-se batendo os pés até a sala. Pela porta entreaberta, ouve-se sua conversa com alguém.

— Papai, lá fora tem um cachorro lindo que está sozinho. Dê uma olhada, acho que ele precisa da nossa ajuda. Podemos ficar com ele? A senhora Warnke quer levá-lo para o abrigo de animais.

Papai? Com quem essa menina está falando?

Agora, a porta da sala se abre por completo, e por ela passam Luisa e... Marc Wagner! Wagner é o "papai"? Por acaso isso significa que ele tem uma filha? E, portanto, também uma mulher? Totalmente perturbado, desabo no meu traseiro.

— Hércules! O que você está fazendo aqui?

— O senhor o conhece?

— Conheço, sim, senhora Warnke. Este é o cachorro da senhorita Neumann. Ele realmente chegou sozinho?

— Sim, entrou justamente quando a senhora Urbanczik ia me passar os dados da gata dela. Achei que devesse ligar para o abrigo de animais. Mas, se o senhor conhece o cachorro, então vou ligar para a dona.

Marc Wagner reflete rapidamente.

— Espere mais um instante. E você entra comigo, Hércules.

— Também quero entrar! — exclama Luisa, correndo atrás de Marc. Quando estamos todos na sala de consulta, o doutor Wagner fecha a porta. Depois, coloca-me na mesa de exames e me observa.

— Então, Hércules, me conte: mais alguém precisando de ajuda?

Luisa ri.

— Mas, papai, os cães não podem falar.

— Você vai se surpreender, querida. Este pode!

Isso mesmo! Para confirmar, dou um breve latido. Luisa arregala os olhos.

— Então, Carolin sabe que você está aqui?

Nego com a cabeça o melhor que posso. Depois, com a boca, mordo cuidadosamente a manga do jaleco de Wagner e a puxo.

— Devo acompanhá-lo? Até Carolin?

Dou dois latidos. Não sei se isso valerá diretamente como sinal, mas também não dá para perguntar ao senhor Beck agora.

— Bom, Hércules, não sei se isso é uma boa ideia.

Sei. Ele já deve ter uma mulher. Provavelmente é isso. Deprimido, fico cabisbaixo.

— Ora, vamos, não fique triste. Adoraria ir com você. Mas sua dona disse claramente que não quer mais se encontrar comigo. Acredite, infringir um pedido como esse não é uma coisa bem recebida pelas mulheres.

Então ele não tem outra mulher? É só uma tática? Estou um pouco confuso, mas decido não me deixar distrair. Aparentemente, Marc continua interessado em Carolin, e isso me basta. Talvez também haja uma boa explicação para tudo isso.

— Tenho uma ideia muito melhor. Mas, para isso, você vai ter de ser honesto comigo. Você se lembra quando o examinei recentemente depois do ataque?

Como poderia esquecer? Portanto, tento confirmar com a cabeça.

— Muito bem. Na época, afirmei que tinha a impressão de que você estava muito bem. É possível que aquele ataque tenha sido uma expressão da sua enorme capacidade de representação?

Na mosca. Que vergonha!

— Ai, pai, agora não estou entendendo mais nada.

— Espere um pouco, Luisa. Então, Hércules, vamos lá: tenha o ataque!

Desculpe, isso é um comando?

— Tenha o ataque, vamos!

Tudo bem, se é o que ele quer, é o que vai ter. Tombo do lado esquerdo e começo a fazer movimentos rápidos com as patas dianteiras e as traseiras, ao mesmo tempo. Contorço-me, babo espuma, choro — prestando atenção para não cair da mesa de exames. Acho que é uma apresentação bastante impressionante. Luisa arregala mais um pouco os olhos, e Wagner ri.

— Caramba! Nosso *dachshund* é um ator de primeira. Eu sabia. Pronto, garoto, pode parar.

Fico deitado, quieto. Luisa coça minha barriga.

— Foi como no circo, pai!

— Foi mesmo.

— E o que vai acontecer agora?

— Agora o querido Hércules vai voltar para casa. E lá, Hércules, você vai apresentar de novo esse belo ataque para a sua dona. Eu ficaria muito surpreso se ela não me ligasse. E então eu apareço como salvador na emergência. Entendeu?

Entendi! Um plano magnífico. Poderia muito bem ter sido elaborado por mim e pelo senhor Beck. Dou um salto e um latido curto. Então o Wagner me tira da mesa e me leva para fora.

— Bom, você sabe o que tem de fazer. Vou esperar o telefonema de Carolin!

Contorço-me em câimbras terríveis. Esta deve ser a apresentação mais convincente que já fiz. Mal Daniel foi embora hoje, e eu praticamente me joguei aos pés de Carolin. Pelo visto, ela caiu direitinho, pois começou a ficar branca de susto. Espero que ela reaja conforme o previsto por Marc.

De fato — ela pega o telefone!

— Aqui é Carolin Neumann. O doutor Wagner está? Obrigada. — Ela espera pouco. — Oi, Marc, aqui é Carolin. Sinto muito incomodá-lo, mas o Hércules está tendo outro ataque terrível. Muito pior do que o da última vez. Ah, sim? Você passa aqui? Muito obrigada, é muito gentil da sua parte. Estamos no ateliê.

Missão cumprida! Posso encerrar meu ataque aos poucos. Também foi um pouco cansativo. Quieto, fico deitado de costas e finjo que estou completamente exausto. Carolin se senta no chão, ao meu lado, e me faz carinho.

— Pobre Hércules. Fico com tanta pena de você. Mas o doutor Wagner vai chegar logo, e tudo vai ficar bem. Com certeza.

Logo em seguida, já tocam a campainha. Marc deve ter vindo voando. Ele entra e coloca sua maleta ao meu lado. Em seguida, examina-me exatamente como da última vez, de vez em quando faz "hum, hum" e se senta ao lado de Carolin.

— Bom, de fato, já não posso descartar uma epilepsia. Por isso, vou lhe dar o seguinte conselho: amanhã de manhã vou ao castelo Eschersbach. O que você acha de eu passar para pegar vocês de manhã cedo e irmos juntos? Assim, descobrimos logo se o Hércules é realmente um *Von Eschersbach* de nascimento e se poderia ter epilepsia hereditária.

— Sim — responde Carolin em voz baixa —, parece uma ótima ideia. Vou com prazer, muito obrigada.

Castelo Eschersbach? Com Carolin e Marc! Sensacional! Eu adoraria dar pulos de alegria, mas me contenho. Provavelmente não pareceria uma atitude de quem está exausto.

O céu está de um azul magnífico. Exatamente como deve estar em um dia tão importante. E esse dia é importante, disso não tenho nenhuma dúvida. Vou rever o castelo Eschersbach e minha família. E se o plano do Wagner der certo, há uma chance para ele e Carolin. Não entendi como ele imagina colocá-lo em prática. Mas tenho certeza de que pensou bastante a respeito. Como é mesmo que o senhor Beck dizia tão bem? Um cara que precisa de um cachorro para conquistar a mulher do seu coração está com as cartas erradas. Portanto, a partir de agora, considero-me fora da jogada.

* * *

Impaciente, aguardo Wagner finalmente chegar. Carolin também parece nervosa. Não para de olhar o relógio. Então alguém bate no vidro da porta do terraço. É Marc — e ele trouxe Luisa.

Carolin abre a porta.

— Olá! E aí? Pronta para nossa excursão?

— Olá, sim, estou pronta. — Ela olha para Luisa. Wagner segue seu olhar.

— Trouxe uma pessoa que eu queria muito apresentar a você. Esta é Luisa, minha filha. Luisa, esta é Carolin.

Bom, será que foi uma boa ideia? Pelo menos entre as cadelas, o rebento de outra dama *dachshund* não é muito bem-visto. Tomara que com os humanos seja diferente. Ao olhar para o rosto de Carolin, sinto que no mundo dos humanos também há um campo de tensão semelhante.

— Sua filha? Não estou entendendo...

— Já fui casado. Luisa é minha filha. Ela mora com a mãe, Sabine. Mas as férias escolares ela sempre passa comigo. — Ele respira fundo. Deve estar querendo dizer mais alguma coisa significativa. — Bem, e, como vocês duas são muito importantes para mim, queria que se conhecessem.

— Você tem uma filha. — Carolin volta a repetir, como se não tivesse entendido direito.

— Sim, e que filha! Uma menina maravilhosa.

Luisa estende a mão para Carolin.

— Olá!

Agora Carolin sorri. Do meu coração sai um peso enorme.

— Oi, Luisa. Prazer em conhecer você.

— Posso ir ao jardim? Vi um balanço lá.

— Claro, pode ir.

Depois que Luisa sai, ambos ficam inicialmente em silêncio. Então, Marc pigarreia.

— Sempre que possível, Luisa fica comigo. Não quero ser um pai de fim de semana. Nunca quis. Queria que ela sofresse o mínimo possível com a separação. Sabine e eu também estamos pensando na possibilidade de Luisa se mudar de vez para a minha casa. Sabine é aeromoça e quer voltar a trabalhar mais agora. Para ser sincero, estou muito feliz com essa possibilidade. Embora minha vida vá ficar mais puxada, gostaria muito de partilhar meu dia a dia com a minha filha. Eles crescem tão rápido; aí o tempo passa e não volta mais.

— Foi por isso que você brigou com Nina? Por que ela disse que achava as crianças um horror?

Wagner assente com a cabeça.

— Também. Mas não foi só por isso. Na verdade, já no segundo encontro ficou claro para mim que não ia dar certo. Mas então o escândalo que ela fez na praia foi a gota d'água. Eu ainda não tinha contado a ela sobre a Luisa, mas ia contar. Bom. Você conhece a história. Para mim, as crianças são muito importantes. E logo ficou claro que aquilo não fazia sentido.

— Sim, entendo que você tenha ficado abalado.

— Pois é, e, quando você disse que não queria mais me ver, eu queria ter lhe contado toda a história do meu ponto de vista. Mas você pareceu tão decidida, e eu também não queria falar mal da sua melhor amiga.

Carolin pega a mão dele e a aperta.

— Estou feliz por você ter vindo. Depois daquele dia, fiquei muito brava comigo mesma. Pois, na verdade, me sinto muito bem com você.

Marc sorri.

— Nesse caso, o fato de Hércules estar com esse probleminha de saúde foi uma sorte no azar. — Ele pisca para mim.

— Por falar em saúde: você acha que pode fazer mal ao Hércules se voltarmos lá? Afinal, essas pessoas o deixaram no abrigo para animais.

— Ao contrário. Agora ele terá a chance de entrar em cena em grande estilo.

— Ah, é?

— Bom, afinal, talvez ele venha a ser o cão do veterinário.

Carolin olha para ele.

— Você acha mesmo?

— Sim. Talvez. — Ele hesita brevemente. — Que nada! Tenho certeza.

Então, Marc puxa Carolin para si e a beija delicadamente no nariz. Nesse momento, Luisa volta do jardim.

— Nossa, pai! Você está ridículo!

Marc solta Carolin.

— Não, estou apaixonado!

Carolin fica na ponta dos pés e cochicha alguma coisa no ouvido de Marc. Mas ela não consegue cochichar tão baixo a ponto de minha excelente audição não ouvir:

— *Eu também!*

Estou com a cabeça para fora da janela do carro e minhas orelhas estão voando ao vento. Hoje realmente é um dia maravilhoso. Carl-Leopold von Eschersbach pode voltar ao castelo Eschersbach. Tento compreender brevemente o que estou sentindo. Não. Na realidade, é outra coisa bem diferente, muito mais bonita: Hércules Neumann dá ao castelo Eschersbach a honra de sua visita.

AGRADECIMENTOS

A Bernd, Wiebke, Flora, Iris, Steffi, Sanne, Dagmar, Bettina e Anja.
Aos *luthiers* da empresa Schellong Osann, em Hamburgo.
E, naturalmente, a Alex e Fiete.